जयशंकर प्रसाद
30 जनवरी 1889—4 जनवरी 1937

हिन्दी के छायावाद युग के चार स्तम्भों में से एक, जयशंकर प्रसाद ने 48 वर्षों के छोटे-से जीवनकाल में प्रभूत लेखन द्वारा हिन्दी साहित्य पर अपनी अमिट छाप छोड़ी। कविता के अतिरिक्त उन्होंने कहानी, उपन्यास, नाटक और निबन्ध भी लिखे। महाकाव्य *कामायनी* उनकी सबसे प्रसिद्ध रचना है। उनके नाटकों में *स्कंदगुप्त, चंद्रगुप्त, ध्रुवस्वामिनी* उल्लेखनीय हैं और *कंकाल, तितली* और *इरावती* उनके जाने-माने उपन्यास हैं।

जयशंकर प्रसाद की प्रारम्भिक कृतियों, विशेषकर नाटकों, में संस्कृत का प्रभाव दिखता है और प्राय: सभी कृतियों में एक दार्शनिक झुकाव देखने को मिलता है। यह शायद इसलिए कि बचपन में पिता के गुज़र जाने के बाद परिवार की आर्थिक तंगी के कारण उन्हें काफी संघर्ष करना पड़ा। वह विधिवत् अपनी पढ़ाई पूरी नहीं कर पाए बावजूद इसके घर पर ही स्वाध्याय करते रहे और साहित्य, भाषा, इतिहास में काफी ज्ञान अर्जित किया।

जयशंकर प्रसाद की चुनी हुई कहानियाँ

जयशंकर प्रसाद

राजपाल

₹ 235

ISBN : 9789393267368

पहला संस्करण : 2023 © राजपाल एण्ड सन्ज़

JAISHANKAR PRASAD KI
CHUNI HUYI KAHANIYAN (Stories)
by Jaishankar Prasad

मुद्रक : रेप्रो इंडिया लिमिटेड

राजपाल एण्ड सन्ज़

1590, मदरसा रोड, कश्मीरी गेट, दिल्ली–110006

फोन : 011–23869812, 23865483, 23867791

e-mail : sales@rajpalpublishing.com

www.rajpalpublishing.com

www.facebook.com/rajpalandsons

क्रम

ममता

रोहतास-दुर्ग के प्रकोष्ठ में बैठी हुई युवती ममता, शोण के तीक्ष्ण-गम्भीर प्रवाह को देख रही है। ममता विधवा थी। उसका यौवन शोण के समान ही उमड़ रहा था। मन में वेदना; मस्तक में आँधी, आँखों में पानी की बरसात लिये, वह सुख के कंटक-शयन में विकल थी। वह रोहतास-दुर्गपति के मंत्री चूड़ामणि की अकेली दुहिता थी, फिर उसके लिए कुछ अभाव होना असम्भव था, परन्तु वह विधवा थी—हिन्दू-विधवा संसार में सबसे तुच्छ निराश्रय प्राणी है—तब उसकी विडम्बना का कहाँ अंत था ?

चूड़ामणि ने चुपचाप उसके प्रकोष्ठ में प्रवेश किया। शोण के प्रवाह में, उसके कल-नाद में, अपना जीवन मिलाने में वह बेसुध थी। पिता का आना न जान सकी। चूड़ामणि व्यथित हो उठे। स्नेह-पालिता पुत्री के लिए क्या करें, यह स्थिर न कर सकते थे। लौटकर बाहर चले गये। ऐसा प्राय: होता, पर आज मंत्री के मन में बड़ी दुश्चिन्ता थी। पैर सीधे न पड़ते थे।

एक पहर बीत जाने पर वे फिर ममता के पास आये। उस समय उनके पीछे दस सेवक चाँदी के बड़े थालों में कुछ लिये हुए खड़े थे; कितने ही मनुष्यों के पद-शब्द सुन ममता ने घूमकर देखा। मंत्री ने सब थालों को रखने का संकेत किया। अनुचर थाल रखकर चले गये।

ममता ने पूछा, ''यह क्या है पिताजी ?''

''तेरे लिये बेटी! उपहार है।''—कहकर चूड़ामणि ने उसका आवरण उलट दिया। स्वर्ण का पीलापन उस सुनहली संध्या में विकीर्ण होने लगा। ममता चौंक उठी—

''इतना स्वर्ण! यह कहाँ से आया ?''

''चुप रहो ममता, यह तुम्हारे लिये है।''

''तो क्या आपने म्लेच्छ का उत्कोच स्वीकार कर लिया ? पिताजी! यह अनर्थ है, अर्थ नहीं। लौटा दीजिये। पिताजी! हम लोग ब्राह्मण हैं, इतना सोना लेकर क्या करेंगे ?''

''इस पतनोन्मुख प्राचीन सामन्त-वंश का अन्त समीप है, बेटी। किसी भी दिन शेरशाह रोहिताश्व पर अधिकार कर सकता है; उस दिन मंत्रित्व न रहेगा, तब के लिए बेटी!''

''हे भगवान्! तब के लिए! विपद के लिए! इतना आयोजन! परम पिता की इच्छा के विरुद्ध इतना साहस! पिताजी, क्या भीख न मिलेगी? क्या कोई हिन्दू भूपृष्ठ पर न बचा रह जाएगा, जो ब्राह्मण को दो मुट्ठी अन्न दे सके? यह असम्भव है। फेर दीजिए पिताजी, मैं काँप रही हूँ—इसकी चमक आँखों को अंधा बना रही है!''

''मूर्ख है,'' कहकर चूड़ामणि चले गये।

~

दूसरे दिन जब डोलियों का ताँता भीतर आ रहा था, ब्राह्मण-मन्त्री चूड़ामणि का हृदय धक्-धक् करने लगा! वह अपने को रोक न सका। उसने जाकर रोहिताश्व-दुर्ग के तोरण पर डोलियों का आवरण खुलवाना चाहा। पठानों ने कहा—

''यह महिलाओं का अपमान करना है।''

बात बढ़ गई। तलवारें खिंचीं, ब्राह्मण वहीं मारा गया और राजा, रानी और कोष सब छली शेरशाह के हाथ पड़े; निकल गई ममता। डोली में भरे हुए पठान सैनिक दुर्ग भर में फैल गये, पर ममता न मिली।

~

काशी के उत्तर धर्मचक्र विहार, मौर्य और गुप्त सम्राटों की कीर्ति का खँडहर था। भग्न चूड़ा, तृण-गुल्मों से ढके हुए प्राचीर, ईंटों के ढेर में बिखरी हुई भारतीय शिल्प की विभूति, ग्रीष्म रजनी की चन्द्रिका में अपने को शीतल कर रही थी।

जहाँ पंचवर्गीय भिक्षु गौतम का उपदेश ग्रहण करने के लिए पहले मिले थे, उसी स्तूप के भग्नावशेष की मलिन छाया में एक झोपड़ी के दीपालोक में एक स्त्री पाठ कर रही थी—

''अनन्याश्चिनयन्तो मां ये जना: पर्युपासते...''

पाठ रुक गया। एक भीषण और हताश आकृति दीप के मंद प्रकाश में सामने खड़ी थी। स्त्री उठी, उसने कपाट बंद करना चाहा। परन्तु उस व्यक्ति ने कहा, ''माता! मुझे आश्रय चाहिए।''

''तुम कौन हो?'' स्त्री ने पूछा।

''मैं मुगल हूँ। चौसा-युद्ध में शेरशाह से विपन्न होकर रक्षा चाहता हूँ। इस रात अब आगे चलने में असमर्थ हूँ।''

‘‘क्या शेरशाह से !’’ स्त्री ने अपने होंठ काट लिये।

‘‘हाँ, माता !’’

‘‘परन्तु तुम भी वैसे ही क्रूर हो, वही भीषण रक्त की प्यास, वही निष्ठुर प्रतिबिम्ब, तुम्हारे मुख पर भी है ! सैनिक ! मेरी कुटी में स्थान नहीं, जाओ कहीं दूसरा आश्रय खोज लो !’’

‘‘गला सूख रहा है, साथी छूट गये हैं, अश्व गिर पड़ा है—इतना थका हुआ हूँ, इतना !’’ कहते-कहते वह व्यक्ति धम से बैठ गया और उसके सामने ब्रह्मांड घूमने लगा। स्त्री ने सोचा, ‘यह विपत्ति कहाँ से आई !’ उसने जल दिया, मुगल के प्राणों की रक्षा हुई। वह सोचने लगी, ‘सब विधर्मी दया के पात्र नहीं—मेरे पिता का वध करने वाले आततायी !’ घृणा से उसका मन विरक्त हो गया।

स्वस्थ होकर मुगल ने कहा, ‘‘माता ! तो फिर मैं चला जाऊँ ?’’

स्त्री विचार कर रही थी, ‘मैं ब्राह्मणी हूँ, मुझे तो अपने धर्म—अतिथिदेव की उपासना का पालन करना चाहिए। परन्तु यहाँ...नहीं-नहीं, सब विधर्मी दया के पात्र नहीं। परन्तु यह दया तो नहीं...कर्त्तव्य करना है। तब ?’

मुगल अपनी तलवार टेककर उठ खड़ा हुआ। ममता ने कहा, ‘‘क्या आश्चर्य है कि तुम भी छल करो; ठहरो।’’

‘‘छल ! नहीं, तब नहीं स्त्री ! जाता हूँ, तैमूर का वंशधर स्त्री से छल करेगा ? जाता हूँ। भाग्य का खेल है।’’

ममता ने मन में कहा, ‘‘यहाँ कौन दुर्ग है ! यही झोपड़ी न; जो चाहे ले लो, मुझे तो अपना कर्त्तव्य करना पड़ेगा।’’ वह बाहर चली आई और मुगल से बोली, ‘‘जाओ भीतर, थके हुए भयभीत पथिक ! तुम चाहे कोई हो, मैं तुम्हें आश्रय देती हूँ। मैं ब्राह्मण-कुमारी हूँ; सब अपना धर्म छोड़ दें, तो मैं भी क्यों छोड़ दूँ ?’’ मुगल ने चन्द्रमा के मन्द प्रकाश में वह महिमामय मुखमंडल देखा; उसने मन-ही-मन नमस्कार किया। ममता पास की टूटी हुई दीवारों में चली गई। भीतर, थके पथिक ने झोपड़ी में विश्राम किया।

प्रभात में खँडहर की सन्धि से ममता ने देखा, सैकड़ों अश्वारोही उस प्रान्त में घूम रहे हैं। वह अपनी मूर्खता पर अपने को कोसने लगी।

अब उस झोपड़ी से निकलकर उस पथिक ने कहा, ‘‘मिरजा ! मैं यहाँ हूँ।’’

शब्द सुनते ही प्रसन्नता की चीत्कार-ध्वनि से वह प्रान्त गूँज उठा। ममता अधिक भयभीत हुई। पथिक ने कहा, ‘‘वह स्त्री कहाँ है ? उसे खोज निकालो।’’ ममता छिपने के लिए अधिक सचेष्ट हुई। वह मृग-दाव में चली गई। दिन-भर उसमें से न निकली। संध्या में जब उन लोगों के जाने का उपक्रम हुआ, तो ममता ने सुना, पथिक घोड़े पर सवार होते हुए कह रहा है, ‘‘मिरजा ! उस स्त्री को मैं

कुछ दे न सका। उसका घर बनवा देना, क्योंकि मैंने विपत्ति में वहाँ विश्राम पाया था। यह स्थान भूलना मत।'' इसके बाद वे चले गये।

~

चौसा के मुगल-पठान-युद्ध को बहुत दिन बीत गये। ममता अब सत्तर वर्ष की वृद्धा है। वह अपनी झोपड़ी में एक दिन पड़ी थी। शीतकाल का प्रभात था। उसका जीर्ण कंकाल खाँसी से गूँज रहा था। ममता की सेवा के लिए गाँव की दो-तीन स्त्रियाँ उसे घेरकर बैठी थीं; क्योंकि वह आजीवन सबके सुख-दुख की सहभागिनी रही।

ममता ने जल पीना चाहा, एक स्त्री ने सीपी से जल पिलाया। सहसा एक अश्वारोही उसी झोपड़ी के द्वार पर दिखाई पड़ा। वह अपनी धुन में कहने लगा, ''मिरजा ने जो चित्र बनाकर दिया है, वह तो इसी जगह का होना चाहिए। वह बुढ़िया मर गई होगी, अब किससे पूछूँ कि एक दिन शहंशाह हुमायूँ किस छप्पर के नीचे बैठे थे? यह घटना भी तो सैंतालीस वर्ष से ऊपर की हुई!''

ममता ने उसे विकल कानों से सुना। उसने पास की स्त्री से कहा, ''उसे बुलाओ।''

अश्वारोही पास आया। ममता ने रुक-रुककर कहा, ''मैं नहीं जानती कि वह शहंशाह था, या साधारण मुगल; पर एक दिन इसी झोपड़ी के नीचे वह रहा। मैंने सुना था कि वह मेरा घर बनवाने की आज्ञा दे चुका था! मैं आजीवन अपनी झोपड़ी खोदवाने के डर से भयभीत ही थी! भगवान ने सुन लिया, मैं आज इसे छोड़े जाती हूँ। अब तुम इसका मकान बनाओ या महल, मैं अपने चिर-विश्राम-गृह में जाती हूँ!''

वह अश्वारोही अवाक् खड़ा था। बुढ़िया के प्राण-पक्षी अनन्त में उड़ गये।

~

वहाँ एक अष्टकोण मंदिर बना, और उस पर शिलालेख लगाया गया—

''सातो देश के नरेश हुमायूँ ने एक दिन यहाँ विश्राम किया था। उनके पुत्र अकबर ने उनकी स्मृति में यह गगनचुम्बी मन्दिर बनाया।''

पर उसमें ममता का कहीं नाम नहीं।

स्वर्ग के खँडहर में

वन्य कुसुमों की झालरें सुख-शीतल पवन से विकम्पित होकर चारों ओर झूल रही थीं। छोटे-छोटे झरनों की कुल्याएँ कतराती हुई बह रही थीं। लता-वितानों से ढकी हुई प्राकृतिक गुफाएँ शिल्प-रचना-पूर्ण सुंदर प्रकोष्ठ बनातीं, जिसमें पागल कर देने वाली सुगंध की लहरें नृत्य करती थीं। स्थान-स्थान पर कुंजों और पुष्प-शय्याओं का समारोह, छोटे-छोटे विश्राम-गृह, पान पात्रों में सुगंधित मदिरा, भाँति-भाँति के सुस्वादु फल-फूलवाले वृक्षों के झुरमुट, दूध और मधु की नहरों के किनारे गुलाबी बादलों का क्षणिक विश्राम। चाँदनी का निभृत रंगमंच, पुलकित वृक्ष-फूलों पर मधुमक्खियों की भन्नाहट, रह-रहकर पक्षियों के हृदय में चुभने वाली तान, मणि-दीपों पर लटकती हुई मुकुलित मालाएँ। तिस पर सौंदर्य के छँटे हुए जोड़े—रूपवान बालक और बालिकाओं का हृदयहारी हास-विलास! संगीत की अबाध गति में छोटी-छोटी नावों पर उनका जल-विलास! किसकी आँखें यह सब देखकर भी नशे में न हो जाएँगी—हृदय पागल, इंद्रियाँ विकल न हो रहेंगी! यही तो स्वर्ग है!

~

झरने के तट पर बैठे हुए एक बालक ने बालिका से कहा, ''मैं भूल-भूल जाता हूँ मीना, हाँ मीना मैं तुम्हें मीना नाम से कब तक पुकारूँ?''

''और मैं तुमको गुल कहकर क्यों बुलाऊँ?''

''क्यों मीना, यहाँ भी तो हम लोगों को सुख ही है। है ना? अहा, क्या ही सुन्दर स्थान है! हम लोग जैसे एक स्वप्न देख रहे हैं! कहीं दूसरी जगह न भेजे जाएँ, तो क्या ही अच्छा हो!''

''नहीं गुल, मुझे पूर्व-स्मृति विकल कर देती है। कई बरस बीत गये—वह माता के समान दुलार, उस उपासिका की स्नेहमयी करुणा-भरी दृष्टि आँखों में कभी-कभी चुटकी काट लेती है। मुझे तो अच्छा नहीं लगता; बंदी होकर रहना तो

स्वर्ग में भी...अच्छा तुम्हें यहाँ रहना नहीं खलता ?''

''नहीं मीना, सबके बाद जब मैं तुम्हें अपने पास ही पाता हूँ, तब और किसी आकांक्षा का स्मरण ही नहीं रह जाता। मैं समझता हूँ कि...''

''तुम गलत समझते हो...''

मीना अभी पूरी बात कह न पाई थी कि तितलियों के झुंड के पीछे, उन्हीं के रंग के कौषेय वसन पहने हुए, बालक और बालिकाओं की दौड़ती हुई टोली ने आकर मीना और गुल को घेर लिया।

~

''जल-विहार के लिए रँगीली मछलियों का खेल खेला जाए।''

एक साथ ही तालियाँ बज उठीं। मीना और गुल को ढकेलते हुए सब उसी कलनादी स्रोत में कूद पड़े। पुलिन की हरी झाड़ियों में से बंशी बजने लगी। मीना और गुल की जोड़ी आगे-आगे, और, पीछे-पीछे सब बालक-बालिकाओं की टोली तैरने लगी। तीर पर की झुकी हुई डालों के अंतराल में लुक-छिपकर निकलना, उन कोमल पाणि-पल्लवों से क्षुद्र वीचियों का कटना, सचमुच उसी स्वर्ग में प्राप्त था।

तैरते-तैरते मीना ने कहा, ''गुल, यदि मैं बह जाऊँ और डूबने लगूँ ?''

''मैं नाव बन जाऊँ मीना !''

''ऐसा न कहो; फिर मैं क्या करूँगी ?''

''क्यों, क्या तुम मेरे साथ न चलोगी ?''

इतने में एक दूसरी सुन्दरी, जो कुछ पास थी, बोली, ''कहाँ चलोगे गुल ? मैं भी चलूँगी, उसी कुंज में। अरे देखो, वहाँ कैसा हरा-भरा अंधकार है !'' गुल उसी ओर लक्ष्य करके संतरण करने लगा। बहार उसके साथ तैरने लगी। वे दोनों त्वरित गति से तैर रहे थे, मीना उनका साथ न दे सकी। वह हताश होकर और भी पिछड़ने के लिए धीरे-धीरे तैरने लगी।

बहार और गुल जल से टकराती हुई डालों को पकड़कर विश्राम करने लगे। किसी को समीप में न देखकर बहार ने गुल से कहा, ''चलो, हम लोग इसी कुंज में छिप जाएँ।''

वे दोनों उसी झुरमुट में विलीन हो गये।

मीना से एक दूसरी सुन्दरी ने पूछा, ''गुल किधर गया, तुमने देखा ?''

मीना जानकर भी अनजान बन गई। वह दूसरे किनारे की ओर लौटती हुई बोली, ''मैं नहीं जानती।''

इतने में एक विशेष संकेत से बजती हुई सीटी सुनाई पड़ी। सब तैरना छोड़कर बाहर निकले। हरा वस्त्र पहने हुए, एक गम्भीर मनुष्य के साथ, एक युवक दिखाई पड़ा। युवक की आँखें नशे में रँगीली हो रही थीं; पैर लड़खड़ा रहे थे। सबने उस प्रौढ़ को देखते ही सिर झुका लिया। वे बोल उठे, ''महापुरुष, क्या कोई हमारा अतिथि आया है ?''

''हाँ, यह युवक स्वर्ग देखने की इच्छा रखता है,'' हरे वस्त्र वाले प्रौढ़ ने कहा।

सबने सिर झुका लिया। फिर एक बार निर्निमेष दृष्टि से मीना की ओर देखा। वह पहाड़ी दुर्ग का भयानक शेख था। सचमुच उसे एक आत्म-विस्मृति हो चली। उसने देखा, उसकी कल्पना सत्य में परिणत हो रही है।

''मीना—आह ! कितना सरल और निर्दोष सौन्दर्य है। मेरे स्वर्ग की सारी माधुरी उसकी भीगी हुई एक लट के बल खाने में बँधी हुई छटपटा रही है।''उसने पुकारा, ''मीना !''

मीना पास आकर खड़ी हो गई, और सब उस युवक को घेरकर एक ओर चल पड़े। केवल मीना शेख के पास रह गई।

शेख ने कहा, ''मीना, तुम मेरे स्वर्ग की रत्न हो।''

मीना काँप रही थी ! शेख ने उसका ललाट चूम लिया, और कहा, ''देखो, तुम किसी भी अतिथि की सेवा करने न जाना। तुम केवल उस द्राक्षा-मण्डप में बैठकर कभी-कभी गा लिया करो। बैठो, मुझे भी वह अपना गीत सुना दो।''

मीना गाने लगी। उस गीत का तात्पर्य था, ''मैं एक भटकी हुई बुलबुल हूँ ! हे मेरे अपरिचित कुंज ! क्षण-भर मुझे विश्राम करने दोगे ? यह मेरा क्रंदन है—मैं सच कहती हूँ, यह मेरा रोना है, गाना नहीं। मुझे दम तो लेने दो। आने दो वसंत का वह प्रभात—जब संसार गुलाबी रंग में नहाकर अपने यौवन में थिरकने लगेगा, और तब मैं तुम्हें अपनी एक तान सुनाकर, केवल एक तान, इस रजनी-विश्राम का मूल्य चुका कर चली जाऊँगी। तब तक अपनी किसी सूखी हुई टूटी डाल पर ही अंधकार बिता लेने दो। मैं एक पथ भूली हुई बुलबुल हूँ !''

शेख भूल गया कि मैं ईश्वरीय संदेशवाहक हूँ, आचार्य हूँ, और महापुरुष हूँ। वह एक क्षण के लिए अपने को भी भूल गया। उसे विश्वास हो गया कि बुलबुल तो नहीं हूँ, पर कोई भूली हुई वस्तु हूँ। क्या हूँ, यह सोचते-सोचते पागल होकर एक ओर चला गया।

~

हरियाली से लदा हुआ ढालुवाँ तट था, बीच में बहता हुआ वही कलनादी स्रोत यहाँ कुछ गम्भीर हो गया था। उस रमणीय प्रदेश के छोटे-से आकाश में मदिरा से भरी हुई घटा छा रही थी। लड़खड़ाते, हाथ से हाथ मिलाये, बहार और गुल ऊपर चढ़ रहे थे। गुल अपने आप में नहीं है, बहार फिर भी सावधान है; वह सहारा देकर उसे ऊपर ले आ रही है।

एक शिला-खण्ड पर बैठते हुए गुल ने कहा ''प्यास लगी है।''

बहार पास के विश्राम-गृह में गई, पान-पात्र भर लाई। गुल पीकर मस्त हो रहा था। बोला, ''बहार, तुम बड़े वेग से मुझे खींच रही हो; सँभाल सकोगी? देखो मैं गिरा!''

गुल बहार की गोद में सिर रखकर आँखें बन्द किये पड़ा रहा। उसने बहार के यौवन की सुगंध से घबराकर आँखें खोल दीं। उसके गले में हाथ डालकर बोला, ''ले चलो, मुझे कहाँ ले चलती हो?''

बहार उस स्वर्ग की अप्सरा थी। विलासिनी बहार एक तीव्र मदिरा की प्याली थी, मकरंद-भरी वायु का झकोर आकर उसमें लहर उठा देता है। वह रूप का उर्मिल सरोवर गुल उन्मत्त था। बहार ने हँसकर पूछा, ''यह स्वर्ग छोड़कर कहाँ चलोगे?''

''कहीं दूसरी जगह, जहाँ हम हों और तुम।''

''क्यों, यहाँ कोई बाधा है?''

सरल गुल ने कहा, ''बाधा! यदि कोई हो? कौन जाने!''

''कौन? मीना?''

''जिसे समझ लो।''

''तो तुम सबकी उपेक्षा करके मुझे—केवल मुझे ही—नहीं...''

''ऐसा न कहो,'' बहार के मुँह पर हाथ रखते हुए गुल ने कहा।

ठीक इसी समय नवागत युवक ने वहाँ आकर उन्हें सचेत कर दिया। बहार ने उठकर उसका स्वागत किया। गुल ने अपनी लाल-लाल आँखों से उसको देखा। वह उठ न सका, केवल मदभरी अँगड़ाई ले रहा था। बहार ने युवक से आज्ञा लेकर प्रस्थान किया। युवक गुल के समीप आकर बैठ गया, और उसे गम्भीर दृष्टि से देखने लगा।

~

गुल ने अभ्यास के अनुसार कहा, ''स्वागत अतिथि!''

''तुम देवकुमार! आह! तुमको कितना खोजा मैंने!''

''देवकुमार ? कौन देवकुमार ? हाँ, हाँ, स्मरण होता है; पर वह विषैली पृथ्वी की बात तुम क्यों स्मरण दिलाते हो ? तुम मर्त्यलोक के प्राणी! भूल जाओ उस निराशा और अभावों की सृष्टि को; देखो आनन्द-निकेतन स्वर्ग का सौंदर्य!''

''देवकुमार! तुमको भूल गया, तुम भीमपाल के वंशधर हो? तुम यहाँ बन्दी हो! मूर्ख हो तुम; जिसे तुमने स्वर्ग समझ रखा है, वह तुम्हारे आत्मविस्तार की सीमा है। मैं केवल तुम्हारे ही लिये आया हूँ।''

''तो तुमने भूल की। मैं यहाँ बड़े सुख से हूँ। बहार को बुलाऊँ, कुछ खाओ-पीओ..., कंगाल! स्वर्ग में भी आकर व्यर्थ समय नष्ट करना! संगीत सुनोगे ?''

युवक हताश हो गया।

गुल ने मन में कहा, ''मैं क्या करूँ ? सब मुझसे रूठ जाते हैं। कहीं सहृदयता नहीं, मुझसे सब अपने मन की कराना चाहते हैं; जैसे मेरा मन नहीं है, हृदय नहीं है! प्रेम-आकर्षण! यह स्वर्गीय प्रेम में भी जलन! बहार तिनक कर चली गई; मीना ? यह पहले ही हट रही थी; तो फिर क्या जलन ही स्वर्ग है ?''

गुल को उस युवक के हताश होने पर दया आ गई। यह भी स्मरण हुआ कि वह अतिथि है। उसने कहा, ''कहिये, आपकी क्या सेवा करूँ ? मीना का गाना सुनियेगा ? वह स्वर्ग की रानी है!''

युवक ने कहा, ''चलो।''

द्राक्षा-मंडप में दोनों पहुँचे। मीना वहाँ बैठी हुई थी। गुल ने कहा, ''अतिथि को अपना गाना सुनाओ।''

एक निश्वास लेकर वह वही बुलबुल का संगीत सुनाने लगी। युवक की आँखें सजल हो गईं। उसने कहा, ''सचमुच तुम स्वर्ग की देवी हो!''

''नहीं अतिथि, मैं उस पृथ्वी की प्राणी हूँ—जहाँ कष्टों की पाठशाला है, जहाँ का दुःख इस स्वर्ग-सुख से भी मनोरम था, जिसका अब कोई समाचार नहीं मिलता,'' मीना ने कहा।

''तुम उसकी एक करुण-कथा सुनना चाहो, तो मैं तुम्हें सुनाऊँ!'' युवक ने कहा।

''सुनाइये,'' मीना ने कहा।

~

युवक कहने लगा—

''वाह्लीक, गांधार, कपिशा और उद्यान, मुसलमानों के भयानक आतंक में काँप रहे थे। गांधार के अंतिम आर्य-नरपति भीमपाल के साथ ही, शाही वंश का

सौभाग्य अस्त हो गया। फिर भी उनके बचे हुए वंशधर, उद्यान के मंगली दुर्ग में, सुवास्तु की घाटियों में, पर्वत-माला, हिम और जंगलों के आवरण में अपने दिन काट रहे थे। वे स्वतन्त्र थे।

''देवपाल एक साहसी राजकुमार था। वह कभी-कभी पूर्व गौरव का स्वप्न देखता हुआ, सिंधु-तट तक घूमा करता। एक दिन अभिसार-प्रदेश का सिंधु-तट, वासना के फूलवाले प्रभात में सौरभ की लहरों से झोंके खा रहा था। कुमारी लज्जा स्नान कर रही थी। उसका कलसा तीर पर पड़ा था। देवपाल भी कई बार पहले की तरह आज फिर साहस-भरे नेत्रों से उसे देख रहा था। उसकी चंचलता इतने ही से न रुकी, वह बोल उठा—

'' 'उषा के इस शांत आलोक में किसी मधुर कामना से यह भिखारी हृदय हँस रहा था। और मानस-नन्दिनी! तुम इठलाती हुई बह चली हो। वाह रे तुम्हारा इतराना! इसीलिए तो जब कोई स्नान करके तुम्हारी लहर की तरह तरल और आर्द्र वस्त्र ओढ़ कर, तुम्हारे पथरीले पुलिन में फिसलता हुआ ऊपर चढ़ने लगता है, तब तुम्हारी लहरों में आँसुओं की झालरें लटकने लगती हैं। परन्तु मुझ पर दया नहीं; यह भी कोई बात है!'

'' 'तो फिर मैं क्या करूँ। उस क्षण की, उस कण की, सिंधु से, बादलों से, अन्तरिक्ष और हिमालय से टहल कर लौट आने की प्रतीक्षा करूँ? और इतना भी न कहोगी कि कब तक? बलिहारी!' ''

''कुमारी लज्जा भीरू थी। वह हृदय के स्पन्दनों से अभिभूत हो रही थी। क्षुद्र वीचियों के सदृश काँपने लगी। वह अपना कलसा भी न भर सकी और चल पड़ी। हृदय में गुदगुदी के धक्के लग रहे थे। उसके भी यौवन-काल के स्वर्गीय दिवस थे—फिसल पड़ी। धृष्ट युवक ने उसे सँभाल कर अंक में ले लिया।

''कुछ दिन स्वर्गीय स्वप्न चला। जलते हुए प्रभात के समान तारादेवी ने वह स्वप्न भंग कर दिया। तारा अधिक रूपशालिनी, कश्मीर की रूप-माधुरी थी। देवपाल को कश्मीर से सहायता की भी आशा थी। हतभागिनी लज्जा ने कुमार सुदान की तपोभूमि में अशोक-निर्मित विहार में शरण ली। वह उपासिका, भिक्षुणी, जो कहो, बन गई।

''गौतम की गम्भीर प्रतिमा के चरण-तल में बैठकर उसने निश्चय किया, सब दु:ख है, सब क्षणिक है, सब अनित्य है।

''सुवास्तु का पुण्य सलिल उस व्यथित हृदय की मलिनता को धोने लगा। वह एक प्रकार से रोग-मुक्त हो रही थी।

''एक सुनसान रात्रि थी, स्थविर धर्म-भिक्षु थे नहीं। सहसा कपाट पर

आघात होने लगा, और 'खोलो ! खोलो !' का शब्द सुनाई पड़ा। विहार में अकेली लज्जा ही थी। साहस करके बोली—

'' 'कौन है ?'

'' 'पथिक हूँ, आश्रय चाहिए', उत्तर मिला।

''तुषारावृत अँधेरा पथ था। हिम गिर रहा था। तारों का पता नहीं, भयानक शीत और निर्जन निशीथ। भला ऐसे समय में कौन पथ पर चलेगा ? वातायन का परदा हटाने पर भी उपासिका लज्जा झाँक कर न देख सकी कि कौन है। उसने अपनी कुभावनाओं से डर कर पूछा, 'आप लोग कौन हैं।'

'' 'आहा, तुम उपासिका हो ! तुम्हारे हृदय में तो अधिक दया होनी चाहिए। भगवान् की प्रतिमा की छाया में दो अनाथों को आश्रय मिलने का पुण्य है।'

''लज्जा ने अर्गला खोल दी। उसने आश्चर्य से देखा, एक पुरुष अपने बड़े लबादे में आठ-नौ बरस के बालक और बालिका को लिये भीतर आकर गिर पड़ा। तीनों मुमूर्ष हो रहे थे। भूख और शीत से तीनों विकल थे। लज्जा ने कपाट बन्द करते हुए अग्नि धधका कर उसमें कुछ गंध-द्रव्य डाल दिया। एक बार द्वार खुलने पर जो शीतल पवन का झोंका घुस आया था, वह निर्बल हो चला।

''अतिथि-सत्कार हो जाने पर लज्जा ने उनका परिचय पूछा। आगंतुक ने कहा, 'मंगली-दुर्ग के अधिपति देवपाल का मैं भृत्य हूँ। जगद्ग्राहक चंगेजखाँ ने समस्त गांधार प्रदेश को जलाकर, लूट-पाट कर उजाड़ दिया, और कल ही इस उद्यान के मंगली-दुर्ग पर भी उन लोगों का अधिकार हो गया। देवपाल बंदी हुए, उनकी तारादेवी ने आत्महत्या की। दुर्ग-पति ने पहले ही मुझसे कहा था कि इस बालक को अशोक-विहार में ले जाना, वहाँ की एक उपासिका लज्जा इसके प्राण बचा ले तो कोई आश्चर्य नहीं।'

''यह सुनते ही लज्जा की धमनियों में रक्त का तीव्र संचार होने लगा। शीताधिक्य में भी उसे स्वेद आने लगा। उसने बात बदलने के लिए बालिका की ओर देखा। आगंतुक ने कहा, 'यह मेरी बालिका है, इसकी माता नहीं है।' लज्जा ने देखा, बालिका का शुभ्र शरीर मलिन वस्त्र में दमक रहा था। नासिका मूल से कानों के समीप तक भ्रू-युगल की प्रभावशालिनी रेखा और उसकी छाया में दो उनींदे कमल संसार से अपने को छिपा लेना चाहते थे। उसका विरागी सौंदर्य, शरद के शुभ्र सघन के हल्के आवरण में पूर्णिमा का चंद्र-सा आप ही लज्जित था। चेष्टा करके भी लज्जा अपनी मानसिक स्थिति को चंचल होने से न सँभाल सकी। वह, 'अच्छा, आप लोग सो रहिये, थके होंगे,' कहती हुई दूसरे प्रकोष्ठ में चली गई।

''लज्जा ने वातायन खोलकर देखा, आकाश स्वच्छ हो रहा था, पार्वत्य प्रदेश

के निःस्तब्ध गगन में तारों की झिलमिलाहट थी। उन प्रकाश की लहरों में अशोक निर्मित-स्तूप की चूड़ा पर लगा हुआ स्वर्ण का धर्मचक्र जैसे हिल रहा था।''

~

''दूसरे दिन जब धर्म-भिक्षु आये, तो उन्होंने इन आगंतुकों को आश्चर्य से देखा, और जब पूरे समाचार सुने तो और भी उबल पड़े। उन्होंने कहा, 'राजकुटुम्ब को यहाँ रखकर क्या इस विहार और स्तूप का भी तुम ध्वंस कराना चाहती हो! लज्जा, तुमने यह किस प्रलोभन से किया? चंगेज़खाँ बौद्ध है, संघ उसका विरोध क्यों करे?'

'' 'स्थविर! किसी दुखी को आश्रय देना क्या गौतम के धर्म के विरुद्ध है? मैं स्पष्ट कह देना चाहती हूँ कि देवपाल ने मेरे साथ बड़ा अन्याय किया फिर भी मुझ पर उसका विश्वास था; क्यों था, मैं स्वयं नहीं जान सकी। इसे चाहे मेरी दुर्बलता ही समझ लें; परन्तु मैं अपने प्रति विश्वास का किसी को भी दुरुपयोग नहीं करने देना चाहती। देवपाल को मैं अधिक-से-अधिक प्यार करती थी, और अब भी बिलकुल निश्शेष समझ कर उस प्रणय का तिरस्कार कर सकूँगी, इसमें सन्देह है,' लज्जा ने कहा।

'' 'तो तुम संघ के मूल सिद्धांत से च्युत हो रही हो, इसलिए तुम्हें भी विहार का त्याग करना पड़ेगा,'' धर्म-भिक्षु ने कहा।

''लज्जा व्यथित हो उठी थी, बालक के मुख पर देवपाल की स्पष्ट छाया उसे बार-बार उत्तेजित करती, और वह बालिका तो उसे छोड़ना ही न चाहती थी।

''उसने साहस करके कहा, 'तब यही अच्छा होगा कि मैं भिक्षुणी होने का ढोंग छोड़कर अनाथों के सुख-दुःख में सम्मिलित होऊँ।'

''उसी रात को वह दोनों बालक-बालिका और विक्रमभृत्य को लेकर, निस्सहाय अवस्था में चल पड़ी। छद्मवेष में यह दल यात्रा कर रहा था। इसे भिक्षा का अवलम्ब था। बाह्लीक के गिरिव्रज नगर में भग्न पांथ निवास के टूटे कोने में इन दोनों को आश्रय लेना पड़ा। उस दिन आहार नहीं जुट सका, दोनों बालकों के सन्तोष के लिए कुछ बचा था, उसी को खिलाकर वे सुला दिये गये। लज्जा और विक्रम, अनाहार से म्रियमाण, अचेत हो गये।

''दूसरे दिन आँख खुलते ही उन्होंने देखा तो वह राजकुमार और बालिका, दोनों ही नहीं! उन दोनों की खोज में ये लोग भी भिन्न-भिन्न दिशा को चल पड़े। एक दिन पता चला कि केकय के पहाड़ी दुर्ग के समीप कहीं स्वर्ग है, वहाँ रूपवान बालक और बालिकाओं की अत्यन्त आवश्यकता रहती है...

''और भी सुनोगी पृथ्वी की दुख-गाथा? क्या करोगी सुन कर, तुम यह जानकर क्या करोगी कि उस उपासिका और विक्रम का फिर क्या हुआ?''

अब मीना से न रहा गया। उसने युवक के गले से लिपटकर कहा, ''तो... तुम्हीं वह उपासिका हो? सच कह दो।''

गुल की आँखों में अभी नशे का उतार था। उसने अँगड़ाई लेकर एक जम्भाई ली, और कहा, ''बड़े आश्चर्य की बात है। क्यों मीना, अब क्या किया जाए?''

अकस्मात् स्वर्ग के भयानक रक्षकों ने आकर उस युवक को बन्दी बना लिया। मीना रोने लगी, गुल चुपचाप खड़ा था, बहार खड़ी हँस रही थी।

सहसा पीछे आते हुए प्रहरियों के प्रधान ने ललकारा, ''मीना और गुल को भी।''

अब उस युवक ने घूमकर देखा; घनी दाढ़ी-मूँछोंवाले प्रधान की आँखों से आँखें मिलीं।

युवक चिल्ला उठा, ''देवपाल!''

''कौन! लज्जा? अरे!''

''हाँ, तो देवपाल, इस अपने पुत्र गुल को भी बन्दी बनाओ, विधर्मी का कर्तव्य यही आज्ञा देता है,'' लज्जा ने कहा।

''ओह!'' कहता हुआ प्रधान देवपाल सिर पकड़ कर बैठ गया। क्षण-भर में वह उन्मत्त हो उठा, और दौड़कर गुल के गले से लिपट गया।

सावधान होने पर देवपाल ने लज्जा को बन्दी बनाने वाले प्रहरी से कहा, ''उसे छोड़ दो।''

प्रहरी ने बहार की ओर देखा। उसका गूढ़ संकेत समझकर वह बोल उठा, ''मुक्त करने का अधिकार केवल शेख को है।''

देवपाल का क्रोध सीमा का अतिक्रमण कर चुका था, उसने खड्ग चला दिया। प्रहरी गिरा। उधर बहार 'हत्या! हाय!' चिल्लाती हुई भागी।

~

संसार की विभूति जिस समय चरणों में लोटने लगती है, वही समय पहाड़ी-दुर्ग के सिंहासन का था। शेख क्षमता की, ऐश्वर्य-मंडित मूर्ति था। लज्जा, मीना, गुल और देवपाल बन्दी-वेश में खड़े थे। भयानक प्रहरी दूर-दूर खड़े, पवन की भी गति जाँच रहे थे। जितना भीषण प्रभाव संभव है, वह शेख के उस सभागृह में था। शेख ने पूछा, ''देवपाल तुझे इस धर्म पर विश्वास है कि नहीं?''

''नहीं,'' देवपाल ने उत्तर दिया।

''तब तूने हमको धोखा दिया ?''

''नहीं, चंगेज़ के बन्दीगृह से छुड़ाने में जब समर-खंड में तुम्हारे अनुचरों ने मेरी सहायता की और मैं तुम्हारे उत्कोच या मूल्य से क्रीत हुआ, तब मुझे तुम्हारी आज्ञा पूरी करने की स्वभावतः इच्छा हुई। अपने शत्रु चंगेज़ का ईश्वरीय कोप, चंगेज़ का नाश करने की एक विकट लालसा मन में खेलने लगी, और मैंने उसकी हत्या की भी। मैं धर्म मान कर कुछ करने गया था, यह समझना भ्रम है।''

''यहाँ तक तो मेरी आज्ञा के अनुसार ही हुआ, परन्तु उस अलाउद्दीन की हत्या क्यों की ?'' दाँत पीसकर शेख ने कहा।

''यह मेरा उससे प्रतिशोध था!'' अविचल भाव से देवपाल ने कहा।

''तुम जानते हो कि इस पहाड़ के शेख केवल स्वर्ग के ही अधिपति नहीं, प्रत्युत हत्या के दूत भी हैं!'' क्रोध से शेख ने कहा।

''इसके जानने की मुझे उत्कण्ठा नहीं है शेख! प्राणी-धर्म में मेरा अखंड विश्वास है। अपनी रक्षा करने के लिए, अपने प्रतिशोध के लिए, जो स्वाभाविक जीवन-तत्त्व के सिद्धान्त की अवहेलना करके चुप बैठता है, उसे मृतक, कायर, सजीवता-विहीन, हड्डी-मांस के टुकड़े के अतिरिक्त मैं कुछ नहीं समझता। मनुष्य परिस्थितियों का अंधभक्त है, इसलिए मुझे जो करना था वह मैंने किया; अब तुम अपना कर्तव्य कर सकते हो,'' देवपाल का स्वर दृढ़ था।

भयानक शेख अपनी पूर्ण उत्तेजना से चिल्ला उठा। उसने कहा, ''और, तू कौन है स्त्री ? तेरा इतना साहस! मुझे ठगना!''

लज्जा अपना बाह्य आवरण फेंकती हुई बोली, ''हाँ शेख, अब आवश्यकता नहीं कि मैं छिपाऊँ, मैं देवपाल की प्रणयिनी हूँ!''

''तो तू इन सबको ले जाने या बहकाने आई थी, क्यों ?''

''आवश्यकता से प्रेरित होकर जैसे एक अत्यंत कुत्सित मनुष्य धर्माचार्य बनने का ढोंग कर रहा है, ठीक उसी प्रकार मैं स्त्री होकर भी, पुरुष बनी। यह दूसरी बात है कि संसार की सबसे पवित्र वस्तु धर्म की आड़ में आकांक्षा खेलती है। तुम्हारे पास साधन हैं, मेरे पास नहीं, अन्यथा मेरी आवश्कयता किसी से कम न थी,'' लज्जा हाँफ रही थी।

शेख ने देखा, वह दृत सौंदर्य! यौवन के ढलने में भी एक तीव्र प्रवाह था— जैसे चाँदनी रात में पहाड़ से झरना गिर रहा हो ? एक क्षण के लिए उसकी समस्त उत्तेजना पालतू पशु के समान सौम्य हो गई। उसने कहा, ''तुम ठीक मेरे स्वर्ग की रानी होने के योग्य हो। यदि मेरे मत में तुम्हारा विश्वास हो, तो मैं तुम्हें मुक्त कर सकता हूँ। बोलो।''

''स्वर्ग! इस पृथ्वी को स्वर्ग की क्या आवश्यकता है शेख? ना, ना, इस पृथ्वी को स्वर्ग के ठेकेदारों से बचाना होगा। पृथ्वी का गौरव स्वर्ग बन जाने से नष्ट हो जाएगा। इसकी स्वाभाविकता साधारण स्थिति में ही रह सकती है। पृथ्वी को केवल वसुंधरा होकर मानव जाति के लिए जाने दो, अपनी आकांक्षा के कल्पित स्वर्ग के लिए, क्षुद्र स्वार्थ के लिए, इस महती को, इस धरनी को, नरक न बनाओ, जिसमें देवता बनने के प्रलोभन में पड़कर मनुष्य राक्षस न बन जाये शेख?'' लज्जा ने कहा।

शेख पत्थर-भरे बादलों के समान कड़कड़ा उठा। उसने कहा, ''ले जाओ, इन दोनों को बन्दी बनाओ, मैं फिर विचार करूँगा; और गुल, तुम लोगों का यह पहला अपराध है क्षमा करता हूँ। सुनती हो मीना, जाओ अपने कुंज में, भागो। इन दोनों को भूल जाओ।''

~

बहार ने एक दिन गुल से कहा, ''चलो द्राक्षा-मंडप में संगीत का आनन्द लिया जाए।'' दोनों स्वर्गीय मदिरा में झूम रहे थे। मीना वहाँ अकेली बैठी उदासी में गा रही थी—

''वही स्वर्ग तो नरक है, जहाँ प्रियजन से विच्छेद है। वही रात प्रलय की है, जिसकी कालिमा में विरह का संयोग है। वह यौवन निष्फल है, जिसका हृदयवान उपासक नहीं। वह मदिरा हलाहल है, पाप है जो उन मधुर अधरों की उच्छिष्ट नहीं। वह प्रणय विषाक्त छुरी है, जिसमें कपट है। इसलिए हे जीवन, तू स्वप्न न देख, विस्मृति की निद्रा में सो जा! सुषुप्ति यदि आनन्द नहीं तो दुखों का अभाव तो है। इस जागरण से—इस आकांक्षा और अभाव के जागरण से—वह निर्द्वन्द्व सोना कहीं अच्छा है, मेरे जीवन!''

बहार का साहस न हुआ कि वह मंडप में पैर धरे, पर गुल, वह तो जैसे मूक था! एक भूल, अपराध और मनोवेदना के निर्जन कानन में भटक रहा था, यद्यपि उसके चरण निश्चल थे। इतने में हलचल मच गई। चारों ओर दौड़-धूप होने लगी। मालूम हुआ, स्वर्ग पर तातार के खान की चढ़ाई हुई है।

~

बरसों घिरे रहने से स्वर्ग की विभूति निशशेष हो गई थी। स्वर्गीय जीव अनाहार से तड़प रहे थे। तब भी मीना को आहार मिलता। आज शेख सामने बैठा था। उसकी प्याली में मदिरा की कुछ अन्तिम बूँदें थीं। जलन की तीव्र पीड़ा से व्याकुल और

आहत बहार उधर तड़प रही थी। आज बन्दी भी मुक्त कर दिये गये थे। स्वर्ग के विस्तृत प्रांगण में बन्दियों के दम तोड़ने की कातर ध्वनि गूँज रही थी। शेख ने एक बार उन्हें हँसकर देखा, फिर मीना की ओर देखकर उसने कहा, ''मीना! आज अंतिम दिन है! इस प्याली में अंतिम घूँटें हैं, मुझे अपने हाथ से पिला दोगी ?''

''बन्दी हूँ शेख! चाहे जो कहो।''

शेख एक दीर्घ निश्वास लेकर उठ खड़ा हुआ। उसने अपनी तलवार सँभाली। इतने में द्वार टूट पड़ा, तातारी घुसते हुए दिखलाई पड़े, शेख के पाप-दुर्बल हाथों से तलवार गिर पड़ी।

~

द्राक्षा के रूखे कुंज में देवपाल, लज्जा और गुल के शव के पास, मीना चुपचाप बैठी थी। उसकी आँखों में न आँसू थे, न ओठों पर क्रंदन। वह सजीव अनुकम्पा, निष्ठुर हो रही थी।

तातारों के सेनापति ने आकर देखा, उस दावाग्नि के अंधड़ में तृण-कुसुम सुरक्षित है। वह अपनी प्रतिहिंसा से अंधा हो रहा था। कड़ककर उसने पूछा, ''तू शेख की बेटी है ?''

मीना ने जैसे मूर्च्छा से आँखें खोलीं। उसने विश्वास-भरी वाणी से कहा, ''पिता मैं तुम्हारी लीला हूँ!''

~

सेनापति विक्रम को उस प्रान्त का शासन मिला; पर मीना उन्हीं स्वर्ग के खँड़हरों में उन्मुक्त घूमा करती। जब सेनापति बहुत स्मरण दिलाता, वह कह देती, ''मैं एक भटकी हुई बुलबुल हूँ। मुझे किसी टूटी डाल पर अंधकार बिता लेने दो! इस रजनी विश्राम का मूल्य—अंतिम तान सुनाकर जाऊँगी।''

मालूम नहीं, उसकी अंतिम तान किसी ने सुनी या नहीं।

सुनहरा साँप

"यह तुम्हारा दुस्साहस है, चन्द्रदेव!"

"मैं सत्य कहता हूँ, देवकुमार।"

"तुम्हारे सत्य की पहचान बहुत दुर्बल है, क्योंकि उसके प्रकट होने का साधन असत् है। मैं समझता हूँ कि तुम अपना प्रवचन देते समय बहुत ही भावात्मक हो जाते हो। किसी के जीवन का रहस्य, उसका विश्वास, समझ लेना हमारी-तुम्हारी बुद्धिरूपी 'एक्सरेज़' की पारदर्शिता के परे है," कहता हुआ देवकुमार हँस पड़ा; उसकी हँसी में विज्ञता की अवज्ञा थी।

चन्द्रदेव ने बात बदलने के लिए कहा, "इस पर मैं फिर वाद-विवाद करूँगा। अभी तो वह देखो, झरना आ गया—हम लोग जिसे देखने के लिए आठ मील से आये हैं।"

"सत्य और झूठ का पुतला मनुष्य अपने ही सत्य की छाया नहीं छू सकता, क्योंकि वह सदैव अंधकार में रहता है। चन्द्रदेव, मेरा तो विश्वास है कि तुम अपने को भी नहीं समझ पाते," देवकुमार ने कहा।

चन्द्रदेव बैठ गया। वह एकटक उस गिरते हुए प्रपात को देख रहा था। मसूरी-पहाड़ का यह झरना बहुत प्रसिद्ध है। एक गहरे गड्ढे में गिरकर, यह नाला बनता हुआ, ठुकराये हुए जीवन के समान भागा जाता है।

चन्द्रदेव एक ताल्लुकेदार का युवा पुत्र था। अपने मित्र देवकुमार के साथ मसूरी के ग्रीष्म-निवास में सुख और स्वास्थ्य की खोज में आया था। इस पहाड़ पर कब बादल छा जाएँगे, कब एक झोंका बरसता हुआ निकल जाएगा, इसका कोई निश्चय नहीं। चन्द्रदेव का नौकर पान-भोजन का सामान लेकर पहुँचा। दोनों मित्र एक अखरोट-वृक्ष के नीचे बैठकर खाने लगे। चन्द्रदेव थोड़ी मदिरा भी पीता था, स्वास्थ्य के लिए।

देवकुमार ने कहा, "यदि हम लोगों को बीच ही में भीगना न हो तो अब चल देना चाहिए।"

मदिरा पीते हुए चन्द्रदेव ने कहा, ''तुम बड़े डरपोक हो। तनिक भी साहित्यिक जीवन का आनन्द लेने का उत्साह तुममें नहीं। सावधान होकर चलना, समय से कमरे में जाकर बन्द हो जाना और अत्यन्त रोगी के समान सदैव पथ्य का अनुचर बने रहना हो तो मनुष्य घर ही बैठा रहे!''

देवकुमार हँस पड़ा। कुछ समय बीतने पर दोनों उठ खड़े हुए। अनुचर भी पीछे चला। बूँदें पड़ने लगी थीं। सबने अपनी-अपनी बरसाती सँभाली।

परन्तु उस वर्षा में कहीं विश्राम करना आवश्यक प्रतीत हुआ, क्योंकि उससे बचा लेना बरसाती के बूते का काम न था। तीनों छाया की खोज में चले। एक पहाड़ी चट्टान की गुफा मिली, छोटी-सी। ये तीनों उसमें घुस गए।

भवों पर से पानी पोंछते हुए चन्द्रदेव ने देखा, एक श्याम किन्तु उज्ज्वल मुख अपने यौवन की आभा में दमक रहा है। वह एक पहाड़ी स्त्री थी। चन्द्रदेव कला-विज्ञ होने का ढोंग करके उस युवती की सुडौल गढ़न देखने लगा। वह कुछ लज्जित हुई। प्रगल्भ चन्द्रदेव ने पूछा, ''तुम यहाँ क्या करने आई हो?''

''बाबूजी, मैं दूसरे पहाड़ी गाँव की रहनेवाली हूँ, अपनी जीविका के लिए आई हूँ।''

''तुम्हारी क्या जीविका है?''

''साँप पकड़ती हूँ।''

चन्द्रदेव चौंक उठा। उसने कहा, ''तो क्या तुम यहाँ भी साँप पकड़ रही हो? इधर तो बहुत कम साँप होते हैं।''

''हाँ, कभी खोजने से मिल जाते हैं। यहाँ एक सुनहला साँप मैंने अभी देखा है। उसे...'' कहते-कहते युवती ने एक ढोके की ओर संकेत किया।

चन्द्रदेव ने देखा, दो तीव्र ज्योति!

पानी का झोंका निकल गया था। चन्द्रदेव ने कहा, ''चलो देवकुमार, हम लोग चलें। रामू, तू भी तो साँप पकड़ता है ना? देवकुमार! यह बड़ी सफ़ाई से बिना किसी मंत्र-जड़ी के साँप पकड़ लेता है!'' देवकुमार ने सिर हिला दिया।

रामू ने कहा, ''हाँ सरकार! पकड़ूँ इसे?''

''नहीं-नहीं, उसे पकड़ने दे! हाँ, उसे होटल में लिवा लाना, हम लोग देखेंगे। क्यों देव! अच्छा मनोरंजन रहेगा ना?'' कहते हुए चन्द्रदेव और देवकुमार चल पड़े।

~

किसी क्षुद्र हृदय के पास, उसके दुर्भाग्य से दैवी सम्पत्ति या विद्या, बल, धन और सौन्दर्य उसके सौभाग्य का अभिनय करते हुए प्रायः देखे जाते हैं, तब उन विभूतियों

का दुरुपयोग अत्यन्त अरुचिकर दृश्य उपस्थित कर देता है। चन्द्रदेव का होटल-निवास भी वैसा ही था। राशि-राशि विडम्बनाएँ उसके चारों ओर घिरकर उसकी हँसी उड़ातीं, पर उनमें चन्द्रदेव को तो जीवन की सफलता ही दिखलाई देती।

उसके कमरे में कई मित्र एकत्र थे। 'नेरा' महुअर बजाकर अपना खेल दिखला रही थी। सबके बाद उसने दिखलाया, अपना पकड़ा हुआ वही सुन्दर सुनहरा साँप!

रामू एकटक नेरा की ओर देख रहा था। चन्द्रदेव ने कहा, ''रामू, यह शीशे का बक्स तो ले आ!''

रामू ने तुरन्त उसे उपस्थित किया।

चन्द्रदेव ने हँसकर कहा, ''नेरा! तुम्हारे सुन्दर साँप के लिए यह बक्स है।''

नेरा प्रसन्न होकर अपने नवीन आश्रित को उसमें रखने लगी, परन्तु वह उस सुन्दर घर में जाना नहीं चाहता था। रामू ने उसे बाध्य किया। साँप बक्स में आ रहा। नेरा ने उसे आँखों से धन्यवाद दिया।

चन्द्रदेव ने मित्रों से कहा, ''तुम्हारा अनुचर भी तो कम खेलाड़ी नहीं है!''

चन्द्रदेव ने गर्व से रामू की ओर देखा। परन्तु, नेरा की मधुरिमा रामू की आँखों की राह उसके हृदय में भर रही थी। वह एकटक उसे देख रहा था।

देवकुमार हँस पड़ा। खेल समाप्त हुआ। नेरा को बहुत-सा पुरस्कार मिला।

~

तीन दिन बाद, होटल के पास ही, चीड़-वृक्ष के नीचे चन्द्रदेव चुपचाप खड़ा था—वह बड़े गौर से देख रहा था—एक स्त्री और एक पुरुष को घुल-मिलकर बातें करते। उसे क्रोध आया; परन्तु न जाने क्यों, कुछ बोल न सका। देवकुमार ने पीठ पर हाथ धरकर पूछा, ''क्या है?''

चन्द्रदेव ने संकेत से उस ओर दिखा दिया। एक झुरमुट में नेरा खड़ी है और रामू कुछ अनुनय कर रहा है! देवकुमार ने यह देखकर चन्द्रदेव का हाथ पकड़कर खींचते हुए कहा, ''चलो।''

दोनों आकर अपने कमरे में बैठे।

देवकुमार ने कहा, ''अब कहो, इसी रामू के हृदय की परख तो तुम उस दिन बता रहे थे। इसी तरह सम्भव है, अपने को भी न पहचानते हो!''

चन्द्रदेव ने कहा, ''मैं उसे कोड़े से पीटकर ठीक करूँगा—बदमाश!''

~

चन्द्रदेव 'बाल' देखकर आया था, अपने कमरे में सोने जा रहा था, रात अधिक हो चुकी थी। उसे कुछ फिस-फिस का शब्द सुनाई पड़ा। उसे नेरा का ध्यान आ गया। वह होंठ काट कर अपने पलंग पर जा पड़ा। मात्रा कुछ अधिक थी। आतिशदान के कॉर्निस पर धरे हुए शीशे के बक्स और बोतल चमक उठे। पर उसे क्रोध ही अधिक आया, बिजली बुझा दी।

कुछ अधिक समय बीतने पर किसी चिल्लाहट से चन्द्रदेव की नींद खुली। रामू का-सा शब्द था। उसने स्विच दबाया, आलोक में चन्द्रदेव ने आश्चर्य से देखा कि रामू के हाथ में वही सुनहरा साँप हथकड़ी-सा जकड़ गया है! चन्द्रदेव ने कहा, ''क्यों रे बदमाश! तू यहाँ क्या करता था? अरे इसका तो प्राण संकट में है, नेरा होती तो!''

चन्द्रदेव घबरा गया था। इतने में नेरा ने कमरे में प्रवेश किया। इतनी रात को यहाँ? चन्द्रदेव क्रोध से चुप रहा। नेरा ने साँप से रामू का हाथ छुड़ाया और फिर उसे बक्स में बन्द किया। तब चन्द्रदेव ने रामू से पूछा, ''क्यों बे तू यहाँ क्या कर रहा था?'' रामू काँपने लगा।

''बोल, जल्द बोल! नहीं तो तेरी खाल उधेड़ता हूँ।''

रामू फिर भी चुप था।

चन्द्रदेव का चेहरा अत्यन्त भीषण हो रहा था। वह कभी नेरा की ओर देखता और कभी रामू की ओर। उसने पिस्तौल उठाई, नेरा रामू के सामने आ गई। उसने कहा, ''बाबूजी, यह मेरे लिए शराब लेने आया था, जो उस बोतल में धरी है।''

चन्द्रदेव ने देखा, मदिरा उस बोतल में अपनी लाल हँसी में मग्न थी। चन्द्रदेव ने पिस्तौल धर दिया। और, बोतल और बक्स उठाकर देते हुए मुँह फेरकर कहा, ''तुम दोनों इसे लेकर अभी चले जाओ, और रामू अब तुम कभी मुझे अपना मुँह मत दिखाना।''

दोनों धीरे-धीरे बाहर हो गए। रामू अपने मालिक का मन पहचानता था।

दूसरे दिन देवकुमार और चन्द्रदेव पहाड़ से उतरे। रामू उनके साथ न था।

~

ठीक ग्यारह महीने पर फिर उसी होटल में चन्द्रदेव पहुँचा था। तीसरा पहर था, रंगीन बादल थे, पहाड़ी संध्या अपना रंग जमा रही थी, पवन तीव्र था। चन्द्रदेव ने शीशे का पल्ला बन्द करना चाहा। उन्होंने देखा, रामू सिर पर पिटारा धरे चला जा रहा है और पीछे-पीछे अपनी मन्द गति से नेरा। नेरा ने भी ऊपर की ओर देखा, वह मुस्कराकर सलाम करती हुई रामू के पीछे चली गई। चन्द्रदेव ने धड़ से पल्ला बन्द करते हुए सोचा, 'सच तो, क्या मैं अपने को भी पहिचान सका?'

हिमालय का पथिक

"**गि**रि-पथ में हिम-वर्षा हो रही है, इस समय तुम कैसे यहाँ पहुँचे ? किस प्रबल आकर्षण से तुम खिंच आये ?" खिड़की खोलकर एक व्यक्ति ने पूछा। अमल धवल चन्द्रिका तुषार से घनीभूत हो रही थी। जहाँ तक दृष्टि जाती है, गगन-चुम्बी शैल शिखर, जिन पर बर्फ़ का मोटा लिहाफ़ पड़ा था, ठिठुरकर सो रहे थे। ऐसे ही समय पथिक उस कुटीर के द्वार पर खड़ा था। वह बोला, "पहले भीतर आने दो, प्राण बचें!"

बर्फ़ जम गई थी, द्वार पश्चिम से खुला। पथिक ने भीतर जाकर उसे बन्द कर लिया। आग के पास पहुँचा, और उष्णता का अनुभव करने लगा। ऊपर से और दो कम्बल डाल दिये गये। कुछ काल बीतने पर पथिक होश में आया। देखा, शैल-भर में एक छोटा-सा गृह धुँधली प्रभा से आलोकित है। एक वृद्ध है और उसकी कन्या। बालिका युवती हो चली है।

वृद्ध बोला, "कुछ भोजन करोगे ?"

पथिक, "हाँ भूख तो लगी है।"

वृद्ध ने बालिका की ओर देखकर कहा, "किन्नरी, कुछ ले आओ।"

किन्नरी उठी और कुछ खाने को ले आई। पथिक दत्तचित्त होकर उसे खाने लगा।

किन्नरी चुपचाप आग के पास बैठी देख रही थी। युवक-पथिक को देखने में उसे कुछ संकोच न था। पथिक भोजन कर लेने के बाद घूमा, और देखा। किन्नरी सचमुच हिमालय की किन्नरी है। ऊनी लम्बा कुरता पहने है, खुले हुए बाल एक कपड़े से कसे हैं जो सिर के चारों ओर टोप के समान बँधा है। कानों में दो बड़े-बड़े फ़ीरोजे लटकते हैं। सौन्दर्य है, जैसे हिमानी-मंडित उपत्यका में वसन्त की फूली हुई वल्लरी पर मध्याह्न का आतप अपनी सुखद कान्ति बरसा रहा हो। हृदय को चिकना कर देने वाला रूखा यौवन प्रत्येक अंग में लालिमा की लहरी उत्पन्न कर रहा है। पथिक देखकर भी अनिच्छा से सिर झुकाकर कुछ सोचने लगा।

वृद्ध ने पूछा, ''कहो तुम्हारा आगमन कैसे हुआ ?''

पथिक, ''निरुद्देश्य घूम रहा हूँ; कभी राजमार्ग, कभी खड्ढ, कभी सिन्धु तट और कभी गिरि-पथ देखता-फिरता हूँ। आँखों की तृष्णा मुझे बुझती नहीं दिखाई देती। यह सब क्यों देखना चाहता हूँ, कह नहीं सकता।''

''तब भी भ्रमण कर रहे हो!''

पथिक, ''हाँ, अब की इच्छा है कि हिमालय में ही विचरण करूँ। इसी के समान दूर तक चला जाऊँ!''

वृद्ध, ''तुम्हारे पिता-माता हैं ?''

पथिक, ''नहीं।''

किन्नरी, ''तभी तुम घूमते हो! मुझे तो पिताजी थोड़ी दूर भी नहीं जाने देते।'' वह हँसने लगी।

वृद्ध ने उसकी पीठ पर हाथ रखकर कहा, ''बड़ी पगली है!''

किन्नरी खिलखिला उठी।

पथिक, ''अपरिचित देशों में एक रात रमना और फिर चल देना। मन के समान चंचल हो रहा हूँ, जैसे पैरों के नीचे चिनगारी हो!''

किन्नरी, ''हम लोग तो कहीं जाते नहीं; सबसे अपरिचित हैं, कोई नहीं जानता। न कोई यहाँ आता है। हिमालय की निर्जन शिखर-श्रेणी और बर्फ़ की झड़ी, कस्तूरी मृग और बर्फ़ के चूहे, ये ही मेरे स्वजन हैं।''

वृद्ध, ''क्यों री किन्नरी! मैं कौन हूँ?''

किन्नरी, ''तुम्हारा तो कोई नया परिचय नहीं है; वही मेरे पुराने बाबा बने हो।''

वृद्ध सोचने लगा।

पथिक हँसने लगा। किन्नरी अप्रतिभ हो गई। वृद्ध गम्भीर होकर कम्बल ओढ़ने लगा।

~

पथिक को उस कुटीर में रहते कई दिन हो गये। न जाने किस बंधन ने उसे यात्रा से वंचित कर दिया है। पर्यटक युवक आलसी बनकर चुपचाप, खुली धूप में, बहुधा देवदारू की लम्बी छाया में बैठा हिमालय खंड की निर्जन कमनीयता की ओर एकटक देखा करता है। जब कभी अचानक आकर किन्नरी उसका कंधा पकड़कर हिला देती है तो उसके तुषारतुल्य हृदय में बिजली-सी दौड़ जाती है। किन्नरी हँसने लगती है—जैसे बर्फ़ गल जाने पर लता के फूल निखर आते हैं।

एक दिन पथिक ने कहा, ''कल मैं जाऊँगा।''

किन्नरी ने पूछा, ''किधर ?''

पथिक ने हिम-गिरि की ऊँची चोटी दिखलाते हुए कहा, ''उधर, जहाँ कोई न गया हो !''

किन्नरी ने पूछा, ''वहाँ जाकर क्या करोगे ?''

''देखकर लौट आऊँगा।''

''अभी से क्यों नहीं जाना रोकते, जब लौट ही आना है ?''

''देखकर आऊँगा; तुम लोगों से मिलते हुए देश को लौट जाऊँगा। वहाँ जाकर यहाँ का सब समाचार सुनाऊँगा।''

''वहाँ क्या तुम्हारा कोई परिचित है ?''

''यहाँ पर कौन था ?''

''चले जाने में तुमको कुछ कष्ट नहीं होगा ?''

''कुछ नहीं; हाँ एक बार जिनका स्मरण होगा, उसके लिए जी कचोटेगा। परन्तु ऐसे कितने ही हैं !''

''कितने होंगे ?''

''बहुत से; जिनके यहाँ दो घड़ी से लेकर दो-चार दिन तक आश्रय ले चुका हूँ। उन दयालुओं की कृतज्ञता से विमुख नहीं होता।''

''मेरी इच्छा होती है कि उस शिखर तक मैं भी तुम्हारे साथ चलकर देखूँ। बाबा से पूछ लूँ।''

''ना-ना, ऐसा न करना।'' पथिक ने देखा, बर्फ़ की चट्टान पर श्यामल दूर्बा उगने लगी है। मतवाले हाथी के पैर में फूली हुई लता लिपटकर साँकल बनना चाहती है। वह उठकर फूल बीनने लगा। एक माला बनाई। फिर किन्नरी के सिर पर बंधन खोलकर वही माला अटका दी। किन्नरी के मुख पर कोई भाव न था। वह चुपचाप थी। किसी ने पुकारा, ''किन्नरी !''

दोनों ने घूमकर देखा, वृद्ध का मुँह लाल था। उसने पूछा, ''पथिक ! तुमने देवता का निर्माल्य दूषित करना चाहा—तुम्हारा दण्ड क्या है ?''

पथिक ने गम्भीर स्वर में कहा, ''निर्वासन।''

''और भी कुछ ?''

''इससे विशेष तुम्हें अधिकार नहीं; क्योंकि तुम देवता नहीं, जो पाप की वास्तविकता समझ लो !''

''हूँ !''

''और, मैंने देवता के निर्माल्य को और भी पवित्र बनाया। उसे प्रेम के

गंधजल से सुरभित कर दिया है। उसे तुम देवता को अर्पण कर सकते हो।'' इतना कहकर पथिक उठा, और गिरिपथ से जाने लगा।

वृद्ध ने पुकारकर कहा, ''तुम कहाँ जाओगे ? वह सामने भयानक शिखर है!''

पथिक ने लौटकर खड्ढ में उतरना चाहा। किन्नरी पुकारती हुई दौड़ी, ''हाँ-हाँ, मत उतरना, नहीं तो प्राण न बचेंगे!''

पथिक एक क्षण के लिए रुक गया। किन्नरी ने वृद्ध से घूमकर पूछा, ''बाबा, क्या यह देवता नहीं है ?''

वृद्ध कुछ न कह सका। किन्नरी और आगे बढ़ी। उसी क्षण एक लाल धुँधली आँधी के सदृश्य बादल दिखलाई पड़ा। किन्नरी और पथिक गिरि-पथ से चढ़ रहे थे। वे अब दो श्याम-बिन्दु की तरह वृद्ध की आँखों में दिखाई देते थे। वह रक्तमलिन मेघ समीप आ रहा था। वृद्ध कुटीर की ओर पुकारता हुआ चला, ''दोनों लौट आओ; खूनी बर्फ़ आ रही है।'' परन्तु जब पुकारना था, तब वह चुप रहा। अब वे सुन नहीं सकते थे।

दूसरे ही क्षण खूनी बर्फ़, वृद्ध और उन दोनों के बीच में थी।

भिखारिन

जाह्नवी अपने बालू के कम्बल में ठिठुरकर सो रही थी। शीत कुहासा बनकर प्रत्यक्ष हो रहा था। दो-चार लाल धाराएँ प्राची के क्षितिज में बहना चाहती थीं। धार्मिक लोग स्नान करने के लिए आने लगे थे।

निर्मल की माँ स्नान कर रही थी और वह पण्डे के पास बैठा हुआ बड़े कुतूहल से धर्म-भीरु लोगों की स्नान-क्रिया देखकर मुस्करा रहा था। उसकी माँ स्नान करके ऊपर आई। अपनी चादर ओढ़ते हुए स्नेह से उसने निर्मल से पूछा, ''क्या तू स्नान न करेगा?''

निर्मल ने कहा, ''नहीं माँ, मैं तो धूप निकलने पर घर पर ही स्नान करूँगा।''

पण्डाजी ने हँसते हुए कहा, ''माता, अबके लड़के पुण्य-धर्म क्या जानें? यह सब तो जब तक आप लोग हैं, तभी तक है।''

निर्मल का मुँह लाल हो गया। फिर भी वह चुप रहा। उसकी माँ संकल्प लेकर कुछ दान करने लगी। सहसा जैसे उजाला हो गया—एक धवल दाँतों की श्रेणी अपना भोलापन बिखेर गई, ''कुछ हमको दे दो रानी माँ!''

निर्मल ने देखा, एक चौदह बरस की भिखारिन भीख माँग रही है। पण्डाजी झल्लाये, बीच ही में संकल्प अधूरा छोड़कर बोल उठे, ''चल हट!''

निर्मल ने कहा, ''माँ? कुछ इसे भी दे दो।''

माता ने उधर देखा भी नहीं, परन्तु निर्मल ने उस जीर्ण मलिन वसन में एक दरिद्र हृदय की हँसी को रोते हुए देखा। उस बालिका की आँखों में एक अधूरी कहानी थी। रूखी लटों में सादी उलझन थी, और बरौनियों के अग्रभाग में संकल्प के जल-बिन्दु लटक रहे थे, करुणा का दान जैसे होने ही वाला था।

धर्मपरायण निर्मल की माँ स्नान करके निर्मल के साथ चली। भिखारिन को अभी आशा थी; वह भी उन लोगों के साथ चली।

निर्मल एक भावुक युवक था। उसने पूछा, ''तुम भीख क्यों माँगती हो?''

भिखारिन की पोटली के चावल फटे कपड़े के छिद्र से गिर रहे थे। उन्हें

सँभालते हुए उसने कहा, ''बाबूजी, पेट के लिए।''

निर्मल ने कहा, ''नौकरी क्यों नहीं करतीं? माँ, इसे अपने यहाँ रख क्यों नहीं लेती हो? धनिया तो प्राय: आती भी नहीं।''

माता ने गम्भीरता से कहा, ''रख लो! कौन जाति है, कैसी है, जाना न सुना; बस रख लो।''

निर्मल ने कहा, ''माँ, दरिद्रों की तो एक ही जाति होती है।''

माँ झल्ला उठी और भिखारिन लौट चली। निर्मल ने देखा जैसे उमड़ी हुई मेघमाला बिना बरसे हुए लौट गई। उसका जी कचोट उठा। विवश था, माता के साथ चला गया।

~

''सुने री निर्धन के धन राम! सुने री—''

भैरवी के स्वर, पवन में आन्दोलन कर रहे थे। धूप गंगा के वृक्ष पर उजली होकर नाच रही थी। भिखारिन पत्थर की सीढ़ियों पर सूर्य की ओर मुँह किये गुनगुना रही थी। निर्मल आज अपनी भाभी के संग स्नान करने के लिए आया है। गोद में अपने चार बरस के भतीजे को लिये वह भी सीढ़ियों से उतरा। भाभी ने पूछा, ''निर्मल! आज क्या तुम भी पुण्य-संचय करोगे?''

''क्यों भाभी! जब तुम इस छोटे से बच्चे को इस सरदी में नहला देना धर्म समझती हो, तो मैं ही क्यों वंचित रह जाऊँ?''

सहसा निर्मल चौंक उठा। उसने देखा, बगल में वही भिखारिन बैठी गुनगुना रही है। निर्मल को देखते ही उसने कहा, ''बाबूजी, तुम्हारा बच्चा फले-फूले, बहू का सोहाग बना रहे! आज तो मुझे कुछ मिले।''

निर्मल अप्रतिभ हो गया। उसकी भाभी हँसती हुई बोली, ''दुर पगली!''

भिखारिन सहम गई। उसके दाँतों का भोलापन गम्भीरता के परदे में छिप गया। वह चुप हो गई।

निर्मल ने स्नान किया। सब ऊपर चलने के लिए प्रस्तुत थे। सहसा बादल हट गए, उन्हीं अमल-धवल दाँतों की श्रेणी ने फिर याचना की, ''बाबूजी, कुछ मिलेगा?''

''अरे अभी बाबूजी का ब्याह नहीं हुआ। जब होगा तब तुझे न्योता देकर बुलाएँगे। तब तक सन्तोष करके बैठी रह,'' भाभी ने हँसकर कहा।

''तुम लोग बड़ी निष्ठुर हो भाभी! उस दिन माँ से कहा कि इसे नौकर रख लो, तो वह इसकी जाति पूछने लगी; और आज तुम भी हँसी ही कर रही हो!''

निर्मल की बात काटते हुए भिखारिन ने कहा, ''बहूजी, तुम्हें देखकर मैं तो यही जानती हूँ कि ब्याह हो गया है। मुझे कुछ न देने के लिए बहाना कर रही हो!''

''मर पगली! बड़ी ढीठ है!'' भाभी ने कहा।

''भाभी! उस पर क्रोध न करो। वह क्या जाने, उसकी दृष्टि में सब अमीर और सुखी लोग विवाहित हैं। जाने दो, घर चलें!''

''अच्छा, चलो, आज माँ से कहकर इसे तुम्हारे लिये टहलनी रखवा दूँगी,'' कहकर भाभी हँस पड़ी!

युवक हृदय उत्तेजित हो उठा। बोला, ''यह क्या भाभी! मैं तो इससे ब्याह करने के लिए भी प्रस्तुत हो जाऊँगा! तुम व्यंग्य क्यों कर रही हो?''

भाभी अप्रतिभ हो गई। परन्तु भिखारिन अपने स्वाभाविक भोलेपन से बोली, ''दो दिन माँगने पर भी तुम लोगों से एक पैसा तो देते नहीं बना, फिर गाली क्यों देते हो बाबू? ब्याह करके निभाना तो बड़ी दूर की बात है!'' भिखारिन भारी मुँह किये लौट चली।

बालक रामू अपनी चालाकी में लगा था! माँ की जेब से छोटी दुअन्नी अपनी छोटी उँगलियों से उसने निकाल ली, और भिखारिन की ओर फेंककर बोला, ''लेती जाओ ओ भिखारिन!''

निर्मल और भाभी को रामू की इस दया पर कुछ प्रसन्नता हुई, पर वे प्रकट न कर सके; क्योंकि भिखारिन ऊपर की सीढ़ियों पर चढ़ती हुई गुनगुनाती चली जा रही थी—

''सुने री निर्धन के धन राम!''

कला

उसके पिता ने बड़े दुलार से उसका नाम रखा था, 'कला'। नवीन इन्दुकला-सी वह आलोकमयी और आँखों की प्यास बुझानेवाली थी। विद्यालय में सबकी दृष्टि उस सरल बालिका की ओर घूम जाती थी; परन्तु रूपनाथ और रसदेव उसके विशेष भक्त थे। कला भी कभी-कभी उन्हीं दोनों से बोलती थी, अन्यथा वह एक सुन्दर नीरवता ही बनी रहती।

तीनों एक-दूसरे से प्रेम करते थे, फिर भी उनमें डाह थी। वे एक-दूसरे को अधिकाधिक अपनी ओर आकर्षित देखना चाहते थे। छात्रावास में और बालकों से उनका सौहार्द्र नहीं। दूसरे बालक और बालिकायें आपस में इन तीनों की चर्चा करतीं।

कोई कहता, ''कला तो इधर आँख उठाकर देखती भी नहीं।''

दूसरा कहता, ''रूपनाथ सुन्दर तो है, किन्तु बड़ा कठोर।''

तीसरा कहता, ''रसदेव पागल है। उसके भीतर न जाने कितनी हलचल है। उसकी आँखों में निश्छल अनुराग है; पर कला को जैसे सबसे अधिक प्यार करता है।''

उन तीनों को इधर ध्यान देने का अवकाश नहीं। वे छात्रावास की फुलवारी में, अपनी धुन में मस्त विचरते थे। सामने गुलाब के फूल पर एक नीली तितली बैठी थी। कला उधर देखकर गुनगुना रही थी। उसकी सजल स्वर-लहरी अवगुंठित हो रही थी। पतले-पतले अधरों से बना हुआ छोटे-से मुँह का अवगुंठन उसे ढँकने में असमर्थ था। रूप एकटक देख रहा था और रस नीले आकाश में आँखें गड़ाकर उस गुँजार की मधुर श्रुति में काँप रहा था।

रूप ने कहा, ''आह, कला! जब तुम गुनगुनाने लगती हो तब तुम्हारे अधरों में कितनी लहरें खेलती हैं। भवें जैसे; अभिव्यक्ति के मंच पर चढ़ती-उतरती कितनी अमिट रेखाएँ हृदय पर बना देती हैं।'' रूप की बातें सुनकर कला ने गुनगुनाना बन्द कर दिया। रस ने व्याघात समझ कर भ्रूभंग-सहित उसकी ओर देखा।

कला ने कहा, ''अब मैं घर जाऊँगी, मेरी शिक्षा समाप्त हो चुकी।''

दोनों लुट गये। रूप ने कहा, ''मैं तुम्हारा चित्र बनाकर उसकी पूजा करूँगा।''

रस ने कहा, ''भला तुम्हें कभी भूल सकता हूँ!''

कला चली गई। एक दिन वसंत के गुलाब खिले थे, सुरभि से छात्रावास का उद्यान भर रहा था। रूपनाथ और रसदेव बैठे हुए कला की बातें कर रहे थे। रूपनाथ ने कहा, ''उसका रूप कितना सुन्दर है!''

रसदेव ने कहा, ''और उसके हृदय के सौन्दर्य का तो तुम्हें ध्यान ही नहीं।''

''हृदय का सौन्दर्य ही तो आकृति ग्रहण करता है, तभी मनोहरता रूप में आती है।''

''परन्तु कभी-कभी हृदय की अवस्था आकृति से नहीं खुलती, आँखें धोखा खाती हैं।''

''मैं रूप से हृदय की गहराई नाप लूँगा। रसदेव, तुम जानते हो कि मैं रेखा-विज्ञान में कुशल हूँ। मैं चित्र बनाकर उसे जब चाहूँगा, प्रत्यक्ष कर लूँगा। उसका वियोग मेरे लिए कुछ भी नहीं है।''

''आह! रूपनाथ! तुम्हारी आकांक्षा साधन-सापेक्ष है। भीतर की वस्तु को बाहर लाकर संसार की दूषित वायु से उसे नष्ट करने के लिए...''

''चुप रहो, तुम मन-ही-मन गुनगुनाया करो। कुछ है भी तुम्हारे हृदय में? कुछ खोलकर कह या दिखला सकते हो?'' कहकर रूपनाथ उठकर जाने लगा।

क्षुब्ध होकर उसका कंधा पीछे से पकड़ते हुए रसदेव ने कहा, ''तो मैं उसकी उपासना करने में असमर्थ हूँ।''

रूपनाथ अवहेलना से देखता हुआ मुस्कराता चला गया।

~

काल के विश्रृंखल पवन ने उन तीनों को जगत् के अंचल पर बिखेर दिया, पर वे सदैव एक दूसरे को स्मरण करते रहे। रूपनाथ एक चतुर चित्रकार बन गया। केवल कला का चित्र बनाने के लिए अपने अभ्यास को उसने और भी प्रखर कर लिया। वह अपनी प्रेम-छवि की पूजा के नित्य नये उपकरण जुटाता। वह पवन के थपेड़े से मुँह फेरे हुए फूलों का श्रृंगार, चित्रपटी के जंगलों को देता। उसकी तूलिका से जड़ होकर भीतरी आन्दोलनों के बाह्य दृश्य अनेक सुन्दर आकृतियों की विकृतियों में स्थायी बना दिये जाते। उसकी बड़ी ख्याति थी। फिर भी उसका गर्वस्फीत सिर अपनी चित्रशाला में आकर न जाने क्यों नीचे झुक जाता। वह अपने अभाव को जानता था, पर किसी से कहता न था। वह आज भी कला का अपने मनोनुकूल चित्र नहीं बना पाया।

रसदेव का जीवन नीरव निकुंजों में बीत रहा था। वह चुपचाप रहता। नदी-तट पर बैठे हुए उस पार की हरियाली देखते-देखते अंधकार का परदा खींच लेना, यही उसकी दिनचर्या थी, और नक्षत्र-माला सुशोभित गगन के नीचे अवाक्, निस्पंद पड़े हुए, सकुतूहल आँखों से जिज्ञासा करना उसकी रात्रिचर्या।

कुछ संगीतों की असंगति और कुछ अस्पष्ट छाया उसके हृदय की निधि थी पर लोग उसे निकम्मा, पागल और आलसी कहते। एकाएक रजनी में सरिता कलोल करती हुई बही जा रही थी। रसदेव ने कल्पना के नेत्रों से देखा, अकस्मात् नदी का जल स्थिर हो गया और अपने मरकत-मृणाल पर एक सहस्रदल मणि-पद्म जल-तल से ऊपर आकर नैश पवन में झूमने लगा। लहरों में स्वर के उपकरण से मूर्ति बनी, फिर नुपुरों की झनकार होने लगी। धीर, मंथर गति से तरल आस्तरण पर पैर रखते हुए एक छवि आकर उस कमल पर बैठ गई।

रसदेव बड़बड़ा उठा। वह काली रजनीवाले दुष्ट दिनों की दुःख-गाथा और आज की वैभवशालिनी निशा की सुख-कथा मिलाकर कुछ कहने लगा। वह छवि सुनती-सुनती मुस्कराने लगी, फिर चली गई। नुपुरों की मधुर-मधुर ध्वनि अपनी संगत का आधार उसे देती गई। विश्व का रूप रसमय हो गया। आकृतियों का आवरण हट गया। रसदेव की आँखें पारदर्शी हो गईं। आज रसदेव के हृदय की अव्यक्त ध्वनि सार्थक हो गई। वह कोमल पदावली गाने लगा।

~

नगर में आज बड़ी धूमधाम है। जिसे देखो रंगशाला की ओर दौड़ा जा रहा है। रंगशाला के विशिष्ट मंच पर सम्पन्न चित्रकार रूपनाथ ठाट-बाट से बैठा है। धनी, शिक्षित और अधिकारी लोग अपने आसनों पर जमे हैं। वीणा और मृदंग की मधुर ध्वनि के साथ अभिनेत्री ने यवनिका उठते ही पदार्पण किया। नुपुर की झनकारों की लहर ठहर-ठहर कर उठने लगी। उँगली और कलाई, कटि और बाहुमूल स्वर की मरोर से बल खा रहे थे। लोगों ने कहा, ''देखने की वस्तु आज ही दिखलाई पड़ी। जीवन का सबसे बड़ा लाभ आज ही मिला।''

कितने सहृदय अपने उछलते हुए हृदय को हाथों से दबाये थे। शालीनता उनके लिए विपत्ति बन गई थी।

चित्रकार का अंधभक्त धनकुबेर भी पास ही बैठा था। उसने कहा, ''रूपनाथ, इसका एक सुन्दर चित्र बनाकर तुम मुझे दे सकोगे ?''

चित्रकार ने देखा, अतुलनीय छविराशि! तूलिका इसके समीप पहुँच सकेगी ? वह आँखों में अंकित करने लगा। सहसा अभिनेत्री के अधर खुले। नृत्य-

श्लथ-श्वास-प्रश्वास क्षण-भर के लिए रुके; बाँसुरी बज उठी। वागेश्वरी के स्वरों के कम्पन की लहरें ज्योति-सी बिखरने लगीं। चित्रकार पुकार उठा, ''कला!''

परन्तु यह क्या, उसने देखा, कला सजीव चित्र थी। उसकी पूर्णता स्वर-कंपन के ज्योति-मंडल में ओत-प्रोत थी। उसने पागलों की तरह चिल्लाकर कहा, ''मैं असफल हूँ। मैं इस भाव को रूप न दे सकूँगा।'' वह उठकर चला गया।

कंगाल रसदेव भी पीछे के मंच पर अपने एक साथी के साथ बैठा था। उसने कहा, ''रसदेव, यह तो तुम्हारी बनाई हुई 'स्मृति' नाम की कविता गा रही है; तुम्हारी रसमयी भावुकता ही तो इस स्वर्गीय संगीत का केन्द्र है, आत्मा है। जैसे वर्णमाला पहनकर आलोक-शिखा नृत्य कर रही है।''

संगीत में उस समय विश्राम था। अभिनेत्री ने वीणा और मृदंग को संकेत से रोक कर मूल अभिनय आरंभ कर दिया था। अपने झलमले अँचल को मायाजाल के समान फैलाकर स्मृति की प्रत्यक्ष अनुभूति बन रही थी। कवि की मधुर वाणी उसे सुनाई पड़ी। कवि रसदेव ने अपने साथी से हँसते हुए कहा, ''इसकी अंतिम और मुख्य पदावली यह भूल गई, उसका अर्थ है, 'मेरी भूल ही तेरा रहस्य है, इसीलिए कितनी ही कल्पनाओं में तुझे खोजता हूँ, देखता हूँ, हे मेरे चिर सुन्दर!' ''

वह स्मृति में जैसे जग पड़ी। उसने सतृष्ण दृष्टि से उस कहनेवाले को खोजा और अपने बधाई के फूल—विजयमाला—उस दूर खड़े कंगाल कवि के चरणों में श्रद्धांजलि के सदृश बिखेरने चाहे।

रसदेव ने गर्वस्फीत सर झुका दिया।

देवदासी

'..................'

1—3—25

प्रिय रमेश! परदेस में किसी अपने से घर लौट आने का अनुरोध बड़ी सांत्वना देता है, परन्तु अब तुम्हारा मुझे बुलाना एक अभिनय-सा है। हाँ, मैं कटूक्ति करता हूँ, जानते हो क्यों? मैं झगड़ना चाहता हूँ, क्योंकि संसार में अब मेरा कोई नहीं है, मैं उपेक्षित हूँ। सहसा अपने का-सा स्वर सुनकर मन में क्षोभ होता है। अब मेरा घर लौट कर आना अनिश्चित है। मैंने '..........' के हिन्दी-प्रचार-कार्यालय में नौकरी कर ली है। तुम तो जानते ही हो कि मेरे लिए प्रयाग और '..........' बराबर है। अब अशोक विदेश में भूखा न रहेगा। मैं पुस्तक बेचता हूँ।

यह तुम्हारा लिखना ठीक है कि एक आने का टिकट लगाकर पत्र भेजना मुझे अखरता है। पर तुम्हारे गाल यदि मेरे समीप होते तो उन पर पाँचों नहीं तो मेरी तीन उँगलियाँ अपना चिह्न अवश्य ही बना देतीं; तुम्हारा इतना साहस—मुझे लिखते हो कि बेयरिंग पत्र भेज दिया करो! ये सब गुण मुझमें होते तो मैं भी तुम्हारी तरह '........' प्रेस में प्रूफ़रीडर का काम करता होता। सावधान, अब कभी ऐसा लिखोगे तो मैं उत्तर भी न दूँगा।

लल्लू को मेरी ओर से प्यार कर लेना। उससे कह देना कि पेट से बचा सकूँगा तो एक रेलगाड़ी भेज दूँगा।

यद्यपि अपनी यात्रा का समाचार बराबर लिखकर मैं तुम्हारा मनोरंजन न कर सकूँगा, तो भी सुन लो '..........' में एक बड़ा पर्व है, वहाँ '..........' का देवमन्दिर बड़ा प्रसिद्ध है। तुम तो जानते होगे कि दक्षिण में कैसे-कैसे दर्शनीय देवालय हैं, उनमें भी यह प्रधान है। मैं वहाँ कार्यालय की पुस्तकें बेचने के लिए जा रहा हूँ।

तुम्हारा,

अशोक

पुनश्च—

मुझे विश्वास है कि मेरा पता जानने के लिए कोई उत्सुक न होगा। फिर भी सावधान! किसी पर प्रकट न करना।

~

'..........'

10—02—25

प्रिय रमेश!

रहा नहीं गया! लो सुनो—मन्दिर देखकर हृदय प्रसन्न हो गया। ऊँचा गोपुरम; सुदृढ़ प्राचीर, चौड़ी परिक्रमाएँ और विशाल सभा-मंडप भारतीय स्थापत्य-कला के चूड़ान्त निदर्शन हैं। यह देव-मन्दिर हृदय पर गम्भीर प्रभाव डालता है। हम जानते हैं कि तुम्हारे मन में यहाँ के पण्डों के लिए प्रश्न होगा, फिर भी वे उत्तर भारत से बुरे नहीं हैं। पूजा और आरती के समय एक प्रभावशाली वातावरण हृदय को भारावनत कर देता है।

मैं कभी-कभी एकटक देखता हूँ—उन मन्दिरों को ही नहीं, किन्तु उस प्राचीन भारतीय संस्कृति को, जो सर्वोच्च शक्ति को अपनी महत्ता, सौन्दर्य और ऐश्वर्य के द्वारा व्यक्त करना जानती थी। तुमसे कहूँगा यदि कभी रुपये जुटा सको तो एक बार दक्षिण के मन्दिरों को अवश्य देखना, देव-दर्शन की कला यहाँ देखने में आती है। एक बात और है, मैं अभी बहुत दिनों तक यहाँ रहूँगा। मैं यहाँ की भाषा भली-भाँति बोल लेता हूँ। मुझे परिक्रमा के भीतर ही एक कोठरी संयोग से मिल गई है। पास में ही एक कुआँ भी है। मुझे प्रसाद भी मन्दिर से ही मिलता है। मैं बड़े चैन से हूँ। यहाँ पुस्तकें बेच भी लेता हूँ, सुन्दर चित्रों के कारण पुस्तकों की अच्छी बिक्री हो जाती है। गोपुरम के पास ही में दूकान फैला देता हूँ और महिलाएँ मुझसे पुस्तकों का विवरण पूछती हैं। मुझे समझाने में बड़ा आनन्द आता है। पास ही बड़े सुन्दर-सुन्दर दृश्य हैं—नदी, पहाड़ और जंगल—सभी तो हैं। मैं कभी-कभी घूमने भी चला जाता हूँ। परन्तु उत्तर भारत के समान यहाँ के देवविग्रहों के समीप हम लोग नहीं जा सकते। दूर से ही दीपालोक में उस अचल मूर्ति की झाँकी हो जाती है। यहाँ मन्दिरों में संगीत और नृत्य का भी आनन्द रहता है। बड़ी चहल-पहल है। आजकल तो यात्रियों के कारण और भी सुन्दर-सुन्दर प्रदर्शन होते हैं।

तुम जानते हो कि मैं अपना पत्र इतना सविस्तार क्यों लिख रहा हूँ!—तुम्हारे कृपण और संकुचित हृदय में उत्कंठा बढ़ाने के लिए! मुझे इतना ही सुख सही।

तुम्हारा,
अशोक

~

‘ .... ’

17—3—25

प्रिय रमेश!

समय को उलाहना देने की प्राचीन प्रथा को मैं अच्छी नहीं समझता। इसलिए जब वह शुष्क मांसपेशी अलग दिखानेवाला, चौड़ी हड्डियों का अपना शरीर लठिया के बल पर टेकता हुआ, चिदम्बरम् नाम का पंडा मेरे समीप बैठ कर अपनी भाषा में उपदेश देने लगता है तो मैं घबरा जाता हूँ। वह समय का एक दुर्दृश्य चित्र खींचकर, अभाव और आपदाओं का उल्लेख करके विभीषिका उत्पन्न करता है। मैं उनसे मुक्त हूँ; भोजन-मात्र के लिए अर्जन करके सन्तुष्ट घूमता हूँ—सोता हूँ! मुझे समय की क्या चिन्ता? पर मैं यह जानता हूँ कि वही मेरा सहायक है—मित्र है। इतनी आत्मीयता दिखलाता है कि मैं उसकी उपेक्षा नहीं कर सकता। अहा, एक बात तो लिखना मैं भूल ही गया था! उसे अवश्य लिखूँगा, क्योंकि तुम्हारे सुने बिना मेरा सुख अधूरा रहेगा। मेरे सुख को मैं ही जानूँ, तब उसमें धरा ही क्या है, जब तुम्हें उसकी डाह न हो! तो सुनो—

सभा-मंडप के शिल्प-रचनापूर्ण स्तम्भ से टिकी हुई एक उज्ज्वल श्यामवर्ण की बालिका को अपनी पतली बाहुलता के सहारे, घुटने को छाती से लगाये प्रायः बैठी हुई देखता हूँ। स्वर्ण-मल्लिका की माला उसके जूड़े से लगी रहती है। प्रायः वह कुसुमाभरण भूषिता रहती है। उसे देखने का मुझे चस्का लग गया है। वह मुझसे हिन्दी सीखना चाहती है। मैं तुमसे पूछता हूँ कि उसे पढ़ाना आरम्भ कर दूँ? उसका नाम है पद्मा। चिदम्बरम् और पद्मा में खूब पटती है। वह हरिनी की तरह झिझकती भी है। पर न जाने क्यों मेरे पास आ बैठती है, मेरी पुस्तकें उलट-पलट देती है। मेरी बातें सुनते-सुनते वह ऐसी हो जाती है, जैसे कोई अलाप ले रही हो, और मैं प्रायः आधी बात कहते-कहते रुक जाता हूँ। इसका अनुभव मुझे तब होता है, जब मेरे दृष्टि-पथ से वह हट जाती है। उसे देखकर मेरे हृदय में कविता करने की इच्छा होती है, यह क्यों? मेरे हृदय का सोता हुआ सौन्दर्य जाग उठता है। तुम मुझे नीच समझोगे और कहोगे कि अभागे अशोक के हृदय की स्पर्द्धा तो देखो! पर मैं सच कहता हूँ, उसे देखने पर मैं अनन्त ऐश्वर्यशाली हो जाता हूँ।

हाँ, वह मन्दिर में नाचती और गाती है। और भी बहुत-सी हैं, पर मैं कहूँगा, वैसी एक भी नहीं। लोग उसे देवदासी पद्मा कहते हैं, वे अधम है; वह देवबाला पद्मा है!

वही,

अशोक

~

28—3—25

प्रिय रमेश!

तुम्हारा उलहाना निस्सार है। मैं इस समय केवल पद्मा को समझ सकता हूँ। फिर अपने या तुम्हारे कुशल-मंगल की चर्चा क्यों करूँ? तुम उसका रूप-सौन्दर्य पूछते हो, मैं उसका विवरण देने में असमर्थ हूँ। हृदय में उपमाएँ नाचकर चली जाती हैं, ठहरने नहीं पातीं कि मैं उन्हें लिपिबद्ध करूँ। वह एक ज्योति है, जो अपनी महत्ता और आलोक में अपना अवयव छिपाए रखती है। केवल तरल, नील, शुभ्र और करुण आँखें मेरी आँखों से मिल जाती हैं, मेरी आँखों में श्यामा कादम्बिनी की शीतलता छा जाती है। और, संसार के अत्याचारों से निराश इस झंझरीदार कलेजे के वातायन से वह स्निग्ध मलयानिल के झोंके की तरह घुस आती है। एक दिन की घटना लिखे बिना नहीं रहा जाता—

मैं अपनी पुस्तकों की दूकान फैलाये बैठा था गोपुरम् के समीप ही वह कहीं से झपटी हुई चली आती थी। दूसरी ओर से एक युवक उसके सामने आ खड़ा हुआ। वह युवक, मन्दिर का कृपाभाजन एक धनी दर्शनार्थी था; यह बात उसके कानों के चमकते हुए हीरे के 'टप' से प्रकट थी। वह बेरोक-टोक मन्दिर में चाहे जहाँ आता-जाता है। मन्दिर में प्राय: लोगों को उससे कुछ मिलता है; सब उसका सम्मान करते हैं। उसे सामने देखकर पद्मा को खड़ा होना पड़ा। उसने बड़ी नीच मुखाकृति से कुछ बातें कहीं, किन्तु पद्मा कुछ न बोली। फिर उसने स्पष्ट शब्दों में रात्रि को अपने मिलने का स्थान निर्देश किया। पद्मा ने कहा, ‘‘मैं नहीं आ सकूँगी।’’ वह लाल-पीला होकर बकने लगा। मेरे मन में क्रोध का धक्का लगा, मैं उठकर उसके पास चला गया। वह मुझे देखकर हटा तो, पर कहता गया, ‘‘अच्छा देख लूँगा!’’

उस नील-कमल से मकरंद-बिन्दु टपक रहे थे। मेरी इच्छा हुई कि वह मोती बटोर लूँ। पहली बार मैंने उन कपोलों पर हाथ लगाकर उन्हें लेना चाहा। आह, उन्होंने वर्षा कर दी! मैंने पूछा, ‘‘उससे तुम इतनी भयभीत क्यों हो?’’

‘‘मंदिर में दर्शन करनेवालों का मनोरंजन करना मेरा कर्तव्य है; मैं देवदासी हूँ!’’ उसने कहा।

‘‘यह तो बड़ा अत्याचार है। तुम क्यों यहाँ रहकर अपने को अपमानित करती हो?’’ मैंने कहा।

‘‘कहाँ जाऊँ, मैं देवता के लिए उत्सर्ग कर दी गई हूँ,’’ उसने कहा।

‘‘नहीं-नहीं, देवता तो क्या, राक्षस भी मानव-स्वभाव की बलि नहीं लेता— वह तो रक्त-मांस से ही सन्तुष्ट हो जाता है। तुम अपनी आत्मा और अन्त:करण

की बलि क्यों देती हो ?'' मैंने कहा।

''ऐसा न कहो, पाप होगा; देवता रुष्ट होगा—'' उसने कहा।

''पापों को देवता खोजें, मनुष्य के पास कुछ पुण्य भी है पद्मा! तुम उसे क्यों नहीं खोजती हो! पापों का न करना ही पुण्य नहीं। तुम अपनी आत्मा की अधिकारिणी हो, अपने हृदय की तथा शरीर की सम्पूर्ण स्वामिनी हो, मत डरो। मैं कहता हूँ कि इससे देवता प्रसन्न होंगे; आशीर्वाद की वर्षा होगी।'' मैंने एक साँस में कहकर देखा कि उसके मस्तक में उज्ज्वलता आ गई है, वह एक स्फूर्ति का अनुभव करने लगी है। उसने कहा, ''अच्छा तो फिर मिलूँगी।''

वह चली गई। मैंने देखा कि बूढ़ा चिदम्बरम मेरे पीछे खड़ा मुस्करा रहा है। मुझे क्रोध भी आया पर कुछ न बोलकर, मैंने पुस्तकें बटोरना आरम्भ किया।

तुम कुछ अपनी सम्मति दोगे ?

—अशोक

~

'..........'

1—4—25

रमेश !

कल संगीत हो रहा था। मंदिर आलोक-माला से सुसज्जित था। नृत्य करती हुई पद्मा गा रही थी, ''नाम समेत वृत केत वादयते मृदु वेणु...'' ओह ! वे संगीत मदिरा की लहरें थीं। मैं उसमें उभ-चुभ होने लगा। उसके कुसुम-आभरण से भूषित अंग-लता के संचालन से वायु-मंडल सौरभ से भर जाता था। वह विवश थी, जैसे कुसुमिता लता तीव्र पवन के झोंके से। रागों के स्वर का स्पन्दन उसके अभिनय में था। लोग उसे विस्मय-विमुग्ध देखते थे। पर न जाने क्यों मेरे मन में उद्वेग हुआ; मैं जाकर अपनी कोठरी में पड़ रहा। आज कार्यालय से लौट आने के लिए पत्र आया था। उसी को विचारता हुआ कब तक आँखें बन्द किये पड़ा रहा, मुझे विदित नहीं। सहसा साँय-साँय, फुस-फुस का शब्द सुनाई पड़ा; मैं ध्यान लगाकर सुनने लगा।

ध्यान देने पर मैं जान गया कि दो व्यक्ति बातें कर रहे थे—चिदम्बरम् और रामस्वामी नाम का वही धनी युवक। मैं मनोयोग से सुनने लगा—

चिदम्बरम्, ''तुमने आज तक उसकी इच्छा के विरुद्ध बड़े-बड़े अत्याचार किये हैं, अब जब वह नहीं चाहती तो तुम उसे क्यों सताते हो ?''

रामस्वामी, ''सुनो चिदम्बरम्, सुन्दरियों की कमी नहीं; पर न जाने क्यों मेरा

हृदय उसे छोड़कर दूसरी ओर नहीं जाता। वह इतनी निरीह है कि उसे मसलने में आनन्द आता है ! एक बार उससे कह दो मेरी बातें सुन ले, फिर जो चाहे करे।''

चिदम्बरम् चला गया और उसकी बातें बन्द हुईं। और सच कहता हूँ, मन्दिर से मेरा मन प्रतिकूल होने लगा। पैरों के शब्द हुए, वही जैसे रोती हुई बोली, ''रामस्वामी; मुझ पर दया न करोगे ?'' ओह ! कितनी वेदना थी उसके शब्दों में परन्तु रामस्वामी के हृदय में तीव्र ज्वाला जल रही थी। उसके वाक्यों में लू-जैसी झुलस थी। उसने कहा, ''पद्मा ! यदि तुम मेरे हृदय की ज्वाला समझ सकतीं तो तुम ऐसा न कहतीं। मेरे हृदय की तुम अधिष्ठात्री हो, तुम्हारे बिना मैं जी नहीं सकता। चलो, मैं देवता का कोप सहने के लिए प्रस्तुत हूँ, मैं तुम्हें लेकर कहीं चल चलूँगा।''

''देवता का निर्माल्य तुमने दूषित कर दिया है, पहले इसका तो प्रायश्चित करो। मुझे केवल देवता के चरणों में मुरझाये हुए फूल के समान गिर जाने दो। रामस्वामी, ऐसा स्मरण होता है कि मैं भी तुम्हें चाहने लगी थी। उस समय मेरे मन में यह विश्वास था कि देवता यदि पत्थर के न होंगे तो समझेंगे कि यह मेरे माँसल यौवन और रक्तपूर्ण हृदय की साधारण आवश्यकता है। मुझे क्षमा कर देंगे, परन्तु मैं यदि वैसा पुण्य परिणय कर सकती ! आह ! तुम इस तपस्वी के कुटी समान हृदय में इतना सौन्दर्य लेकर क्यों अतिथि हुए ? रामस्वामी तुम मेरे दुःखों के मेघ में वज्रपात थे।''

पद्मा रो रही थी। सन्नाटा हो गया। सहसा जाते-जाते रामस्वामी ने कहा, ''मैं तुम्हारे बिना नहीं रह सकता!'' रमेश ! मैं भी पद्मा के बिना नहीं रह सकता। मैंने भी कार्यालय में त्याग-पत्र भेज दिया है। भूखों मरूँगा, पर उपाय क्या है ?

—अभागा अशोक

~

'..........'

2—4—25

रमेश !

मैं बड़ा विचलित हो रहा हूँ। एक कराल छाया मेरे जीवन पर पड़ रही है ! अदृष्ट मुझे अज्ञात पथ पर खींच रहा है, परन्तु तुमको लिखे बिना रह नहीं सकता।

मधुमास में जंगली फूलों की भीनी-भीनी महक सरिता के कूल की शैलमाला को आलिंगन दे रही थी। मक्खियों की भन्नाहट का कलनाद गुंजरित हो रहा था। नवीन पल्लवों के कोमल स्पर्श से वनस्थली पुलकित थी। मैं जंगली, जर्द चमेली

के अकृत्रिम कुंज के अन्तराल में बैठा, नीचे बहती हुई नदी के साथ वसंत की धूप का खेल देख रहा था। हृदय में आशा थी। अहा! वह अपने तुहिन-जाल से रत्नाकर के सब रत्नों को, आकाश से सब मुक्ताओं को निकाल, खींच कर मेरे चरणों में उझल देती थी। प्रभात की पीली किरणों से हेमगिरि को घसीट ले आती थी; और ले आती थी पद्मा की मौन प्रणय-स्वीकृति। मैं भी आज वन-यात्रा के उत्सव में देवता के भोग-विग्रह के साथ इस वनस्थली में आया था। बहुत से नागरिक भी आये थे। देव-विग्रह विशाल वट वृक्ष के नीचे स्थित हुआ और यात्री-दल इधर-उधर नदी तट के नीचे शैलमाला, कुंजों, गह्वरों और घाटियों की हरियाली में छिप गया। लोग आमोद-प्रमोद पान-भोजन में लग गये। हरियाली के भीतर से कहीं पिकलू, कहीं क्लारेनेट और देवदासियों के कोकिल-कंठ का सुंदर स्वर निकलने लगा। वह कानन-नंदन हो रहा था और मैं उसमें विचरने वाला एक देवता। क्यों? मेरा विश्वास था कि देवबाला पद्मा यहाँ है। वह भी देव-विग्रह के आगे-आगे नृत्य गान करती हुई आई थी।

मैं सोचने लगा, 'अहा! वह समय भी आएगा, जब मैं पद्मा के साथ एकान्त में इस कानन में विचरूँगा। वह पवित्र, वह मेरे जीवन का महत्तम योग कब आयेगा?' आशा ने कहा, ''उसे आया ही समझो।'' मैं मस्त होकर वंशी बजाने लगा। आज मेरी बाँस की बाँसुरी में बड़ा उन्माद था। वंशी नहीं, मेरा हृदय बज रहा था। चिदम्बरम् आकर मेरे सामने खड़ा हो गया। वह भी मुग्ध था। उसने कभी मेरी बाँसुरी नहीं सुनी थी। जब मैंने अपनी आसावरी बन्द की, वह बोल उठा, ''अशोक, तुम एक कुशल कलावंत हो।'' कहना न होगा कि वह देवदासियों का संगीत-शिक्षक भी था। वह चला गया और थोड़ी ही देर में पद्मा को साथ लिये आया। उसके हाथों में भोजन का सामान भी था। पद्मा को उसने उत्तेजित कर दिया था। वह आते ही बोली, ''मुझे भी सुनाओ।'' जैसे मैं स्वप्न देखने लगा। पद्मा और मुझसे अनुनय करे! मैंने कहा, ''बैठ जाओ।'' और जब वह कुसुम-कंकण मंडित करों पर कपोल धर कर मल्लिका की छाया में आ बैठी, तो मैं बजाने लगा। रमेश, मैंने वंशी नहीं बजाई! सच कहता हूँ, मैं अपनी वेदना श्वासों से निकाल रहा था। इतनी करुण, इतनी स्निग्ध, मैं तानें ले-लेकर उसमें स्वयं पागल हो जाता था। मेरी आँखों में मद-विकार था, मुझे उस समय अपनी पलकें बोझ मालूम होती थीं!

बाँसुरी रखने पर भी उसकी प्रतिध्वनि का सोहाग वन-लक्ष्मी के चारों ओर घूम रहा था। पद्मा ने कहा, ''सुन्दर! तुम सचमुच अशोक हो!'' वन-लक्ष्मी पद्मा अचल थी। मुझे एक कविता सूझी! मैंने कहा, ''पद्मा! मैं कठोर पृथ्वी का

अशोक, तुम तरल जल की पद्मा! भला अशोक के राग-रक्त के नव-पल्लवों में पद्मा का विकास कैसे होगा?''

बहुत दिनों पर पद्मा हँस पड़ी। उसने कहा, ''अशोक, तुम लोगों की वचन-चातुरी सीखूँगी। कुछ खा लो।'' वह देती गई, मैं खाता गया। जब हम स्वस्थ होकर बैठे तो देखा, चिदम्बरम् चला गया है। पद्मा नीचे सिर किये अपने नखों को खुरच रही है। हम लोग सबसे ऊँचे कगारे पर थे। नदी की ओर ढालुवाँ पहाड़ी कगारा था। मेरे सामने संसार की एक हरियाली थी। सहसा रामस्वामी ने आकर कहा, ''पद्मा, आज मुझे मालूम हुआ कि तुम उत्तरी दरिद्र पर मरती हो।'' पद्मा ने छलछलाई आँखों से उसकी ओर देखकर कहा, ''रामस्वामी! तुम्हारे अत्याचारों का कहीं अन्त है?''

''सो नहीं हो सकता। उठो, अभी मेरे साथ चलो।''

''ओह! नहीं, तुम क्या मेरी हत्या करोगे? मुझे भय लगता है!''

''मैं कुछ नहीं करूँगा। चलो, मैं इसके साथ तुम्हें नहीं देख सकता,'' कहकर उसने पद्मा का हाथ पकड़कर घसीटा। वह कातर-दृष्टि से मुझे देखने लगी। उस दृष्टि में जीवन भर के किए गए अत्याचारों का विवरण था। उन्मत्त पिशाच-सदृश बल से मैंने रामस्वामी को धक्का दिया। और मैंने हतबुद्धि होकर देखा, वह तीन सौ फ़ीट नीचे चूर होता हुआ नदी के खरस्रोत में जा गिरा, यद्यपि मेरी वैसी इच्छा न थी। पद्मा ने मेरी ओर भयपूर्ण नेत्रों से देखा और अवाक्! उसी समय चिदम्बरम् ने आकर मेरा हाथ पकड़ लिया। पद्मा से कहा, ''तुम शीघ्र देवदासियों में जाकर मिलो। सावधान! एक शब्द भी मुँह से न निकले। मैं अशोक को लेकर नगर की ओर जाता हूँ।'' वह बिना उत्तर की प्रतीक्षा किये मुझे घसीटता ले चला। मैं नहीं जानता कि मैं कैसे घर पहुँचा। मैं कोठरी में अचेत पड़ रहा। रात-भर वैसे ही रहा। प्रभात होते ही तुम्हें पत्र लिख रहा हूँ। मैंने क्या किया? रमेश! तुम कुछ लिखो, मैं क्या करूँ?

—अधम अशोक

~

'..........'

8—4—25

प्रिय रमेश!

तुम्हारा यह लिखना कि 'सावधान बनो! पत्र में ऐसी बातें अब न लिखना!' व्यर्थ है। मुझे भय नहीं, जीवन की चिन्ता नहीं।

नगर-भर में केवल यही जनश्रुति फैली है कि 'रामस्वामी उस दिन से कहीं चला गया है और वह पद्मा के प्रेम से हताश हो गया था।' मैं किंकर्तव्यविमूढ़ हूँ। चिदम्बरम् मुझे दो मुट्ठी भात खिलाता है। मैं मंदिर के विशाल प्रांगण में कहीं-न-कहीं बैठा रहता हूँ। चिदम्बरम् जैसे मेरे उस जन्म का पिता है। परंतु पद्मा, अहा! उस दिन से मैंने उसे गाते और नाचते नहीं देखा। वह प्रायः सभा-मंडप के स्तम्भ से टिकी हुई, दोनों हाथों में अपने एक घुटने को छाती से लगाये अर्द्ध स्वप्नावस्था में बैठी रहती है। उसका मुख विवर्ण, शरीर क्षीण, पलक अपांग और उसके श्वास में यान्त्रिक स्पंदन है। नये यात्री कभी-कभी उसे देखकर भ्रम करते होंगे कि वह भी कोई प्रतिमा है। और मैं सोचता हूँ कि मैं हत्यारा हूँ। स्नेह से स्नान कर लेता हूँ, घृणा से मुँह ढँक लेता हूँ। उस घटना के बाद से हम तीनों में कभी इसकी चर्चा नहीं हुई। क्या सचमुच पद्मा रामस्वामी को चाहती थी? मेरे प्यार ने भी उसका अपकार ही किया, और मैं? ओह! वह स्वप्न कैसा सुन्दर था!

रमेश! मैं देवता की ओर देख भी नहीं सकता। सोचता हूँ कि मैं पागल हो जाऊँगा। फिर मन में आता है कि पद्मा भी बावली हो जाएगी। परन्तु मैं पागल न हो सकूँगा; क्योंकि मैं पद्मा से कभी अपना प्रणय नहीं प्रकट कर सका। उससे एक बार कह देने की कामना है, ''पद्मा, मैं तुम्हारा प्रेमी हूँ। तुम मेरे लिए सोहागिनी के कुंकुम बिन्दु के समान पवित्र, इस मन्दिर के देवता की तरह भक्ति की प्रतिमा और मेरे दोनों लोक की निगूढ़तम आकांक्षा हो।''

पर वैसा होने का नहीं। मैं पूछता हूँ कि पद्मा और चिदम्बरम् ने मुझे फाँसी क्यों नहीं दिलाई?

रमेश! अशोक विदा लेता है। वह पत्थर के मन्दिर का एक भिखारी है। अब पैसा नहीं कि तुम्हें पत्र लिखूँ और किसी से माँगूँगा भी नहीं। अधम, नीच अशोक लल्लू को किस मुँह से आशीर्वाद दे?

—हतभाग्य अशोक

समुद्र-सन्तरण

क्षितिज में नील जलधि और व्योम का चुम्बन हो रहा है। शान्त प्रदेश में शोभा की लहरियाँ उठ रही हैं। गोधूली का करुण प्रतिबिम्ब, बेला की बालुकामयी भूमि पर दिगन्त की तीक्षा का आह्वान कर रहा है।

नारिकेल के निभृत कुंजों में समुद्र का समीर अपना नीड़ खोज रहा था। सूर्य लज्जा या क्रोध से नहीं, अनुराग से लाल, किरणों से शून्य, अनन्त रसनिधि में डूबना चाहता है। लहरियाँ हट जाती हैं। अभी डूबने का समय नहीं है, खेल चल रहा है।

सुदर्शन कृति के उस महा अभिनय को चुपचाप देख रहा है। इस दृश्य में सौन्दर्य का करुण संगीत था। कला का कोमल चित्र नील-धवल लहरों में बनता-बिगड़ता था। सुदर्शन ने अनुभव किया कि लहरों में सौर जगत झोंके खा रहा है। वह उसे नित्य देखने आता; परन्तु राजकुमार के वेश में नहीं। उसके वैभव के उपकरण दूर रहते। वह अकेला साधारण मनुष्य के समान इसे देखता, निरीह छात्र के सदृश इस गुरु दृश्य से कुछ अध्ययन करता। सौरभ के समान चेतन परमाणुओं से उसका मस्तक भर उठता। वह अपने राजमंदिर को लौट जाता।

सुदर्शन बैठा था किसी की प्रतीक्षा में। उसे न देखते हुए, मछली फँसाने का जाल लिये, एक धीवर कुमारी समुद्र-तट से कगारों पर चढ़ रही थी, जैसे पंख फैलाये तितली। नील भ्रमरी सी उसकी दृष्टि एक क्षण के लिए कहीं नहीं ठहरती थी। श्याम-सलोनी गोधूली-सी वह सुन्दरी सिकता में अपने पद-चिह्न छोड़ती हुई चली जा रही थी।

राजकुमार की दृष्टि उधर फिरी। सायंकाल का समुद्र-तट उसकी आँखों में दृश्य के उस पार की वस्तुओं का रेखाचित्र खींच रहा था। जैसे; वह जिसको नहीं जानता था, उसको कुछ-कुछ समझने लगा हो, और वही समझ, वही चेतना एक रूप रख कर सामने आ गई हो। उसने पुकारा, ''सुन्दरी!''

जाती हुई सुन्दरी धीवर-बाला लौट आई। उसके अधरों में मुस्कान, आँखों

में क्रीड़ा और कपोलों पर यौवन की आभा खेल रही थी, जैसे नील मेघ-खंड के भीतर स्वर्ण-किरण अरुण का उदय।

धीवर-बाला आकर खड़ी हो गई। बोली, ''मुझे किसने पुकारा?''

''मैंने।''

''क्या कह कर पुकारा?''

''सुन्दरी!''

''क्यों मुझमें क्या सौन्दर्य है? और है भी कुछ तो क्या तुमसे विशेष?''

''हाँ, मैं आज तक किसी को सुन्दरी कहकर नहीं पुकार सका था; क्योंकि यह सौन्दर्य-विवेचना मुझमें अब तक नहीं थी।''

''आज अकस्मात् यह सौन्दर्य-विवेक तुम्हारे हृदय में कहाँ से आया?''

''तुम्हें देखकर मेरी सोई हुई सौन्दर्य-तृष्णा जाग गई।''

''परन्तु भाषा में जिसे सौन्दर्य कहते हैं, वह तो तुममें पूर्ण है।''

''मैं यह नहीं मानता; क्योंकि फिर सब मुझी को चाहते, सब मेरे पीछे बावले बने घूमते। यह तो नहीं हुआ। मैं राजकुमार हूँ; मेरे वैभव का प्रभाव चाहे सौन्दर्य का सृजन कर देता हो, पर मैं उसका स्वागत नहीं करता। उस प्रेम-निमंत्रण में वास्तविकता कुछ नहीं।''

''हाँ, तो तुम राजकुमार हो! इसी से तुम्हारा सौन्दर्य सापेक्ष है।''

''तुम कौन हो?''

''धीवर-बालिका।''

''क्या करती हो?''

''मछली फँसाती हूँ,'' कहकर उसने जाल को लहरा दिया।

''जब इस अनन्त एकान्त में लहरियों के बहाने से प्रकृति अपनी हँसी का चित्र दत्तचित्त होकर बना रही है, तब तुम उसी के अंचल में ऐसा निष्ठुर काम करती हो?''

''निष्ठुर है तो, पर मैं विवश हूँ। हमारे द्वीप के राजकुमार का परिणय होनेवाला है। उसी उत्सव के लिए सुनहली मछलियाँ फँसाती हूँ। ऐसी ही आज्ञा है।''

''परन्तु वह ब्याह तो होगा नहीं।''

''तुम कौन हो?''

''मैं भी राजकुमार हूँ। राजकुमारों को अपने चक्र की बात विदित रहती है, इसीलिए कहता हूँ।''

धीवर-बाला ने एक बार सुदर्शन के मुख की ओर देखा, फिर कहा—

''तब तो मैं इन निरीह जीवों को छोड़े देती हूँ।''

सुदर्शन ने कुतूहल से देखा, बालिका ने अपने अँचल से सुनहली मछलियों से भरी हुई मूठ समुद्र में बिखेर दी, जैसे जल-बालिका वरुण के चरण में स्वर्ण-सुमनों का उपहार दे रही हो। सुदर्शन ने प्रगल्भ होकर उसका हाथ पकड़ लिया, और कहा—

''यदि मैंने झूठ कहा हो, तो ?''

''तो कल फिर जाल डालूँगी।''

''तुम केवल सुन्दरी ही नहीं, सरल भी हो।''

''और तुम वंचक हो।'' कहकर धीवर-बाला ने एक निश्वास ली, और सन्ध्या के समान अपना मुख फेर लिया। उसकी अलकावली जाल के साथ मिलकर निशीथ का नवीन अध्याय खोलने लगी। सुदर्शन सिर नीचा करके कुछ सोचने लगा। धीवर बालिका चली गई। एक मौन अन्धकार टहलने लगा। कुछ काल के अनन्तर दो व्यक्ति एक अश्व लिये आये। सुदर्शन से बोले, ''श्रीमन्, विलम्ब हुआ। बहुत-से निमन्त्रित लोग आ रहे हैं। महाराज ने आपको स्मरण किया है।''

''मेरा यहाँ पर कुछ खो गया है, उसे ढूँढ लूँगा, तब लौटूँगा।''

''श्रीमन्, रात्रि समीप है।''

''कुछ चिन्ता नहीं, चन्द्रोदय होगा।''

''हम लोगों को क्या आज्ञा है ?''

''जाओ।''

सब लोग गये। राजकुमार सुदर्शन बैठा रहा। चाँदी का थाल लिये रजनी समुद्र से कुछ अमृत-भिक्षा लेने आई। उदार सिन्धु देने के लिए उमड़ उठा। लहरियाँ सुदर्शन के पैर चूमने लगीं। उसने देखा, दिगंत-विस्तृत जलराशि पर कोई गोल और धवल पाल उड़ाता हुआ अपनी सुन्दर तरणी लिये हुए आ रहा है। उसका विषय-शून्य हृदय व्याकुल हो उठा। उत्कट प्रतीक्षा—दिगंत-गामिनी अभिलाषा—उसकी जन्मान्तर की स्मृति बनकर उस निर्जन प्रकृति में रमणीयता की—समुद्र-गर्जन में संगीत की सृष्टि करने लगी। धीरे-धीरे उसके कानों में एक कोमल अस्फुट नाद गूँजने लगा। उस दूरागत स्वर्गीय संगीत ने उसे अभिभूत कर दिया। नक्षत्र-मालिनी प्रकृति हीरे-नीलम से जड़ी पुतली के समान उसकी आँखों का खेल बन गई।

सुदर्शन ने देखा, सब सुन्दर है। आज तक जो प्रकृति उदास चित्र बनकर सामने आती थी वह उसे हँसती हुई मोहिनी और मधुर सौन्दर्य से ओत-प्रोत दिखाई

देने लगी। अपने में और सब में फैली हुई उस सौन्दर्य की विभूति को देखकर सुदर्शन की तन्मयता उत्कंठा में बदल गई। उसे उन्माद हो चला। इच्छा होती थी कि वह समुद्र बन जाए। उसकी उद्वेलित लहरों से चन्द्रमा की किरणें खेलें और वह हँसा करे। इतने में ध्यान आया उस धीवर-बालिका का। इच्छा हुई कि वह भी वरुण-कन्या-सी चन्द्र-किरणों से लिपटी हुई उसके विशाल वक्षस्थल में विहार करे। उसकी आँखों में गोल धवल पालवाली नाव समा गई, कानों में अस्फुट संगीत भर गया। सुदर्शन उत्मत्त था। कुछ पद-शब्द सुनाई पड़े। उसे ध्यान आया कि मुझे लौटा ले जाने के लिए कुछ लोग आ रहे हैं। वह चंचल हो उठा। फेनिल जलधि में फाँद पड़ा। लहरों में तैर चला।

बेला से दूर—चारों ओर जल—आँखों में वही धवल पाल, कानों में अस्फुट संगीत। सुदर्शन तैरते-तैरते थक चला था। संगीत और वंशी समीप आ रही थी। एक छोटी मछली पकड़ने की नाव आ रही थी। पास आने पर देखा धीवर-बाला वंशी बजा रही है और नाव अपने मन से चल रही है।

धीवर-बाला ने कहा, ''आओगे ?''

लहरों को चीरते हुए सुदर्शन ने कहा, ''कहाँ ले चलोगी ?''

''पृथ्वी से दूर जल-राज्य में; जहाँ कठोरता नहीं केवल शीतल, कोमल और तरल आलिंगन है; प्रवंचना नहीं सीधा आत्मविश्वास है; वैभव नहीं सरल सौन्दर्य है।''

धीवर-बाला ने हाथ पकड़कर सुदर्शन को नाव पर खींच लिया। दोनों हँसने लगे। चन्द्रमा और जलनिधि भी।

बनजारा

धीरे-धीरे रात खिसक चली, प्रभात के फूलों से तारे चू पड़ना चाहते थे। विन्ध्य की शैलमाला में गिरि-पथ पर एक झुंड बैलों का बोझ लादे आता था। साथ के बनजारे उनके गले की घंटियों के मधुर स्वर में अपने ग्राम-गीतों का आलाप मिला रहे थे। शरद ऋतु की ठंड से भरा हुआ पवन उस दीर्घ पथ पर किसी को खोजता हुआ दौड़ रहा था।

वे बनजारे थे। उनका काम था सरगुजा तक के जंगलों में जाकर व्यापार की वस्तु क्रय-विक्रय करना। प्राय: बरसात छोड़कर वे आठ महीने यही उद्यम करते। उस परिचित पथ में चलते हुए वे अपने परिचित गीतों को कितनी ही बार उन पहाड़ी चट्टानों से टकरा चुके थे। उन गीतों में आशा, उपालम्भ, वेदना और स्मृतियों की कचोट, ठेस और उदासी भरी रहती।

सबसे पीछे वाले युवक ने अभी अपने आलाप को आकाश में फैलाया था, उसके गीत का अर्थ था—

"मैं बार-बार लाभ की आशा से लादने जाता हूँ; परन्तु हे उस जंगल की हरियाली में अपने यौवन को छिपानेवाली कोलकुमारी! तुम्हारी वस्तु बड़ी महँगी है! मेरी सब पूँजी भी उसको क्रय करने के लिए पर्याप्त नहीं। पूँजी बढ़ाने के लिए व्यापार करता हूँ; एक दिन धनी होकर आऊँगा; परन्तु विश्वास है कि तब भी तुम्हारे सामने रंक ही रह जाऊँगा!"

आलाप लेकर वह जंगली वनस्पतियों की सुगन्ध में अपने को भूल गया। यौवन के उभार में नन्दू अपरिचित सुखों की ओर जैसे अग्रसर हो रहा था। सहसा बैलों की श्रेणी के अग्रभाग में हलचल मची। तड़ातड़ का शब्द, चिल्लाने और कूदने का उत्पात होने लगा। नन्दू का सुख-स्वप्न टूट गया, "बाप रे डाका!" कहकर वह एक पहाड़ी गहराई में उतरने लगा। गिर पड़ा, लुढ़कता हुआ नीचे चला। मूर्छित हो गया।

~

हाकिम परगना और इंजीनियर का पड़ाव अधिक दूर न था। डाका पड़ने वाला स्थान दूसरे ही दिन भीड़ से भर गया। गोड़ैत और सिपाहियों की दौड़-धूप चलने लगी। एक छोटी-सी पहाड़ी के नीचे, फूस की झोपड़ी में, उषा की किरनों का गुच्छा सुनहले फूल के सदृश झलकने लगा था। अपने दोनों हाथों पर झुकी हुई एक साँवली-सी युवती उस आहत पुरुष के मुख को एकटक देख रही थी। धीरे-धीरे युवती के मुख पर मुस्कुराहट और पुरुष के मुख पर सचेष्टता के लक्षण दिखलाई देने लगे। पुरुष ने आँखें खोल दीं। युवती पास ही धरा हुआ गरम दूध उसके मुँह में डालने लगी और युवक पीने लगा।

युवक को उतनी चोट नहीं थी, जितना वह भय से आक्रान्त था। वह दूध पीकर स्वस्थ हो चला था; उठने की चेष्टा करते हुए पूछा, ''मोनी, तुम हो!''

''हाँ चुप रहो।''

''अब मैं चंगा हो गया हूँ, कुछ डरने की बात नहीं।'' अभी युवक इतना ही कह पाया था कि एक कोल-चौकीदार की क्रूर आँखें उस झोपड़ी में झाँकने लगीं। युवती ने उसे देखा। चौकीदार ने हँसकर कहा, ''वाह मोनी! डाका भी डलवाती हो और दया भी करती हो! बताओ तो कौन-कौन थे; साहब पूछ रहे हैं!''

मोनी की आँखें चढ़ गईं। उसने दाँत पीसकर कहा, ''तुम पाजी हो! जाओ, मेरी झोपड़ी में से निकल जाओ!''

''हाँ यह कहो, तो तुम्हारा मन रीझ गया है इस पर, यह तो कभी-कभी तुम्हारा प्याज-मेवा लेने आता था न!'' चौकीदार ने कहा।

घायल बाघिनी-सी वह तड़प उठी। चौकीदार कुछ सहमा। परन्तु वह पूरा काइयाँ था, अपनी बात का रुख बदलकर वह युवक से कहने लगा, ''क्यों जी तुम्हारा भी तो लूटा गया है, कुछ तुम्हें भी चोट आई है! चलो साहब से अपना हाल कहो। बहुत से माल का पता लगा है; चलकर देखो तो!''

~

''क्यों मोनी। अब जेल जाओगी ना? बोलो; अब से भी अच्छा है। हमारी बात मान जाओ,'' चौकीदार ने पड़ाव से दूर हथकड़ी से जकड़ी हुई मोनी से कहा। मोनी अपनी आँखों की स्याही सन्ध्या की कालिमा में मिला रही थी। पेड़ों के उस झुरमुट में दूर वह बनजारा भी खड़ा था। एक बार मोनी ने उसकी ओर देखा, उसके ओंठ फड़क उठे। वह बोली, ''मैं किसी को नहीं जानती, और नहीं जानती थी कि उपकार करने जाकर यह अपमान भोगना पड़ेगा!'' फिर जेल की भीषणता स्मरण करके वह दीनता से बोली, ''चौकीदार! मेरी झोपड़ी और सब पेड़ ले लो; मुझे बचा लो?''

चौकीदार हँस पड़ा। बोला, ''मुझे वह सब न चाहिए; बोलो तुम मेरी बात मानोगी, वही...''

मोनी ने चिल्लाकर कहा, ''नहीं, कभी नहीं!''

नर-पिशाच चौकीदार ने बेदर्द होकर कई थप्पड़ लगाये, पर मोनी न रोई, न चिल्लाई। वह हठी लड़के की तरह उस मारने वाले का मुँह देख रही थी।

हाकिम परगना एक अच्छे सिविलियन थे। वे कैम्प से टहलने के लिए गए थे; नन्दू ने न जाने उनसे हाथ जोड़ते हुए क्या कहा, वे उधर ही चल पड़े जहाँ मोनी थी।

~

सब बातें समझकर साहब ने मोनी की हथकड़ी खोलते हुए चौकीदार की पीठ पर दो-तीन बेंत जमाये, और कहा, ''देख बदमाश! आज तो तुझे छोड़ता हूँ, फिर इस तरह का कोई काम किया, तो तुझसे चक्की ही पिसवाऊँगा। असली डाकुओं का पता लगाओ।''

मोनी पड़ाव से चली गई। और नन्दू अपना बैल पहचान कर ले चला। वह फिर बराबर अपने उस व्यापार में लगा रहा।

~

कई महीने बाद—

एक दिन फिर प्याज-मेवा लेने के लालच में नन्दू उसी मोनी की झोपड़ी की ओर पहुँचा। वहाँ जाकर उसने देखा—झोपड़ी से सब पत्ते के छाजन तितर-बितर होकर बिखर रहे हैं और पत्थर के ढोंके अब-तब गिरना चाहते हैं। भीतर कूड़ा है, जहाँ वह पहले जंगली वस्तुओं का ढेर देख करता था। उसने पुकारा, ''मोनी!'' कोई उत्तर न मिला। नन्दू लौटकर अपने पथ पर आने लगा।

सामने देखा—पहाड़ी नदी के तट पर बैठी हुई मोनी को! वह हँसता हुआ फूल कुम्हला गया था, अपने दोनों पैर नदी में डाले बैठी थी। नन्दू ने पुकारा, ''मोनी!'' वह फिर भी कुछ न बोली। अब वह पास आ गया। मोनी ने देखा। एक बार उसके मुँह पर कुछ तरावट-सी दौड़ गई, फिर सहसा कड़ी धूप निकल आने पर एक बौछार की गीली भूमि जैसे रूखी हो जाती है, वैसे ही उसके मुँह पर धूल उड़ने लगी।

नन्दू ने पूछा, ''मोनी! प्याज-मेवा है?''

मोनी ने रूखेपन से कहा, ''अब मैं नहीं बटोरती नन्दू! बेचने के लिए नहीं इकट्ठा करती।''

नन्दू ने पूछा, ''क्यों अब क्या हो गया ?''

''जंगल में वही सब तो हम लोगों के भोजन के लिए है, उसे बेच दूँगी, तो खाऊँगी क्या ?''

''और पहले क्या था ?''

''वह लोभ था; व्यापार करने की, धन बटोरने की इच्छा थी।''

''अब वह इच्छा क्या हुई ?''

''अब मैं समझती हूँ कि सब लोग न तो व्यापार कर सकते हैं और न तो सब वस्तु बाज़ार में बेची जा सकती है।''

''तो मैं लौट जाऊँ ?''

''हाँ, लौट जाओ; जब तक ओस की बूँदों से ठंडी धूल तुम्हारे पैरों में लगे उतने ही समय में अपना पथ समाप्त कर लो !''

''मैं लादना छोड़ दूँगा मोनी !''

''ओह ! यह क्यों ? मैं इस पहाड़ी पर निःस्तब्ध प्रभात में घंटियों के मधुर स्वर की आशा में अनमनी बैठी रहती हूँ। वह पहुँचने का, बोझ उतारने के व्याकुल विश्राम का अनुभव करके सुखी रहती हूँ। मैं नहीं चाहती कि किसी को लादने के लिए मैं बोझ इकट्ठा करूँ ! नन्दू !''

नन्दू हताश था। वह अपने बैल की खाली पीठ पर हाथ धरे चुपचाप अपने पथ पर चलने लगा।

चूड़ीवाली

"**अ**भी तो पहना गई हो।"

"बहूजी, बड़ी अच्छी चूड़ियाँ हैं। सीधे बम्बई से पारसल मँगाया है। सरकार का हुक्म है; इसलिए नई चूड़ियाँ आते ही चली आती हूँ।"

"तो जाओ, सरकार को ही पहनाओ, मैं नहीं पहनती।"

"बहूजी! ज़रा देख तो लीजिए।" कहती मुस्कराती हुई ढीठ चूड़ीवाली अपना बक्स खोलने लगी। वह पच्चीस वर्ष की एक गोरी-छरहरी स्त्री थी। उसकी कलाई सचमुच चूड़ी पहनाने के लिए ढली थी। पान से लाल पतले-पतले होंठ दो-तीन वक्रताओं में अपना रहस्य छिपाए हुए थे। उन्हें देखने का मन करता, देखने पर उन सलोने अधरों से कुछ बुलवाने का जी चाहता। बोलने पर हँसाने की इच्छा होती और उस हँसी में शैशव का अल्हड़पन, यौवन की तरावट और प्रौढ़ की-सी गम्भीरता बिजली के समान लड़ जाती।

बहूजी को उसकी हँसी बहुत बुरी लगती; पर जब पंजों में अच्छी चूड़ी चढ़ाकर, संकट में फँसाकर वह हँसते हुए कहती, "एक पान मिले बिना यह चूड़ी नहीं चढ़ती।" तब बहूजी को क्रोध के साथ हँसी आ जाती और उसकी तरल हँसी की तरी लेने में तन्मय हो जातीं।

कुछ ही दिनों से यह चूड़ीवाली आने लगी है। कभी-कभी बिना बुलाए ही चली आती और ऐसे ढंग फैलाती कि बिना सरकार के आए निबटारा न होता। यह बहूजी को असह्य हो जाता। आज उसको चूड़ी फँसाते देख बहूजी झल्लाकर बोलीं, "आजकल दुकान पर ग्राहक कम आते हैं क्या?"

"बहूजी, आजकल खरीदने की धुन में हूँ, बेचती हूँ कम।" इतना कहकर कई दर्जन चूड़ियाँ बाहर सजा दीं। स्लीपरों के शब्द सुनाई पड़े। बहूजी ने कपड़े सम्हाले, पर वह ढीठ चूड़ीवाली बालिकाओं के समान सिर टेढ़ा करके, "यह जर्मनी की है, यह फरांसीसी है, यह जापानी है," कहती जाती थी। सरकार पीछे खड़े मुस्करा रहे थे।

‘‘क्या रोज़ नई चूड़ियाँ पहनाने के लिए इन्हें हुक्म मिला है ?'' बहूजी ने गर्व से पूछा।

सरकार ने कहा, ‘‘पहनो, तो बुरा क्या है ?''

‘‘बुरा तो कुछ नहीं, चूड़ी चढ़ाते हुए कलाई दुखती होगी,'' चूड़ीवाली ने सिर नीचा किए कनखियों से देखते हुए कहा। एक लहर-सी लाल आँखों की ओर से कपोलों को तर करती हुई दौड़ जाती थी। सरकार ने देखा—एक लालसा-भरी युवती व्यंग्य कर रही है। हृदय में हलचल मच गई, घबराकर बोले, ‘‘ऐसा है, तो न पहनें।''

‘‘भगवान करे, रोज़ पहनें,'' चूड़ीवाली आशीर्वाद देने के गम्भीर स्वर में प्रौढ़ा के समान बोली।

‘‘अच्छा, तुम अभी जाओ,'' सरकार और चूड़ीवाली दोनों की ओर देखते हुए बहूजी ने झुँझलाकर कहा।

‘‘तो क्या मैं लौट जाऊँ? आप तो कहती थीं ना, कि सरकार को ही पहनाओ, तो ज़रा उनसे पहनने के लिए कह दीजिए।''

‘‘निकल मेरे यहाँ से,'' कहते हुए बहूजी की आँखें तिलमिला उठीं। सरकार धीरे से निकल गए। अपराधी के समान सिर नीचा किए चूड़ीवाली अपनी चूड़ियाँ बटोरकर उठी। हृदय की धड़कन में अपनी रहस्यपूर्ण निश्वास छोड़ती हुई चली गई।

~

चूड़ीवाली का नाम था विलासिनी। वह नगर की एक प्रसिद्ध नर्तकी की कन्या थी। उसके रूप और संगीत-कला की सुख्याति थी, वैभव भी कम न था! विलास और प्रमोद का पर्याप्त सम्भार मिलने पर भी उसे सन्तोष न था। हृदय में कोई अभाव खटकता था, वास्तव में उसकी मनोवृत्ति उसके व्यवसाय के प्रतिकूल थी।

कुलवधू बनने की अभिलाषा हृदय में और दाम्पत्य-सुख का स्वर्गीय स्वप्न उसकी आँखों में समाया था। स्वच्छन्द प्रणय का व्यापार अरुचिकर हो गया, परन्तु समाज उससे हिंस्र पशु के समान सशंक था। उससे आश्रय मिलना असम्भव जानकर विलासिनी ने छल के द्वारा वही सुख लेना चाहा। यह उसकी सरल आवश्यकता थी, क्योंकि अपने व्यवसाय में उसका प्रेम क्रय करने के लिए बहुत-से लोग आते थे, पर विलासिनी अपना हृदय खोलकर किसी से प्रेम न कर सकती थी।

उन्हीं दिनों सरकार के रूप, यौवन और चारित्र्य ने उसे प्रलोभन दिया। नगर

के समीप बाबू विजयकृष्ण की अपनी ज़मींदारी में बड़ी सुन्दर अट्टालिका थी। वहीं रहते थे। उनके अनुचर और प्रजा उन्हें सरकार कहकर पुकारती थी। विलासिनी की आँखें विजयकृष्ण पर गड़ गईं। अपना चिर-संचित मनोरथ पूर्ण करने के लिए वह कुछ दिनों के लिए चूड़ीवाली बन गई थी।

सरकार चूड़ीवाली को जानते हुए भी अनजान बने रहे। अमीरी का एक कौतुक था, एक खिलवाड़ समझकर उसके आने-जाने में बाधा न देते। क्योंकि विलासिनी के कला-पूर्ण सौन्दर्य ने जो कुछ प्रभाव उनके मन पर डाला था, उसके लिए उनके सुरुचिपूर्ण मन ने अच्छा बहाना खोज लिया था, वे सोचते, 'बहूजी का कुल-वधू-जनोचित सौन्दर्य और वैभव की मर्यादा देखकर चूड़ीवाली स्वयं पराजय स्वीकार कर लेगी और अपना निष्फल प्रयत्न छोड़ देगी, तब तक यह एक अच्छा मनोविनोद चल रहा है!'

चूड़ीवाली अपने कौतूहलपूर्ण कौशल में सफल न हो सकी थी, परन्तु बहूजी के आज के दुर्व्यवहार ने प्रतिक्रिया उत्पन्न कर दी और चोट खाकर उसने सरकार को घायल कर दिया।

~

अब सरकार प्रकाश्य रूप से उसके यहाँ जाने लगे। विलास-रजनी का प्रभात भी चूड़ीवाली के उपवन में कटता। कुल-मर्यादा, लोक-लाज और ज़मींदारी सब एक ओर और चूड़ीवाली अकेले दूसरी ओर। दालान में कुर्सियों पर सरकार और चूड़ीवाली बैठकर रात्रि-जागरण का खेद मिटा रहे थे, पास ही अनार का वृक्ष था, उसमें फूल खिले थे। एक बहुत ही छोटी काली चिड़िया आकर उन फूलों में चोंच डालकर मकरन्द पान करती और कुछ केसर खाती, फिर हृदयविमोहक कलनाद करती हुई उड़ जाती।

सरकार बड़ी देर से कौतुक देख रहे थे, बोले, ''इसे पकड़कर पालतू बनाया जाए, तो कैसा ?''

''उहूँ, यह फूलसुंघी है। पिंजरे में जी नहीं सकती। उसे फूलों का प्रदेश ही जिला सकता है, स्वर्ण-पिंजर नहीं, उसे खाने के लिए फूलों के केसर का चारा और पीने के लिए मकरन्द-मदिरा कौन जुटावेगा ?''

''पर इसकी सुन्दर-बोली संगीत-कला की चरम सीमा है; वीणा में भी कोई-कोई मीड़ ऐसी निकलती होगी। इसे अवश्य पकड़ना चाहिए।''

''जिसमें बाधा नहीं, बंधन नहीं, जिसका सौन्दर्य स्वच्छन्द है, उस असाधारण प्राकृतिक कला का मूल्य क्या बन्धन है ? कुरुचि के द्वारा वह कलंकित भले ही

हो जाए, परन्तु पुरस्कृत नहीं हो सकती। उसे आप पिंजरे में बन्द करके पुरस्कार देंगे या दंड?'' कहते हुए उसने विजय की एक व्यंग्य-भरी मुस्कान छोड़ी। सरकार की—उस वन-विहंगम को पकड़ने की लालसा बलवती हो उठी। उन्होंने कहा, ''जाने भी दो, वह अच्छी कला नहीं जानती।'' प्रसंग बदल गया। नित्य का साधारण विनोदपूर्ण क्रम चला।

~

चूड़ीवाली अपने अभ्यास के अनुसार समझती कि यदि बहूजी की अपार-प्रणय-सम्पत्ति में से कुछ अंश मैं भी ले लेती हूँ, तो हानि क्या, परन्तु बहूजी को अपने प्रणय के एकाधिपत्य पर पूर्ण विश्वास था। वह निष्क्रिय प्रतिरोध करने लगीं। राजयक्ष्मा के भयानक आक्रमण से वह घुलने लगीं और सरकार वन-विहंगिनी विलासिनी को स्वायत्त करने में दत्तचित्त हुए। रोगी की शुश्रूषा और सेवा में कोई कमी न थी, परन्तु एक बड़े मुकदमे में सरकार का उधर सर्वस्वान्त हुआ, इधर बहूजी चल बसीं।

चूड़ीवाली ने समझा कि उसकी पूर्ण विजय हुई, पर बात कुछ दूसरी थी। विजयकृष्ण का वह एक विनोद था। जब सब कुछ चला गया, तब विनोद लेकर क्या होगा। एक दिन उन्हें स्मरण हुआ कि अब मेरा कुछ नहीं है। उसी दिन चूड़ीवाली से छुट्टी माँगी। उसने कहा, ''कमी किस बात की है, मैं तुम्हारी ही हूँ और सब विभव भी तुम्हारा है।'' विजयकृष्ण ने कहा, ''मैं वेश्या की दी हुई जीविका से पेट पालने में असमर्थ हूँ।'' चूड़ीवाली बिलखने लगी, विनय की, रोई, गिड़गिड़ाई, पर विजयकृष्ण चले ही गए! वह सोचने लगी, 'अपना व्यवसाय और विजय की गृहस्थी बिगाड़कर जो सुख खरीदा था, उसका कोई मूल्य नहीं। मैं कुलवधू होने के उपयुक्त नहीं। क्या समाज के पास इसका कोई प्रतिकार नहीं? इतनी तपस्या और इतना स्वार्थ-त्याग व्यर्थ है?'

परन्तु विलासिनी यह न जानती थी कि स्त्री और पुरुष-सम्बन्धी समस्त अंतिम निर्णय करने में समाज कितना ही उदार क्यों न हो; दोनों पक्षों को सर्वथा सन्तुष्ट नहीं कर सका और न कर सकने की आशा है। यह रहस्य सृष्टि को उलझा रखने की कुंजी है।

विलासिनी ने बहुत सोच-समझकर अपनी जीवनचर्या बदल डाली। सरकार से मिली हुई जो कुछ सम्पत्ति थी, उसे बेचकर पास ही के एक गाँव में खेती करने के लिए भूमि लेकर आदर्श हिन्दू गृहस्थ की-सी तपस्या करने में अपना बिखरा हुआ मन उसने लगा दिया। उसके कच्चे मकान के पास एक विशाल

वट-वृक्ष और निर्मल जल का सरोवर था। वहीं बैठकर चूड़ीवाली ने पथिकों की सेवा करने का संकल्प किया। थोड़े ही दिनों में अच्छी खेती होने लगी और अन्न से उसका घर भरा रहने लगा। भिखारियों को अन्न देकर उन्हें खिला देने में उसे अकथनीय सुख मिलता। धीरे-धीरे दिन ढलने लगा, चूड़ीवाली को सहेली बनाने के लिए यौवन का तीसरा पहर करुणा और शान्ति को पकड़ लाया। उस पथ से चलने वाले पथिकों को दूर से किसी कला कुशल कंठ की तान सुनाई पड़ती—

''अब लौं नसानी अब न नसैहौं।''

वट-वृक्ष के नीचे, एक अनाथ बालक नन्हू को चना और गुड़ की दुकान चूड़ीवाली ने करा दी है। जिन पथिकों के पास पैसे न होते, उनका मूल्य वह स्वयं देकर नन्हू की दुकान में घाटा न होने देती और पथिक भी विश्राम किए बिना उस तालाब से न जाता। कुछ ही दिनों में 'चूड़ीवाली का तालाब' विख्यात हो गया।

~

सन्ध्या हो चली थी। पखेरुओं का बसेरे की ओर लौटने का कोलाहल मचा और वट-वृक्ष में चहल-पहल हो गई। चूड़ीवाली चरनी के पास खड़ी बैलों को देख रही थी। दालान में दीपक जल रहा था, अंधकार उसके घर और मन में बरजोरी घुस रहा था। कोलाहल-शून्य जीवन में भी चूड़ीवाली को शान्ति मिली, ऐसा विश्वास नहीं होता था। पास ही उसकी पिंडलियों से सिर रगड़ता हुआ कलुआ दुम हिला रहा था। सुखिया उसके लिए घर में से कुछ खाने को ले आई थी; पर कलुआ उधर न देखकर अपनी स्वामिनी से स्नेह जता रहा था। चूड़ीवाली ने हँसते हुए कहा, ''चल, तेरा दुलार हो चुका। जा, खा ले।'' चूड़ीवाली ने मन में सोचा, 'कंगाल मनुष्य स्नेह के लिए क्यों भीख माँगता है ? वह स्वयं नहीं करता, नहीं तो तृण-वीरुध तथा पशु-पक्षी भी तो स्नेह करने के लिए प्रस्तुत हैं।' इतने में नन्हू ने आकर कहा, ''माँ, एक बटोही बहुत थका हुआ अभी आया है। भूख के मारे वह जैसे शिथिल हो गया है।''

''तूने क्यों नहीं दे दिया ?''

''लेता भी नहीं, कहता है, तू बड़ा गरीब लड़का है, तुझसे न लूँगा।''

चूड़ीवाली वट-वृक्ष की ओर चल पड़ी। अँधेरा हो गया था। पथिक जड़ का सहारा लेकर लेटा था। चूड़ीवाली ने हाथ जोड़कर कहा, ''महाराज, आप कुछ भोजन कीजिए।''

''तुम कौन हो ?''

''पहले की एक वेश्या।''

''छिः, मुझे पड़े रहने दो, मैं नहीं चाहता कि तुम मुझसे बोलो भी, क्योंकि तुम्हारा व्यवसाय कितने ही सुखी घरों को उजाड़कर शमशान बना देता है।''

''महाराज, हम लोग तो कला के व्यवसायी हैं। यह अपराध कला का मूल्य लगाने वालों की कुरुचि और कुत्सित इच्छा का है। संसार में बहुत-से निर्लज्ज स्वार्थपूर्ण व्यवसाय चलते हैं। फिर इसी पर इतना क्रोध क्यों?''

''क्योंकि वह उन सबों में अधम और निकृष्ट है।''

''परन्तु वेश्या का व्यवसाय करके भी मैंने एक ही व्यक्ति से प्रेम किया था। मैं और धर्म नहीं जानती, पर अपने सरकार से जो कुछ मुझे मिला, उसे मैं लोक-सेवा में लगाती हूँ। मेरे तालाब पर कोई भूखा नहीं रहने पाता। मेरी जीविका चाहे जो रही हो, मेरे अतिथि-धर्म में बाधा न दीजिए।''

पथिक एक बार ही उठकर बैठ गया और आँख गड़ाकर अँधेरे में देखने लगा। सहसा बोल उठा, ''चूड़ीवाली?''

''कौन सरकार?''

''हाँ, तुमने शोक हर लिया। मेरे अपराधजनक तमाम त्याग में पुण्य का भी भाग था, यह मैं नहीं जानता था।''

''सरकार! मैंने गृहस्थ-कुलवधू होने के लिए कठोर तपस्या की है। इन चार वर्षों में मुझे विश्वास हो गया है कि कुलवधू होने में जो महत्त्व है, वह सेवा का है, न कि विलास का।''

''सेवा ही नहीं, चूड़ीवाली! उसमें विलास का अनन्त यौवन है, क्योंकि केवल स्त्री-पुरुष के शारीरिक बन्धन में वह पर्यवसित नहीं है, बाह्य साधनों के विकृत हो जाने तक ही, उसकी सीमा नहीं, गार्हस्थ्य जीवन उसके लिए प्रचुर उपकरण प्रस्तुत करता है, इसलिए वह प्रेय भी है और श्रेय भी है। मुझे विश्वास है कि तुम अब सफल हो जाओगी।''

''मेरी सफलता आपकी कृपा पर है। विश्वास है कि अब इतने निर्दय न होंगे,'' कहते-कहते चूड़ीवाली ने सरकार के पैर पकड़ लिए।

सरकार ने उसके हाथ पकड़ लिए।

अपराधी

वनस्थली के रंगीन संसार में अरुण किरणों ने इठलाते हुए पदार्पण किया और वे चमक उठीं, देखा तो कोमल किसलय और कुसुमों की पंखुरियाँ, वसंत पवन के परों के समान हिल रही थीं। पीले पराग का अंगराग लगने से किरणें पीली पड़ गईं। वसन्त का प्रभात था।

युवती कामिनी मालिन का काम करती थी। उसे और कोई काम न था। वह इस कुसुम-कानन से फूल चुन ले जाती और माला बनाकर बेचती। कभी-कभी उसे उपवास भी करना पड़ता। पर, वह यह काम न छोड़ती। आज भी वह फूले हुए कचनार के नीचे बैठी हुई, अर्द्ध-विकसित कामिनी-कुसुमों को बिना बेंधे हुए, फन्दे देकर माला बना रही थी। भँवरे आए, गुनगुना कर चले गए। वसन्त के दूतों का सन्देश उसने न सुना। मलय-पवन अँचल उड़ाकर, रूखी लटों को बिखराकर, हट गया। मालिन बेसुध थी, वह फन्दा बनाती जाती थी और फूलों को फँसाती जाती थी।

द्रुत-गति से दौड़ते हुए अश्व के पद-शब्द ने उसे त्रस्त कर दिया। वह अपनी फूलों की टोकरी उठाकर भयभीत होकर सिर झुकाये खड़ी हो गई। राजकुमार आज अचानक उधर वायुसेवन के लिए आ गए थे। उन्होंने दूर ही से देखा, समझ गए कि वह युवती त्रस्त है। बलवान अश्व वहीं रुक गया। राजकुमार ने पूछा, ''तुम कौन हो ?''

कुरंग-कुमारी के समान बड़ी-बड़ी आँखें उठाकर उसने कहा, ''मालिन!''

''क्या तुम माला बनाकर बेचती हो ?''

''हाँ।''

''यहाँ का रक्षक तुम्हें रोकता नहीं ?''

''नहीं, यहाँ कोई रक्षक नहीं है।''

''आज तुमने कौन-सी माला बनाई है ?''

''यही कामिनी की माला बना रही थी।''

''तुम्हारा नाम क्या है ?''

''काॅमिनी।''

''वाह! अच्छा तुम इस माला को पूरी करो, मैं लौटकर उसे लूँगा।'' डरने पर भी मालिन ढीठ थी। उसने कहा, ''धूप निकल आने पर कामिनी का सौरभ कम हो जाएगा।''

''मैं शीघ्र आऊँगा,'' कहकर राजकुमार चले गए।

मालिन ने माला बना डाली। किरणें प्रतीक्षा में लाल-पीली होकर धवल हो चलीं। राजकुमार लौटकर नहीं आए। तब वह उसी ओर चली—जिधर राजकुमार गए थे।

~

युवती बहुत दूर न गई होगी कि राजकुमार लौटकर दूसरे मार्ग से उसी स्थान पर आए। मालिन को न देखकर पुकारने लगे, ''मालिन! ओ मालिन!!''

दूरागत कोकिल की पुकार-सा वह स्वर उसके कान में पड़ा। वह लौट आई। हाथों में कामिनी की माला लिये वह वनलक्ष्मी के समान लौटी। राजकुमार उस दीन-सौन्दर्य को सकुतूहल देख रहे थे। कामिनी ने माला गले में पहना दी। राजकुमार ने अपना कौशेय उष्णीश खोल कर मालिन के ऊपर फेंक दिया। कहा, ''जाओ, इसे पहन कर आओ।'' आश्चर्य और भय से लताओं के झुरमुट में जाकर उसने आज्ञानुसार कौशेय वसन पहना।

बाहर आई तो उज्ज्वल किरणें उसके अंग-अंग पर हँसते-हँसते लोट-पोट हो रही थीं। राजकुमार मुस्कराये और कहा, ''आज से तुम इस कुसुम-कानन की वन-पालिका हुई हो। स्मरण रखना।''

राजकुमार चले गए। मालिन किंकर्तव्यविमूढ़ होकर मधूक-वृक्ष के नीचे बैठ गई।

~

वसन्त बीत गया। गर्मी जला कर चली गई। कानन में हरियाली फैल रही थी। श्यामल घटाएँ आकाश में और शस्य-शोभा धरणी पर एक सघन सौन्दर्य का वरण कर रही थीं। वन-पालिका के चारों ओर मयूर घेर कर नाचते थे। सन्ध्या में एक सुन्दर उत्सव हो रहा था। रजनी आई। वन-पालिका के कुटीर को तम ने घेर लिया। मूसलाधार वृष्टि होने लगी। युवती प्रकृति का मद विह्वल-लास्य था। वन-पालिका पर्णकुटीर के वातायन से चकित होकर देख रही थी। सहसा बाहर कम्पित कंठ से

शब्द हुआ, ''आश्रय चाहिए!'' वन-पालिका ने कहा, ''तुम कौन हो?''

''एक अपराधी।''

''तब यहाँ स्थान नहीं है।''

''विचार कर उत्तर दो, कहीं आश्रय न देकर तुम अपराध न कर बैठो।'' वन-पालिका विचारने लगी। बाहर से फिर सुनाई पड़ा—

''विलम्ब होने से प्राणों की आशंका है।''

वन-पालिका निस्संकोच होकर उठी और उसने द्वार खोल दिया। आगन्तुक ने भीतर प्रवेश किया। वह एक बलिष्ठ युवक था। साहस उसकी मुखाकृति थी। वन-पालिका ने पूछा, ''तुमने कौन-सा अपराध किया है?''

''बड़ा भारी अपराध है, प्रभात होने पर सुनाऊँगा। इस रात्रि में केवल आश्रय दो,'' कहकर आगन्तुक अपना आर्द्र वस्त्र निचोड़ने लगा। उसका स्वर विकृत और बदन नीरस था। अन्धकार ने उसे और भी अस्पष्ट बना दिया था।

युवती वन-पालिका व्याकुल होकर प्रभात की प्रतीक्षा करने लगी। सहसा युवक ने उसका हाथ पकड़ लिया। वह त्रस्त हो गई, बोली, ''अपराधी, यह क्या?''

''अपराधी हूँ सुन्दरी!'' अब की बार उसका स्वर परिवर्तित था। पागल-प्रकृति पर्ण-कुटी को घेरकर अपनी हँसी में फूटी पड़ती थी। वह कर-स्पर्श उन्मादकारी था। कामिनी की धमनियों में बाहर के बरसाती नालों के समान रक्त दौड़ रहा था। युवक के स्वर में परिचय था, परन्तु युवती को वासना के कुतूहल ने भय का बहाना खोज लिया! बाहर करकापात के साथ ही बिजली कड़की। वन-पालिका ने दूसरा हाथ युवक के कंठ में डाल दिया।

अन्धकार हँसने लगा।

~

बहुत दिन बीत गए। कितने ही बरस आए और चले गए। वह कुसुम-कानन—जिसमें मोर, शुक और पिक, फूलों से लदी झाड़ियों में विहार करते थे, अब एक जंगल हो गया। अब राजकुमार वहाँ नहीं आते थे। अब वे स्वयं राजा हैं। सुकुमार पौधे सूख गए। विशालकाय वृक्षों ने अपनी शाखाओं से जकड़ लिया। उस गहन वन में एक कोने में पर्णकुटी थी, उसमें एक स्त्री और उसका पुत्र, दोनों रहते थे।

दोनों बहेलियों का व्यवसाय करते; उसी से उनका जीवन-निर्वाह होता! पक्षियों को फँसाकर नागरिकों के हाथ वह बालक बेचा करता। कभी-कभी मृग-शावक भी पकड़ ले जाता।

एक दिन वन-पालिका का पुत्र एक सुन्दर कुरंग पकड़कर नगर की ओर

बेचने के लिए ले गया। उसकी पीठ पर बड़ी अच्छी बूटियाँ थीं। वह दर्शनीय था। राजा का पुत्र अपने टट्टू पर चढ़कर घूमने निकला था, उसके रक्षक साथ थे। राजपुत्र मचल गया। किशोर मूल्य माँगने लगा। रक्षकों ने कुछ देकर उसे छीन लेना चाहा। किशोर ने कुरंग का फन्दा ढीला कर दिया। वह छलांग भरता हुआ निकल गया। राजपुत्र अत्यन्त हठी था, वह रोने लगा। रक्षकों ने किशोर को पकड़ लिया। वे उसे राज-मन्दिर की ओर ले चले।

~

वातायन से रानी ने देखा, उसका लाल रोता हुआ लौट रहा है। एक आँधी-सी आ गई। रानी ने समाचार सुनकर उस बहेलिये के लड़के को बेंतों से पीटे जाने की आज्ञा दी।

किशोर ने बिना रोए-चिल्लाए और आँसू बहाए बेंतों की चोट सहन की। उसका सारा अंग क्षत-विक्षत था, पीड़ा से चल नहीं सकता था। मृगया से लौटते हुए राजा ने देखा। एक बार दया तो आई, परन्तु उसका कोई उपयोग न हुआ। रानी की आज्ञा थी। वन-पालिका ने उनके निकल जाने पर किशोर को गोद में उठा लिया। अपने आँसुओं से घाव धोती हुई, उसने कहा, ''आह! वे कितने निर्दय हैं!''

~

फिर कई वर्ष बीत गए। नवीन राजपुत्र को मृगया की शिक्षा के लिए, लक्ष्य साधने के लिए, वही नागरोपकंड का वन स्थिर हुआ। वहाँ राजपुत्र हिरनों पर, पक्षियों पर तीर चलाता। वन-पालिका को अब फिर कुछ लाभ होने लगा। हिरनों को हाँकने से, पक्षियों का पता बताने से, कुछ मिल जाता। परन्तु उसका पुत्र किशोर राजकुमार की मृगया में भाग न लेता।

एक दिन वसन्त की उजली धूप में राजा अपने राजपुत्र की मृगया-परीक्षा लेने के लिए, सोलह बरस बाद, उस जंगल में आए। राजा का मुँह एक बार विवर्ण हो गया। उस कुसुम-कानन के सभी सुकुमार पौधे सूखकर लोप हो गए हैं। उनकी पेड़ियों में कहीं-कहीं दो-एक अंकुर निकल कर अपने प्राचीन बीज का निर्देश करते थे। राजा स्वप्न के समान उस अतीत की कल्पना कर रहे थे।

अहेरियों के वेश में राजपुत्र और उसके समवयस्क जंगल में आए। किशोर भी अपना धनुष लिये एक ओर खड़ा था। कुरंग पर तीर छूटे। किशोर का तीर कुरंग के कंठ को बेध कर राजपुत्र की छाती में घुस गया। राजपुत्र अचेत होकर गिर पड़ा। किशोर पकड़ लिया गया।

इधर वन-पालिका राजा के आने का समाचार सुनकर फूल खोजने लगी थी। उस जंगल में अब कामिनी-कुसुम नहीं थे। उसने मधूक और दूर्वा की सुन्दर माला बनाई, यही उसे मिले थे।

राजा क्रोध से उन्मत्त थे। प्रतिहिंसा से कड़क कर बोले, ''मारो!''—वधिकों के तीर छूटे! वह कमनीय कलेवर किशोर पृथ्वी पर लोटने लगा। ठीक उसी समय मधूक-मालिका लिये वन-पालिका राजा के सामने पहुँची।

कठोर नियति जब अपना विधान पूर्ण कर चुकी थी, तब कामिनी किशोर के शव के पास पहुँची। पागल-सी उसने माला राजा के ऊपर फेंकी और किशोर को गोद में बैठा लिया। उसकी निश्चेष्ट आँखें मौन-भाषा में जैसे 'माँ-माँ' कह रही थीं! उसने हृदय में घुस जाने वाली आँखों से एक बार राजा की ओर देखा। और भी देखा—राजपुत्र का शव!

राजा एक बार आकाश और पृथ्वी के बीच में हो गये। जैसे वह कहाँ-से-कहाँ चले आए। राजपुत्र का शोक और क्रोध, वेग से बहती हुई बरसाती नदी की धारा में बुल्ले के समान बह गया। उसका हृदय विषय-शून्य हो गया। एक बार सचेत होकर, उसने देखा और पहचाना—अपना वही—'जीर्ण कौशेय उष्णीश'। कहा, ''वन-पालिका!''

''राजा,'' कामिनी की आँखों में आँसू नहीं थे।

''यह कौन था?''

गम्भीर स्वर में सिर नीचा किए वन-पालिका ने कहा, ''अपराधी।''

प्रणय-चिह्न

"**अ**ब वे दिन क्या लौट आवेंगे ? वे आशाभरी संध्याएँ, वह उत्साह भरा हृदय—जो किसी के संकेत पर शरीर से अलग होकर उछलने को प्रस्तुत हो जाता था—क्या हो गया ?"

"जहाँ तक दृष्टि दौड़ती है, जंगलों की हरियाली। उनसे कुछ बोलने की इच्छा होती है, उत्तर पाने की उत्कंठा होती है। वे हिल कर रह जाते हैं, उजली धूप जलजलाती हुई नाचती निकल जाती है। नक्षत्र चुपचाप देखते रहते हैं, चाँदनी मुस्कराकर घूँघट खींच लेती है। कोई बोलनेवाला नहीं ! मेरे साथ दो बातें न करने की जैसे सबने शपथ ले ली है। रात खुलकर रोती भी नहीं—चुपचाप ओस के आँसू गिराकर चल देती है। तुम्हारे निष्फल प्रेम से निराश होकर बड़ी इच्छा हुई थी कि मैं किसी से सम्बन्ध न रखकर सचमुच अकेला हो जाऊँ। इसीलिए जन-संसर्ग से दूर—इस झरने के किनारे आकर बैठ गया, परन्तु अकेला ही न आ सका, तुम्हारी चिन्ता बीच-बीच में बाधा डालकर मन को खींचने लगी। इसलिए फिर किसी से बोलने की, लेन-देन की, कहने-सुनने की कामना बलवती हो गई।

"परन्तु कोई न कुछ कहता और न सुनता है। क्या सचमुच हम संसार से निर्वासित हैं—अछूत हैं ! विश्व का यह नीरव तिरस्कार असह्य है। मैं उसे हिलाऊँगा; उसे झकझोर कर उत्तर देने के लिए बाध्य करूँगा।"

कहते-कहते एकान्तवासी गुफा के बाहर निकल पड़ा। सामने झरना था, उसके पार पथरीली भूमि। वह उधर न जाकर झरने के किनारे-किनारे चल पड़ा। बराबर चलने लगा, जैसे समय चलता है।

सोता आगे बढ़ते-बढ़ते छोटा होता गया। क्षीण, फिर क्रमश: और क्षीण होकर मरुभूमि में जाकर विलीन हो गया। अब उसके सामने सिकता-समुद्र ! चारों ओर धू-धू करती हुई बालू से मिली समीर की उत्ताल तरंगें। वह खड़ा हो गया। एक बार चारों ओर आँख फिरा कर देखना चाहा, पर कुछ नहीं, केवल बालू के थपेड़े।

साहस करके पथिक आगे बढ़ने लगा। दृष्टि काम नहीं देती थी, हाथ-पैर अवसन्न थे। फिर भी चलता गया। विरल छायावाले खजूर-कुंज तक पहुँचते-पहुँचते वह गिर पड़ा। न जाने कब तक अचेत पड़ा रहा।

एक पथिक पथ भूलकर वहाँ विश्राम कर रहा था। उसने जल के छींटे दिये। एकान्तवासी चैतन्य हुआ। देखा कि एक मनुष्य उसकी सेवा कर रहा है। नाम पूछने पर मालूम हुआ, ''सेवक''।

''तुम कहाँ जाओगे ?'' उसने पूछा।

''संसार से घबराकर एकान्त में जा रहा हूँ।''

''और मैं एकान्त से घबराकर संसार में जाना चाहता हूँ।''

''क्या एकान्त में कुछ सुख नहीं मिला ?''

''सब सुख था—एक दुःख, पर वह बड़ा भयानक दुःख था। अपने सुख को मैं किसी से प्रकट नहीं कर सकता था, इससे बड़ा कष्ट था।''

''मैं उस दुःख का अनुभव करूँगा।''

''प्रार्थना करता हूँ उसमें न पड़ो।''

''तब क्या करूँ ?''

''लौट चलो; हम लोग बातें करते हुए जीवन बिता देंगे !''

''नहीं, तुम अपनी बातों में विष उगलोगे।''

''अच्छा, जैसी तुम्हारी इच्छा।''

दोनों विश्राम करने लगे। शीतल पवन ने सुला दिया। गहरी नींद लेने पर जागे। एक दूसरे को देखकर मुस्कराने लगे। सेवक ने पूछा, ''आप तो इधर से आ रहे हैं, कैसा पथ है ?''

''निर्जन मरुभूमि।''

''तब तो मैं न जाऊँगा; नगर की ओर लौट जाऊँगा। तुम भी चलोगे ?''

''नहीं, इस खजूर-कुंज को छोड़कर मैं कहीं न जाऊँगा। तुम से बोल-चाल कर लेने पर और लोगों से मिलने की इच्छा जाती रही। जी भर गया।''

''अच्छा तो मैं जाता हूँ। कोई काम हो तो बताओ, कर दूँगा।''

''मेरा ! मेरा कोई काम नहीं।''

''सोच लो।''

''नहीं, वह तुमसे न होगा।''

''देखूँगा, सम्भव है हो जाए।''

''लूनी नदी के उस पार रामनगर के ज़मींदार की एक सुन्दरी कन्या है; उससे कोई सन्देश कह सकोगे ?''

''चेष्टा करूँगा। क्या कहना होगा?''

''तीन बरस से तुम्हारा जो प्रेमी निर्वासित है वह खजूर-कुंज में विश्राम कर रहा है। तुमसे एक चिह्न पाने की प्रत्याशा में ठहरा है। अब की बार वह अज्ञात विदेश में जाएगा। फिर लौटने की आशा नहीं है।''

सेवक ने कहा, ''अच्छा जाता हूँ, परन्तु ऐसा न हो कि तुम यहाँ से चले जाओ, वह मुझे झूठा समझे।''

''नहीं, मैं यहीं प्रतीक्षा करूँगा।''

सेवक चला गया। खजूर के पत्तों से झोपड़ी बनाकर एकान्तवासी फिर रहने लगा। उसकी बड़ी इच्छा होती कि कोई भूला-भटका पथिक आ जाता तो खजूर और मीठे जल से उसका आतिथ्य करके वह एक बार गृहस्थ बन जाता।

परन्तु कठोर अदृष्ट-लिपि! उसके भाग्य में एकान्तवास ज्वलन्त अक्षरों में लिखा था। कभी-कभी पवन के झोंके से खजूर के पत्ते खड़खड़ा जाते, वह चौंक उठता। उसकी अवस्था पर वह क्षीणकाय स्रोत रोगी के समान हँस देता। चाँदनी में दूर तक मरुभूमि सादी चित्रपट सी दिखाई देती।

~

माँ भूखी थी। बुढ़िया झोपड़ी में दाने ढूँढ़ रही थी। उस पार नदी के कगारे पर दोनों की धुँधली प्रतिकृति दिखाई दे रही थी। पश्चिम के क्षितिज में नीचे अस्त होता हुआ सूर्य बादलों पर अपना रंग फेंक रहा था। बादल नीचे जल पर छाया-दान कर रहा था। नदी में धूप-छाँह बिछी थी। 'सेवक' डोंगी लिए, इधर यात्री की आशा में, बालू के रूखे तट से लगा बैठा था।

उसकी केवल माँ थी। वह युवक था। स्वामी कन्या से वह किसी प्रेमी का सन्देश कह रहा था; राजा (ज़मींदार) को सन्देह हुआ। वे क्रुद्ध हुए, बिगड़ गए, परन्तु कन्या के अनुरोध से उसके प्राण बच गए। तब से वह डोंगी चलाकर अपना पेट पालता था।

तमिस्रा आ रही थी। निर्जन प्रदेश नीरव था। लहरियों का कल-कल बन्द था। उसकी दोनों आँखें प्रतीक्षा की दूती थीं। कोई आ रहा है! और भी ठहर जाऊँ—नहीं लौट चलूँ। डाँड़े डोंगी से जल में गिरा दिये। 'छप' शब्द हुआ। उसे सिकता-तट पर भी पद-शब्द की भ्रान्ति हुई। रुककर देखने लगा।

~

''माँझी उस पार चलोगे?'' एक कोमल कंठ, वंशी की झनकार।

''चलूँगा क्यों नहीं, उधर ही तो मेरा घर है। मुझे लौटकर जाना है।''

''मुझे भी आवश्यक कार्य है। मेरा प्रियतम उस पार बैठा है। उससे मिलना है। जल्द ले चलो।'' यह कहकर एक रमणी आकर बैठ गई। डोंगी हल्की हो गई, जैसे चलने के लिए नाचने लगी हो। सेवक सन्ध्या के दुहरे प्रकाश में उसे आँखें गड़ाकर देखना चाहता था। रमणी खिलखिलाकर हँस पड़ी। बोली, ''सेवक, तुम मुझे देखते रहोगे कि खेना आरम्भ करोगे।''

''मैं देखता चलूँगा, खेता चलूँगा। बिना देखे भी कोई खे सकता है।''

''अच्छा वही सही। देखो, पर खेते भी चलो। मेरा प्रिय कहीं लौट न जाए, शीघ्रता करो।'' रमणी की उत्कंठा उसके उभरते हुए वक्षस्थल में श्वास बनकर फूल रही थी। सेवक डाँड़े चलाने लगा। दो-चार नक्षत्र नील गनन से झाँक रहे थे। अवरुद्ध समीर नदी की शीतल चादर पर खुलकर लोटने लगा। सेवक तल्लीन होकर खे रहा था। रमणी ने पूछा, ''तुम्हारे और कौन है!''

''कोई नहीं, केवल माँ है।''

नाव किनारे पहुँच गई। रमणी उतर कर खड़ी हो गई। बोली, ''तुमने बड़े ठीक समय से पहुँचाया। परन्तु मेरे पास क्या है जो तुम्हें पुरस्कार दूँ।''

वह चुपचाप उसका मुँह देखने लगा।

रमणी बोली, ''मेरा जीवन-धन जा रहा है। एक बार उससे अन्तिम भेंट करने आई हूँ। एक अँगूठी उसे अपना चिह्न देने के लिए लाई हूँ। और कुछ नहीं है। परन्तु तुमने इस अन्तिम मिलन में बड़ी सहायता की है, तुम्हीं ने उसका सन्देश पहुँचाया। तुम्हें कुछ दिये बिना हमारा मिलन असफल होगा, इसलिए, यह चिह्न अँगूठी तुम्हीं ले लो।''

सेवक ने अँगूठी लेते हुए पूछा, ''और तुम अपने प्रियतम को क्या चिह्न दोगी?''

''स्वयं अपने को दे दूँगी। लौटना व्यर्थ है। अच्छा धन्यवाद!'' रमणी तीर-वेग से चली गई।

वह हक्का-बक्का खड़ा रह गया। आकाश के हृदय में तारा चमकता था; उसके हाथ में अँगूठी का रत्न। उससे तारे का मिलान करते-करते झोंपड़ी में पहुँचा। माँ भूखी थी। इसे बेचना होगा, यही चिन्ता थी। माँ ने जाते ही कहा, ''कब से भोजन बनाकर बैठी हूँ, तू आया नहीं। बड़ी अच्छी मछली मिली थी। ले जल्द खा ले।'' वह प्रसन्न हो गया।

~

एकान्तवासी बैठा हुआ खजूर इकट्ठा कर रहा था। अभी प्रभात का कोमल सूर्य खगोल में बहुत ऊँचा नहीं था। एक सुनहली किरण-सी रमणी सामने आ गई। आत्मविस्मृत होकर एकान्तवासी देखने लगा।

''स्वागत अतिथि! आओ बैठो।''

रमणी ने आतिथ्य स्वीकार किया। बोली, ''मुझे पहचानते हो?''

''तुम्हें न पहचानूँगा प्रियतमे! अनन्त पथ का पाथेय कोई प्रणय-चिह्न ले आई हो तो मुझे दे दो। इसीलिए ठहरा हूँ।''

''लौट चलो। इस भीषण एकान्त से तुम्हारा मन नहीं भरा?''

''कहाँ चलूँगा। तुम्हारे साथ जीवन व्यतीत करने का साधन नहीं; करने भी न पाऊँगा, लौट कर क्या करूँगा? मुझे केवल चिह्न दे दो, उसी से मन बहलाऊँगा।''

''मैं उसे पुरस्कार-स्वरूप दे आई हूँ। उसे पाने के लिए तो लूनी के तट पर चलना होगा।''

''तो चलूँगा।''

यात्रा की तैयारी हुई। दोनों लौट चले।

~

सेवक जब सन्ध्या को डोंगी लेकर लौटता है तब उसके हृदय में उस रमणी की सुध आ जाती है। वह अँगूठी निकालकर देखता और प्रतीक्षा करता है कि रमणी लौटे तो उसे दे दूँ। उसे विश्वास था, कभी तो वह आवेगी।

डोंगी नीचे बँधी थी। वह झोपड़ी से निकल कर चला ही था कि सामने वही रमणी आती दिखाई पड़ी। साथ में एक पुरुष था। न जाने क्यों वह डोंगी पर जा बैठा। दोनों तीर पर आकर खड़े हो गए। रमणी ने पूछा, ''मुझे पहचानते हो?''

''अच्छी तरह।''

''मैंने तुम्हें कुछ पुरस्कार दिया था। वह मेरा प्रणय-चिह्न था। मेरा प्रिय मुझे नहीं लेगा, उसी चिह्न को लेगा। इसलिए तुमसे विनती करती हूँ कि उसे दे दो।''

''यह अन्याय है। मेरी मजूरी मुझसे न छीनो।''

''मैं भीख माँगती हूँ।''

''मैं दरिद्र हूँ, देने में असमर्थ हूँ।''

निरुपाय होकर रमणी ने एकान्तवासी की ओर देखा। उसने कहा, ''तुमने तो उसे लौटा देने के लिए ही रख छोड़ा है। वह देखो तुम्हारी उँगली में चमक रहा है, क्यों नहीं दे देते?''

''मैं समझ गया, इसका मूल्य परिश्रम से अधिक है तो चलो अब की दोनों

की सेवा करके इसका मूल्य पूरा कर दूँ, परन्तु दया करके इसे मेरे ही पास रहने दो। जिन्हें विदेश जाना है उनको नौका की यात्रा बड़ी सुखद होती है।'' कहकर एक बार उसने झोपड़ी की ओर देखा। बुढ़िया मर चुकी थी। खाली झोपड़ी की ओर से उसने मुँह फिरा लिया। डाँड़े जल में गिरा दिए।

रमणी ने कहा, ''चलो यात्रा तो करनी ही है, बैठ जाएँ।''

एकान्तवासी हँस पड़ा। दोनों नाव पर बैठ गए। नाव धारा में बहने लगी। रमणी ने हँसकर पूछा, ''केवल देखोगे या खेओगे भी?''

''नाव स्वयं बहेगी; मैं केवल देखूँगा ही।''

ज्योतिष्मती

ता मसी रजनी के हृदय में नक्षत्र जगमगा रहे थे। शीतल पवन की चादर उन्हें ढँक लेना चाहती थी, परन्तु वे निविड़ अन्धकार को भेदकर निकल आये थे, फिर यह झीना आवरण क्या था!

बीहड़, शैलसंकुल वन्य-प्रदेश, तृण और वनस्पतियों से घिरा था। वसन्त की लताएँ चारों ओर फैली हुई थीं। हिमवान की उच्च उपत्यका, प्रकृति का एक सजीव, गम्भीर और प्रभावशाली चित्र बनी थी!

एक बालिका, सूक्ष्म कंबल-वासिनी सुन्दरी बालिका चारों ओर देखती हुई चुपचाप चली जा रही थी। विराट हिमगिरि की गोद में वह शिशु के समान खेल रही थी। बिखरे हुए बालों को सँभाल कर उन्हें वह बार-बार हटा देती थी और पैर बढ़ाती हुई चली जा रही थी। वह एक क्रीड़ा-सी थी। परन्तु सुप्त हिमाचल उसका चुम्बन न ले सकता था। नीरव प्रदेश उस सौन्दर्य से आलोकित हो उठता था। बालिका न जाने क्या खोजती चली जाती थी। जैसे शीतल जल का एक स्वच्छ सोता एकाग्र मन से बहता जाता हो।

बहुत खोजने पर भी उसे वह वस्तु न मिली जिसे वह खोज रही थी। सम्भवत: वह स्वयं खो गई। पथ भूल गया, अज्ञात प्रदेश में जा निकली। सामने निशा की नि:स्तब्धता भंग करता हुआ एक निर्झर कलरव कर रहा था। सुन्दरी ठिठक गई। क्षण भर के लिए तमिस्रा की गम्भीरता ने उसे अभिभूत कर लिया। हताश होकर शिला-खंड पर बैठ गई।

वह श्रान्त हो गई थी। नील निर्झर का तम समुद्र में संगम, एकटक वह घंटों देखती रही। आँखें ऊपर उठतीं, तारागण झलझला जाते थे। नीचे निर्झर छलछलाता था। उसकी जिज्ञासा का कोई स्पष्ट उत्तर न देता। मौन प्रकृति के देश में न स्वयं कुछ कह सकती और न उसकी बात समझ में आती। अकस्मात् किसी ने पीठ पर हाथ रख दिया। वह सिहर उठी, भय का संचार हो गया। कम्पित स्वर से बालिका ने पूछा, ''कौन?''

‘‘यह मेरा प्रश्न है। इस निर्जन निशीथ में जब सत्व विचरते हैं, दस्यु घूमते हैं, तुम यहाँ कैसे!’’ गम्भीर कर्कश कंठ से आगन्तुक ने पूछा।

सुकुमारी बालिका सत्वों और दस्युओं का स्मरण करते ही एक बार काँप उठी। फिर सँभल कर बोली—

‘‘मेरी वह नितान्त आवश्यकता है। वह मुझे भय ही सही तुम कौन हो?’’

‘‘एक साहसिक—’’

‘‘साहसिक और दस्यु तो क्या सत्व भी हो तो उसे मेरा काम करना होगा।’’

‘‘बड़ा साहस है, तुम्हें क्या चाहिए सुन्दरी? तुम्हारा नाम क्या है?’’

‘‘बनलता!’’

‘‘बूढ़े बनराज, अन्धे बनराज की सुन्दरी बालिका बनलता।’’

‘‘हाँ।’’

‘‘जिसने मेरा अनिष्ट करने में कुछ भी उठा न रखा वही बनराज?’’ क्रोध-कम्पित स्वर से आगन्तुक ने कहा।

‘‘मैं नहीं जानती, पर क्या तुम मेरी याचना पूरी करोगे?’’

शीतल प्रकाश में लम्बी छाया जैसे हँस पड़ी और बोली—

‘‘मैं तुम्हारा विश्वस्त अनुचर हूँ। क्या चाहती हो, बोलो?’’

‘‘पिताजी के लिए ज्योतिष्मती चाहिए।’’

‘‘अच्छा चलो खोजें,’’ कहकर आगन्तुक ने बालिका का हाथ पकड़ लिया। दोनों बीहड़ वन में घुसे। ठोकरें लग रही थीं, अँगूठे क्षत-विक्षत थे। साहसिक की लम्बी डगों के साथ बालिका हाँफती हुई चली जा रही थी।

सहसा साथी ने कहा, ‘‘ठहरो, देखो वह क्या है?’’

श्यामा सघन, तृण-संकुल शैल-मंडप पर हिरण्यलता तारे के समान फूलों से लदी हुई मन्द मारुत से विकम्पित हो रही थी। पश्चिम में निशीथ के चतुर्थ प्रहर में अपनी स्वल्प किरणों से चतुर्दशी का चन्द्रमा हँस रहा था। पूर्व प्रकृति अपने स्वप्न मुकुलित नेत्रों को आलस से खोल रही थी। बनलता का बदन सहसा खिल उठा। आनन्द से हृदय अधीर होकर नाचने लगा। वह बोल उठी, ‘‘यही तो है।’’

साहसिक अपनी सफलता पर प्रसन्न होकर आगे बढ़ना चाहता था कि बनलता ने कहा, ‘‘ठहरो, तुम्हें एक बात बतानी होगी।’’

‘‘वह क्या?’’

‘‘जिसे तुमने कभी प्यार किया हो, उससे कोई आशा तो नहीं रखते?’’

‘‘सुन्दरी! पुण्य की प्रसन्नता का उपभोग न करने से वह पाप हो जाएगा।’’

‘‘तब तुमने किसी को प्यार किया है।’’

''क्यों ? तुम्हीं को,'' कहकर आगे बढ़ा।

''सुनो, सुनो, जिसने चन्द्रशालिनी ज्योतिष्मती रजनी के चारों पहर कभी बिना पलक झपके प्रिय की निश्छल चिन्ता में न बिताए हों, उसे ज्योतिष्मती न छूनी चाहिए। इसे जंगल के पवित्र प्रेमी ही छूते हैं, ले आते हैं, तभी इसका गुण...''

बनलता की इन बातों को बिना सुने हुए यह बलिष्ठ युवक अपनी तलवार की मूँठ दृढ़ता से पकड़कर वनस्पति की ओर अग्रसर हुआ।

बालिका छटपटाकर कहने लगी, ''हाँ-हाँ छूना मत, पिताजी की आँखें, आह !'' तब तक साहसिक की लम्बी छाया ने ज्योतिष्मती पर पड़ती हुई चन्द्रिका को ढँक लिया। वह एक दीर्घ निश्वास फेंक कर जैसे सो गई। बिजली के फूल मेघ में विलीन हो गए। चन्द्रमा खिसककर पश्चिमी शैल-माला के नीचे जा गिरा।

बनलता—झंझावात से भग्न होते हुए वृक्ष की बनलता के समान वसुधा का आलिंगन करने लगी और साहसिक युवक के ऊपर कालिमा की लहर टकराने लगी।

रमला

साजन के मन में नित्य वसन्त था। वही वसन्त जो उत्साह और उदासी का समझौता कराता, वह जीवन के उत्साह से कभी विरत नहीं, न जाने कौन-सी आशा की लता उसके मन में कली लेती रहती। तिस पर भी उदासीन साजन उस बड़ी-सी झील के तट पर, प्राय: निश्चेष्ट अजगर की तरह पड़ा रहता। उसे स्मरण नहीं कब से वहाँ रहता था। उसका सुन्दर सुगठित शरीर बिना देख-रेख के अपनी इच्छानुसार मलिनता में भी चमकता रहता। उस झील का वह एकमात्र स्वामी था, रक्षक था, सखा था।

शैलमाला की गोद में वह समुद्र का शिशु कलोल करता, उस पर से अरुण की किरणें नाचती हुई, अपने को शीतल करती चली जातीं। मध्याह्न में दिवस ठहर जाता—उसकी लघु वीचियों का कम्पन देखने के लिए। सन्ध्या होते, उसके चारों ओर के वृक्ष अपनी छाया के अंचल में छिपा लेना चाहते; परन्तु उसका हृदय उदार था, मुक्त था, विराट था। चाँदनी उसमें अपना मुँह देखने लगती और हँस पड़ती।

और साजन! वह भी अपने निर्जन सहचर का उसके शान्त सौन्दर्य में अभिनन्दन करता। हुलसकर उसमें कूद पड़ता, यही उसका स्नेहातिरेक था।

साजन की साँसें उसकी लहरियों से स्वर सामंजस्य बनाए रहतीं। यह झील उसे खाने के लिए कमलगट्टे देती, सिंघाड़े देती, कोई बेरा, और भी कितनी वस्तुएँ बिखेरती। वही साजन की गृहिणी थी, स्नेहमयी, कभी-कभी वह उसे पुकार उठता, बड़े उल्लास से बुलाता, ''रानी'' प्रतिध्वनि होती, ई ई ई...। वह खिलखिला उठता, आँखें विकस जातीं, रोएँ-रोएँ हँसने लगते। फिर सहसा वह अपनी उदासी में डूब जाता, तब जैसे तारों छाई रात उस पर अपना श्याम अँचल डाल देती। कभी-कभी वृक्ष की जड़ से ही सिर लगाकर सो रहता।

ऐसे ही कितने ही बरस बीत गए।

उधर पशु चराने के लिए गोप बालक न जाते। दूर-दूर के गाँव में यह विश्वास था कि रमला झील पर कोई जल देवता रहता है। उधर कोई झाँकता भी

नहीं। वह संसर्ग से वंचित देश अपनी विभूती में अपने में ही मस्त था।

~

रमला भी बड़ी ढीठ थी। वह गाँव भर में सबसे चंचल लड़की थी। लड़की क्यों! वह युवती हो चली थी। उसका ब्याह नहीं हुआ था। वह अपनी जाति-भर में सबसे अधिक गोरी थी, तिस पर भी उसका नाम पड़ गया था रमला! वह ऐसी बाधा थी कि ब्याह होना असम्भव हो गया। उसमें सबसे बड़ा दोष यह था कि वह बड़े-बड़े लड़कों को भी उनकी ढिठाई पर चपत लगाकर हँस देती थी। झील के दक्षिण की पहाड़ी से कोसों दूर पर उसका गाँव था।

मंजल भी कम दुष्ट न था, वह प्रायः रमला को चिढ़ाया करता। अपने सब लड़कों से सलाह की, ''रमला की पहाड़ी पर चला जाए।''

बालक इकट्ठे हुए। रमला भी आज पहाड़ी पर पशु चराने को ठहरी। सब चढ़ने लगे; परन्तु रमला सबके पहले थी। सबसे ऊँची चोटी पर खड़ी होकर उसने कहा, ''लो मैं सबके आगे ही पहुँची।'' कहकर पास के लड़कों को चपत लगा दी।

मंजल ने कहा, ''उधर तो देखो! वह क्या है?''

रमला ने देखा सुन्दर झील! वह उसे देखने में तन्मय हो गई थी। प्रतिहिंसा से भरे हुए लड़के ने एक हल्का-सा धक्का दिया, यद्यपि वह उसके परिणाम से पूरी तरह परिचित नहीं था; फिर भी रमला को तो कष्ट भोगने के लिए कोई रुकावट न थी। वह लुढ़क चली, जब तक एक झाड़ को पकड़ती और वह उखड़कर गिरता, तब तक एक दूसरे पत्थर का कोना उसे चोट पहुँचाने पर भी अवलम्ब ही दे देता; किन्तु पतन रुकना असम्भव था। वह चोट खाते-खाते नीचे आ ही पड़ी। बालक गाँव की ओर भागे। रमला के घरवालों ने भी सन्तोष कर लिया।

~

साजन कभी-कभी रमला झील की फेरी लगाता। वह झील कई कोस में थी। जहाँ स्थल-पथ का पहाड़ी की बीहड़ शिलाओं से अन्त हो जाता, वहाँ वह तैरने लगता। बीच-बीच में उसने दो-एक स्थान विश्राम के लिए बना लिये थे; वह स्थान और कुछ नहीं; प्राकृतिक गुफाएँ थीं। उसने दक्षिण की पहाड़ी के नीचे पहुँचकर देखा, एक किशोरी जल में पैर लटकाए बैठी है।

वह आश्चर्य और क्रोध से अपने होंठ चबाने लगा; क्योंकि एक गुफा वहीं पर थी। अब साजन क्या करे! उसने पुष्ट भुजा उठाकर दूर से पूछा, ''तुम कौन? भागो।''

रमला एक मनुष्य की आकृति देखते ही प्रसन्न हो गई, हँस पड़ी। बोली— ''मैं हूँ, रमला!''

"रमला! रमला रानी।"

"रानी नहीं, रमला।"

"रमला नहीं, रानी कहो, नहीं पीटूँगा, मेरी रानी!" कहकर साजन झील की ओर देखने लगा।

"अच्छा, अच्छा, रानी! तुम कौन हो?"

"मैं साजन, रानी का सहचर।"

"तुम सहचर हो? और मैं यहाँ आई हूँ, तुम मेरा कुछ सत्कार नहीं करते?" हँसोड़ रमला ने कहा।

"जाओ तुम!" कहकर विस्मय से साजन उस किशोरी की ओर देखने लगा।

"हाँ, मैं, तुम बड़े दुष्ट हो साजन! कुछ खिलाओ, कहाँ रहते हो? वहीं चलूँ।"

साजन घबराया, उसने देखा कि रमला उठ खड़ी हुई। उसने कहा, "तैरकर चलना होगा, आगे पथ नहीं है।"

वह कूद पड़ी और राजहंसी के समान तैरने लगी। साजन क्षण-भर तक उस सुन्दर सन्तरण को देखता रहा। उसकी दृष्टि का यह पहला महोत्सव था। उसे भी तो तैरने का विनोद था न। मन का विरोध उन लहरों के आन्दोलन से घुलने लगा, अनिच्छा होने पर भी वह साथ देने के लिए कूद पड़ा। दोनों साथ-साथ तैर चले।

~

बहुत दिन बीत गए। रमला और साजन एकत्र रहने पर भी अलग थे। रमला का सब उत्साह उस एकान्त नीरवता में धीरे-धीरे विलीन हो चला।

वह अब चली। उसकी गुफा में ढेर-के-ढेर कमलगट्टे फल पड़े रहते, उसे उन सब पदार्थों से वितृष्णा हो चली थी। साजन पालतू पशु के समान अपनी स्वामिनी की आज्ञा की अपेक्षा करता; परन्तु रमला का उत्साह तो उस बन्दीगृह से भाग जाने के लिए उत्सुक था।

साजन ने एक दिन पूछा—

"क्या ले आऊँ?"

"कुछ नहीं।"

"कुछ नहीं? क्यों?"

"मैं अब जाऊँगी?"

"कहाँ?"

"जिधर जा सकूँगी।"

‘‘तब यहीं क्यों नहीं रहती हो ?’’ अचानक साजन ने कहा।

रमला कुछ न बोली। उस झील पर रात आई, अपना जगमगाता चँदवा तानकर विश्राम करने लगी। रमला अपनी गुफा में सोने चली गई और साजन अपनी गुफा के पास बैठा। एकटक वह रजनी का सौन्दर्य देखने लगा। आज जैसे उसे स्मृति हुई—रमला के आ जाने से वह जिस बात को भूल गया था। उसके अन्तर की वही भावना जाग उठी। साजन पुकार उठा, ‘‘रानी!’’ बहुत दिन के बाद उस झील की पहाड़ियाँ प्रतिध्वनि से मुखरित हो उठीं—ई—ई—ई।

रमला चौंककर जाग पड़ी। बाहर चली आई। उसने देखा, साजन झील की ओर मुँह किये पुकार रहा है, ‘‘रानी! रानी!’’—उसका कंठ गद्गद है। चाँदनी आज निखर पड़ी थी। रमला ने सुना। साजन के स्वर में रुदन था; व्याकुलता थी। रमला ने उसके कन्धे पर हाथ रख दिया—साजन सिहर उठा। उसने कहा, ‘‘कौन रमला!’’

‘‘रमला नहीं—रानी।’’

साजन विस्मय से देखने लगा। उसने पूछा, ‘‘तुम रानी हो ?’’

‘‘हाँ, मुझी को तो तुम पुकारते थे ना ?’’

‘‘तुम्हीं, तुम्हीं...हाँ तुम्हीं को तो मेरी प्यारी रानी!’’

दोनों ने देखा, आकाश के नक्षत्र रमला झील में डुबकियाँ लगा रहे थे, और खिलखिला रहे थे।

कितना समय बीत गया—

साजन की सब सोई वासनाएँ जाग उठीं—भूले हुए पाठ की तरह अच्छे गुरु के सामने स्मरण होने लगी थीं!

उसे अब शीत लगने लगा—रमला के कपड़ों की आवश्यकता वह स्वयं अनुभव करने लगा।

अकस्मात् एक दिन रमला ने कहा, ‘‘चलो कहीं घूम आएँ।’’

साजन ने भी कह दिया, ‘‘चलो।’’

वही गिरिपथ, जिसने बहुत दिनों से मनुष्य का पद्-चिह्न भी नहीं देखा था—साजन और रमला के पैर चूमने लगा। दोनों उसे रौंदते चले गये।

रमला अपनी फटी साड़ी में लिपटी थी और साजन वल्कल बाँधे था। वे दरिद्र थे पर उनके मुख पर एक तेज था—वे जैसे प्राचीन देव-कथाओं के कोई पात्र हों। सन्ध्या हो गई थी—गाँव के जमींदार का प्रांगण अभी सूना न था। जमींदार भी बिलकुल युवक था। उसे इस जोड़े को देखकर कुतूहल हुआ। उसने वस्त्र और भोजन की व्यवस्था करके उन्हें टिकने की आज्ञा दे दी।

~

प्रभात आँखें खोल रहा था। किसान अपने खेतों में जाने की तैयारी में थे। रमला उठ बैठी थी, पास ही साजन पड़ा सो रहा था। कपड़ों की गरमी उसे सुख में लपेटे थी। उसे कभी यह आनन्द न मिला था। कितने ही प्रभात रमला झील के तट उस नारी ने देखे। किन्तु यह गाँव का दृश्य उसके मन में सन्देह, कुतूहल, आशा भर रहा था। युवक ज़मींदार अपने घोड़े पर चढ़ना ही चाहता था कि उसकी दृष्टि मलिन वस्त्र में से झाँकती हुई दो आँखों पर पड़ी। वह पास आ गया, पूछने लगा, ''तुम लोगों को कोई कष्ट तो नहीं हुआ?''

''नहीं,'' कहते हुए रमला ने अपने सिर का कपड़ा हटा दिया और युवक को आश्चर्य से देखने लगी। युवक घबरा कर बोला, ''कौन! रमला?''

''हाँ मंजल!''

युवक की साँस भारी हो चली।

उसने कहा, ''रमला, मुझे क्षमा करो, मैंने तुम्हें....''

''हाँ धक्का देकर गिरा दिया था। तब भी मैं बच गई।''

युवक ने सोये हुए मनुष्य की ओर देखकर पूछा, ''वह तुम्हारा कौन है?''

रमला ने रुकते हुए उत्तर दिया, ''मेरा—कोई नहीं।''

''तब भी यह है कौन?''

''रमला झील का जल-देवता।''

युवक एक बार झनझना गया।

उसने पूछा, ''तुम क्या फिर चली जाओगी रमला?'' उसके कंठ में बड़ी कोमलता थी।

''तुम जैसा कहो,'' रमला जैसे बेबसी से बोली।

युवक, ''अच्छा जाओ पहले नहा-धो लो,'' कहता हुआ घोड़े पर चढ़ कर चला गया। रमला सलज उठी—गाँव की पोखरी की ओर चली।

उसके जाते ही साजन जैसे जग पड़ा। एक बार अँगड़ाई ली और उठ खड़ा हुआ। जिस पथ से आया था उससे लौटने लगा।

~

गोधूलि थी और वही उदास रमला झील! साजन थका हुआ बैठा था। आज उसके मन में, आँखों में, न जाने कहाँ का स्नेह उमड़ा था। प्रशान्त रमला में एक चमकीला फूल हिलने लगा; साजन ने आँख उठाकर देखा—पहाड़ी की चोटी पर एक तारिका रमला के उदास भाल पर सौभाग्य-चिह्न सी चमक उठी थी। देखते-देखते रमला का वक्ष नक्षत्रों के हार से सुशोभित हो उठा।

साजन ने उल्लास से पुकारा, ''रानी!''

बिसाती

उद्यान की शैल-माला के नीचे एक हरा-भरा छोटा-सा गाँव है। वसन्त का सुन्दर समीर उसे आलिंगन करके फूलों के सौरभ से उनके झोपड़ों को भर देता है। तलहटी के हिम-शीतल झरने उसको अपने बाहुपाश में जकड़े हुए हैं। उस रमणीय प्रदेश में एक स्निग्ध-संगीत निरन्तर चला करता है, जिसके भीतर बुलबुलों का कलनाद, कम्प और लहर उत्पन्न करता है।

दाड़िम के लाल फूलों की रंगीली छाया सन्ध्या की अरुण किरणों से चमकीली हो रही थी। शीरीं उसी के नीचे शिलाखंड पर बैठी हुई सामने गुलाबों का झुरमुट देख रही थी, जिसमें बहुत से बुलबुल चहचहा रहे थे, वे समीरण के साथ छूल-छुलैया खेलते हुए आकाश को अपने कलरव से गुंजित कर रहे थे।

शीरीं ने सहसा अपना अवगुंठन उलट दिया। प्रकृति प्रसन्न हो हँस पड़ी। गुलाबों के दल में शीरीं का मुख राजा के समान सुशोभित था। मकरन्द मुँह में भरे दो नील-भ्रमर उस गुलाब से उड़ने में असमर्थ थे, भौंरों के पद निस्पन्द थे। कँटीली झाड़ियों की कुछ परवाह न करते हुए बुलबुलों का उसमें घुसना और उड़ भागना शीरीं तन्मय होकर देख रही थी।

उसकी सखी जुलेखा के आने से उसकी एकान्त भावना भंग हो गई। अपना अवगुंठन उलटते हुए जुलेखा ने कहा, ''शीरीं! वह तुम्हारे हाथों पर आकर बैठ जानेवाला बुलबुल, आजकल नहीं दिखलाई देता?''

आह खींचकर शीरीं ने कहा, ''कड़े शीत में अपने दल के साथ मैदान की ओर निकल गया। वसन्त तो आ गया, पर वह नहीं लौट आया।''

''सुना है कि ये सब हिन्दुस्तान में बहुत दूर तक चले जाते हैं। क्या यह सच है, शीरीं?''

''हाँ प्यारी! उन्हें स्वाधीन विचरना अच्छा लगता है। इनकी जाति बड़ी स्वतन्त्रता-प्रिय है।''

''तूने अपनी घुँघराली अलकों के पाश में उसे क्यों न बाँध लिया?''

''मेरे पाश उस पक्षी के लिए ढीले पड़ जाते थे।''

''अच्छा लौट आवेगा—चिन्ता न कर। मैं घर जाती हूँ,'' शीरीं ने सिर हिला दिया।

जुलेखा चली गई।

~

जब पहाड़ी आकाश में सन्ध्या अपने रंगीले पट फैला देती, जब विहंग केवल कलरव करते पंक्ति बाँधकर उड़ते हुए गुंजान झाड़ियों की ओर लौटते और अनिल में उनके कोमल परों से लहर उठती, जब समीर अपनी झोंकेदार तरंगों में बार-बार अँधकार को खींच लाता, जब गुलाब अधिकाधिक सौरभ लुटाकर हरी चादर में मुँह छिपा लेना चाहते थे; तब शीरीं की आशा-भरी दृष्टि कालिमा से अभिभूत होकर पलकों में छिपने लगी। वह जागते हुए भी एक स्वप्न की कल्पना करने लगी।

हिन्दुस्तान के समृद्धिशाली नगर की गली में एक युवक पीठ पर गट्ठर लादे घूम रहा है। परिश्रम और अनाहार से उसका मुख विवर्ण है। थककर वह किसी के द्वार पर बैठ गया है। कुछ बेचकर उस दिन की जीविका प्राप्त करने की उत्कंठा उसकी दयनीय बातों से टपक रही है, परन्तु वह गृहस्थ कहता है, ''तुम्हें उधार देना हो तो दो, नहीं तो अपनी गठरी उठाओ। समझे आगा?''

युवक कहता है, ''मुझे उधार देने की सामर्थ्य नहीं।''

''तो मुझे भी कुछ नहीं चाहिए।''

शीरीं अपनी इस कल्पना से चौंक उठी। काफ़िले के साथ अपनी सम्पत्ति लादकर खैबर के गिरि-संकट को वह अपनी भावना से पदाक्रान्त करने लगी।

उसकी इच्छा हुई कि हिन्दुस्तान के प्रत्येक गृहस्थ के पास हम इतना धन रख दें कि वे अनावश्यक होने पर भी उस युवक की सब वस्तुओं का मूल्य देकर उसका बोझ उतार दें, परन्तु सरला शीरीं निस्सहाय थी। उसके पिता एक क्रूर पहाड़ी सरदार थे। उसने अपना सिर झुका लिया। कुछ सोचने लगी।

सन्ध्या का अधिकार हो गया। कलरव बन्द हुआ। शीरीं की साँसों के समान समीर की गति अवरुद्ध हो उठी। उसकी पीठ शिला से टिक गई।

दासी ने आकर उसको प्रकृतिस्थ किया। उसने कहा, ''बेगम बुला रही हैं। चलिए मेहँदी आ गई है।''

~

महीनों हो गए। शीरीं का ब्याह एक धनी सरदार से हो गया। झरने के किनारे शीरीं के बाग में शबरी खींची है। पवन अपने एक-एक थपेड़े में सैंकड़ों फूलों को रुला देता है। मधु-धारा बहने लगती है। बुलबुल उसकी निर्दयता पर क्रन्दन करने लगते हैं। शीरीं सब सहन करती रही। सरदार का मुख उत्साहपूर्ण था। सब होने पर भी वह एक सुन्दर प्रभात था।

एक दुर्बल और लम्बा युवक पीठ पर एक गट्ठर लादे सामने आकर बैठ गया। शीरीं ने उसे देखा, पर वह किसी ओर देखता नहीं। अपना सामान खोलकर सजाने लगा।

सरदार अपनी प्रेयसी को उपहार देने के लिए काँच की प्याली और कश्मीरी सामान छाँटने लगा।

शीरीं चुपचाप थी, उसके हृदय-कानन में कलरवों का क्रन्दन हो रहा था। सरदार ने दाम पूछा। युवक ने कहा, ''मैं उपहार देता हूँ, बेचता नहीं। ये विलायती और कश्मीरी सामान मैंने चुनकर लिए हैं। इनमें मूल्य ही नहीं, हृदय भी लगा है। ये दाम पर नहीं बिकते।''

सरदार ने तीक्ष्ण स्वर में कहा, ''तब मुझे न चाहिए। ले जाओ, उठाओ।''

''अच्छा, उठा ले जाऊँगा। मैं थका हुआ आ रहा हूँ, थोड़ा अवसर दीजिए, मैं हाथ-मुँह धो लूँ।'' कहकर युवक भरभराई हुई आँखों को छिपाते, उठ गया।

सरदार ने समझा, झरने की ओर गया होगा। विलम्ब हुआ, पर वह न आया। गहरी चोट और निर्मम व्यथा को वहन करते कलेजा हाथ से पकड़े हुए, शीरीं गुलाब की झाड़ियों की ओर देखने लगी, परन्तु उसकी आँसू-भरी आँखों को कुछ न सूझता था। सरदार ने प्रेम से उसकी पीठ पर हाथ रखकर पूछा, ''क्या देख रही हो ?''

''एक मेरा पालतू बुलबुल शीत में हिन्दुस्तान की ओर चला गया था। वह लौटकर आज सवेरे दिखलाई पड़ा, पर जब वह पास आ गया और मैंने उसे पकड़ना चाहा, तो वह उधर कोहकाफ की ओर भाग गया।'' शीरीं के स्वर में कम्पन था, फिर भी वे शब्द बहुत सम्हलकर निकले थे। सरदार ने हँसकर कहा, ''फूल को बुलबुल की खोज ? आश्चर्य है !''

बिसाती अपना सामान छोड़ गया। फिर लौटकर नहीं आया। शीरीं ने बोझ तो उतार लिया, पर दाम नहीं दिया।

नीरा

"अब और आगे नहीं, इस गन्दगी में कहाँ चलते हो, देवनिवास?"
"थोड़ी दूर और," कहते हुए देवनिवास ने अपनी साइकिल धीमी कर दी; किन्तु विरक्त अमरनाथ ने ब्रेक दबाकर ठहर जाना ही उचित समझा। देवनिवास आगे निकल गया। मौलसिरी का वह सघन वृक्ष था, जो पोखरे के किनारे अपनी अन्धकारमयी छाया डाल रहा था। पोखरे से सड़ी हुई दुर्गन्ध आ रही थी। देवनिवास ने पीछे घूमकर देखा, मित्र को वहीं रुका देखकर वह लौट रहा था। उसकी साइकिल का लैम्प बुझ चला था। सहसा धक्का लगा, देवनिवास तो गिरते-गिरते बचा, और एक दुर्बल मनुष्य 'अरे राम' कहता हुआ गिरकर भी उठ खड़ा हुआ। बालिका उसका हाथ पकड़कर पूछने लगी, "कहीं चोट तो नहीं लगी, बाबा?"

"नहीं बेटी! मैं कहता न था, मुझे मोटरों से उतना डर नहीं लगता, जितना इस बे-दुम जानवर 'साइकिल' से। मोटरवाले तो दूसरों को ही चोट पहुँचाते हैं, पैदल चलने वालों को कुचलते हुए निकल जाते हैं पर ये बेचारे तो आप भी गिर पड़ते हैं। क्यों बाबू साहब, आपको तो चोट नहीं लगी? हम लोग तो चोट-घाव सह सकते हैं।"

देवनिवास कुछ झेंप गया था। उसने बूढ़े से कहा, "आप मुझे क्षमा कीजिए। आपको..."

"क्षमा—मैं करूँ? अरे, आप क्या कह रहे हैं! दो-चार हण्टर आपने नहीं लगाये। घर भूल गये, हण्टर नहीं ले आये! अच्छा महोदय! आपको कष्ट हुआ न, क्या करूँ, बिना भीख माँगे इस सर्दी में पेट गालियाँ देने लगता है! नींद भी नहीं आती, चार-छह पहरों पर तो कुछ-न-कुछ इसे देना ही पड़ता है! और भी मुझे एक रोग है। दो पैसों बिना वह नहीं छूटता—पढ़ने के लिए अखबार चाहिए; पुस्तकालयों में चिथड़े पहनकर बैठने न पाऊँगा, इसलिए नहीं जाता। दूसरे दिन का बासी समाचार-पत्र दो पैसों में ले लेता हूँ!"

अमरनाथ भी पास आ गया था। उसने यह काण्ड देखकर हँसते हुए कहा, ''देवनिवास! मैं मना करता था ना! तुम अपनी धुन में कुछ सुनते भी हो। चले तो फिर चलें, और रुके तो अड़ियल टट्टू भी झक मारे! क्या उसे कुछ चोट आ गई है? क्यों बूढ़े! लो, यह अठन्नी है। जाओ अपनी राह, तनिक देखकर चला करो!''

बूढ़ा मसखरा भी था। अठन्नी लेते हुए उसने कहा, ''देखकर चलता, तो यह अठन्नी कैसे मिलती! तो भी बाबूजी, आप लोगों की जेब में अखबार होगा। मैंने देखा है, बाइसिकिल पर चढ़े हुए बाबुओं की पॉकेट में निकला हुआ कागज़ का मुड्डा; अखबार ही रहता होगा।''

''चलो बाबा, झोपड़ी में, सर्दी लगती है।'' यह छोटी-सी बालिका अपने बाबा को जैसे इस तरह बातें करते हुए देखना नहीं चाहती थी। वह संकोच में डूबी जा रही थी। देवनिवास चुप था। बूढ़े को जैसे तमाचा लगा। वह अपने दयनीय और घृणित भिक्षा-व्यवसाय को बहुधा नीरा से छिपाकर, बनाकर कहता। उसे अखबार सुनाता। और भी न जाने क्या-क्या ऊँची-नीची बातें बका करता; नीरा जैसे सब समझती थी! वह कभी बूढ़े से प्रश्न नहीं करती थी। जो कुछ वह कहता, चुपचाप सुन लिया करती थी। कभी-कभी बुड्ढा झुँझलाकर चुप हो जाता, तब भी वह चुप रहती। बूढ़े को आज ही नीरा ने झोपड़ी में चलने के लिए कहकर पहले-पहल मीठी झिड़की दी। उसने सोचा कि अठन्नी पाने पर भी अखबार माँगना नीरा न सह सकी।

''अच्छा तो बाबूजी, भगवान् यदि कोई हों, तो आपका भला करें,'' बुड्ढा लड़की का हाथ पकड़कर मौलसिरी की ओर चला। देवनिवास सन्न था। अमरनाथ ने अपनी साइकिल के उज्ज्वल आलोक में देखा; नीरा एक गोरी-सी, सुन्दरी, पतली-दुबली करुणा की छाया थी। दोनों मित्र चुप थे। अमरनाथ ने ही कहा, ''अब लौटोगे कि यहीं गड़ गये!''

''तुमने कुछ सुना, अमरनाथ! वह कहता था—भगवान यदि कोई हों— कितना भयानक अविश्वास!'' देवनिवास ने साँस लेकर कहा।

''दरिद्रता और लगातार दुःखों से मनुष्य अविश्वास करने लगता है, निवास! यह कोई नयी बात नहीं है,'' अमरनाथ ने चलने की उत्सुकता दिखाते हुए कहा।

किन्तु देवनिवास तो जैसे आत्मविस्मृत था। उसने कहा, ''सुख और सम्पत्ति से क्या ईश्वर का विश्वास अधिक होने लगता है? क्या मनुष्य ईश्वर को पहचान लेता है? उसकी व्यापक सत्ता को मलिन वेश में देखकर दुरदुराता नहीं—ठुकराता नहीं, अमरनाथ! अबकी बार 'आलोचक' के विशेषांक में तुमने लौटे हुए प्रवासी कुलियों के सम्बन्ध में एक लेख लिखा था ना! वह सब कैसे लिखा था?''

''अखबारों के आँकड़े देखकर। मुझे ठीक-ठीक स्मरण है। कब, किस द्वीप

से कौन-कौन स्टीमर किस तारीख में चले। 'सतलज', 'पण्डित' और 'एलिफैण्टा' नाम के स्टीमरों पर कितने-कितने कुली थे, मुझे ठीक-ठीक मालूम था, और ?''

''और वे सब कहाँ हैं ?''

'''सुना है, इसी कलकत्ते के पास कहीं मटियाबुर्ज है, वही अभागों का निवास है। अवध के नवाब का विलास या प्रायश्चित्त-भवन भी तो मटियाबुर्ज ही रहा। मैंने उस लेख में भी एक व्यंग्य इस पर बड़े मार्के का दिया है। चलो, खड़े-खड़े बातें करने की जगह नहीं। तुमने तो कहा था कि आज जनाकीर्ण कलकत्ते से दूर तुमको एक अच्छी जगह दिखाऊँगा। यहीं... ।''

''यही मटियाबुर्ज है,'' देवनिवास ने बड़ी गम्भीरता से कहा। ''और अब तुम कहोगे कि वह बुड्ढा वहीं से लौटा हुआ कोई कुली है।''

''हो सकता है, मुझे नहीं मालूम। अच्छा, चलो अब लौटें,'' कहकर अमरनाथ ने अपनी साइकिल को धक्का दिया।

देवनिवास ने कहा, ''चलो उसकी झोपड़ी तक, मैं उससे कुछ बात करूँगा।''

अनिच्छापूर्वक 'चलो' कहते हुए अमरनाथ ने मौलसिरी की ओर साइकिल घुमा दी। साइकिल के तीव्र आलोक में झोपड़ी के भीतर का दृश्य दिखाई दे रहा था। बुड्ढा मनोयोग से लाई फाँक रहा था और नीरा भी कल की बची हुई रोटी चबा रही थी। रूखे ओंठों पर दो-एक दाने चिपक गये थे, जो उस दरिद्र मुख में जाना अस्वीकार कर रहे थे। लुक फेरा हुआ टीन का गिलास अपने खुरदरे रंग का नीलापन नीरा की आँखों में उँड़ेल रहा था। आलोक एक उज्ज्वल सत्य है, बन्द आँखों में भी उसकी सत्ता छिपी नहीं रहती। बुड्ढे ने आँखे खोलकर दोनों बाबुओं को देखा। वह बोल उठा, ''बाबूजी ! आप अखबार देने आये हैं ? मैं अभी पथ्य ले रहा था; बीमार हूँ ना, इसी से लाई खाता हूँ, बड़ी नमकीन होती है। अखबारवाले को कभी-कभी नमकीन बातों का स्वाद दे देते हैं ! इसी से तो, बेचारे कितनी दूर-दूर की बातें सुनते हैं। जब मैं 'मॉरिशस' में था, तब हिन्दुस्तान की बातें पढ़ा करता था। मेरा देश सोने का है, ऐसी भावना जग उठी थी। अब कभी-कभी उस टापू की बातें पढ़ पाता हूँ, तब यह मिट्टी मालूम पड़ता है; पर सच कहता हूँ बाबूजी, 'मॉरिशस' में अगर गोली न चली होती और 'नीरा' की माँ न मरी होती...हाँ, गोली से ही वह मरी थी...तो मैं अब तक वहीं से जन्मभूमि का सोने का सपना देखता; और इस अभागे देश ! नहीं-नहीं बाबूजी, मुझे यह कहने का अधिकार नहीं। मैं हूँ अभागा ! हाय रे भाग !''

'नीरा' घबरा उठी थी। उसने किसी तरह दो घूँट जल गले से उतार कर इन लोगों की ओर देखा। उसकी आँखें कह रही थीं कि ''आओ, मेरी दरिद्रता का

स्वाद लेने वाले धनी विचारको! और सुख तो तुम्हें मिलते ही हैं, एक न सही!''

अपने पिता को बातें करते देखकर वह घबरा उठती थी। वह डरती थी कि बुड्ढा न-जाने क्या-क्या कह बैठेगा। देवनिवास चुपचाप उसका मुँह देखने लगा।

नीरा बालिका न थी। स्त्रीत्व के सब व्यंजन थे, फिर भी जैसे दरिद्रता के भीषण हाथों ने उसे दबा दिया था, वह सीधी ऊपर नहीं उठने पाई।

''क्या तुमको ईश्वर में विश्वास नहीं है?'' अमरनाथ ने गम्भीरता से पूछा।

''*आलोचक* में एक लेख मैंने पढ़ा था! वह इसी प्रकार के उलाहने से भरा था कि 'वर्तमान जनता में ईश्वर के प्रति अविश्वास का भाव बढ़ता जा रहा है, और इसीलिए वह दुखी है।' यह पढ़कर मुझे तो हँसी आ गई,'' बुड्ढे ने अविचल भाव से कहा।

''हँसी आ गई! कैसे दुःख की बात है,'' अमरनाथ ने कहा।

''दुःख की बात सोच कर ही तो हँसी आ गई। हम मूर्ख मनुष्यों ने त्राण की—शरण की—आशा से ईश्वर पर पूर्वकाल में विश्वास किया था, परस्पर के विश्वास और सद्भाव को ठुकराकर। मनुष्य, मनुष्य का विश्वास नहीं कर सका; इसीलिए तो एक सुखी दूसरे दुखी की ओर घृणा से देखता था। दुखी ने ईश्वर का अवलम्बन लिया, तो भी भगवान् ने संसार के दुखों की सृष्टि बन्द कर दी क्या? मनुष्य के बूते का न रहा, तो क्या वह भी...?'' कहते-कहते बूढ़े की आँखों से चिनगारियाँ निकलने लगीं; किन्तु वे अग्निकण गलने लगे और उसके कपोलों के गढ़े में वह द्रव इकट्ठा होने लगा।

अमरनाथ क्रोध से बूढ़े को देख रहा था; किन्तु देवनिवास उस मलिना नीरा की उत्कण्ठा और खेद-भरी मुखाकृति का अध्ययन कर रहा था।

''आपको क्रोध आ गया, क्यों महाशय! क्रोध आने की बात ही है। ले लीजिये अपनी अठन्नी। अठन्नी देकर ईश्वर में विश्वास नहीं कराया जाता। उस चोट के बारे में पुलिस से जाकर न कहने के लिए भी अठन्नी की आवश्यकता नहीं। मैं यह मानता हूँ कि सृष्टि विषमता से भरी है, चेष्टा करके भी इसमें आर्थिक या शारीरिक साम्य नहीं लाया जा सकता। हाँ, तो भी ऐश्वर्यवालों को, जिन पर भगवान् की पूर्ण कृपा है, अपनी सहृदयता से ईश्वर का विश्वास कराने का प्रयत्न करना चाहिए। कहिए, इस तरह भगवान् की समस्या सुलझाने के लिए आप प्रस्तुत हैं?''

इस बूढ़े नास्तिक और तार्किक से अमरनाथ को तीव्र विरक्ति हो चली थी। अब वह चलने के लिए देवनिवास से कहने वाला था; किन्तु उसने देखा, वह तो झोपड़ी में आसन जमाकर बैठ गया है।

अमरनाथ को चुप देखकर देवनिवास ने बूढ़े से कहा, ''अच्छा, तो आप मेरे

घर चलकर रहिए। सम्भव है कि मैं आपकी सेवा कर सकूँ। तब आप विश्वासी बन जाएँ, तो कोई आश्चर्य नहीं।''

इस बार तो वह बुड्ढा बुरी तरह देवनिवास को घूरने लगा। देवनिवास वह तीव्र दृष्टि सह न सका। उसने समझा कि मैंने चलने के लिए कहकर बूढ़े को चोट पहुँचाई है। वह बोल उठा, ''क्या आप... ?''

''ठहरो भाई! तुम बड़े जल्दबाज़ मालूम होते हो,'' बूढ़े ने कहा। ''क्या सचमुच तुम मेरी सेवा किया चाहते हो या... ?''

अब बूढ़ा नीरा की ओर देख रहा था और नीरा की आँखें बूढ़े को आगे न बोलने की शपथ दिला रही थीं; किन्तु उसने फिर कहा ही, ''या नीरा को, जिसे तुम बड़ी देर से देख रहे हो, अपने घर लिवा ले जाने की बड़ी उत्कण्ठा है! क्षमा करना! मैं अविश्वासी हो गया हूँ ना! क्यों, जानते हो ? जब कुलियों के लिए इसी सीली, गन्दी और दुर्गन्धमयी भूमि में एक सहानुभूति उत्पन्न हुई थी, तब मुझे यह कटु अनुभव हुआ था कि वह सहानुभूति भी चिरायँध से खाली न थी। मुझे एक सहायक मिले थे और मैं यहाँ से थोड़ी दूर पर उनके घर रहने लगा था।''

नीरा से अब न रहा गया। वह बोल उठी, ''बाबा, चुप न रहोगे; खाँसी आने लगेगी।''

''ठहर नीरा! हाँ तो महाशय जी, मैं उनके घर रहने लगा था। और उन्होंने मेरा आतिथ्य साधारणत: अच्छा ही किया। एक ऐसी ही काली रात थी। बिजली बादलों में चमक रही थी और मैं पेट भरकर उस ठण्डी रात में सुख की झपकी लेने लगा था। इस बात को बरसों हुए; तो भी मुझे ठीक स्मरण है कि मैं जैसे भयानक सपना देखता हुआ चौंक उठा। नीरा चिल्ला रही थी! क्यों नीरा ?''

अब नीरा हताश हो गई थी और उसने बूढ़े को रोकने का प्रयत्न छोड़ दिया था। वह एकटक बूढ़े का मुँह देख रही थी।

बूढ़े ने फिर कहना आरम्भ किया, ''हाँ तो नीरा चिल्ला रही थी। मैं उठकर देखता हूँ, तो मेरे वह परम सहायक महाशय इसी नीरा को दोनों हाथ से पकड़कर घसीट रहे थे और यह बेचारी छूटने का व्यर्थ प्रयत्न कर रही थी। मैंने अपने दोनों दुर्बल हाथों को उठाकर उस नीच उपकारी के ऊपर दे मारा। वह नीरा को छोड़कर 'पाजी, बदमाश, निकल मेरे घर से' कहता हुआ मेरा अकिंचन सामान बाहर फेंकने लगा। बाहर ओले-सी बूँदें पड़ रही थीं और बिजली कौंधती थी। मैं नीरा को लिये सर्दी से दाँत किटकिटाता हुआ एक ठूँठे वृक्ष के नीचे रात भर बैठा रहा। उस समय वह मेरा ऐश्वर्यशाली सहायक बिजली के लैम्पों में मुलायम गद्दे पर सुख की नींद सो रहा था। यद्यपि मैं उसे लौटकर देखने नहीं गया, तो भी मैं निश्चयपूर्वक कहता

हूँ कि उसके सुख में किसी प्रकार की बाधा उपस्थित करने का दण्ड देने के लिए भगवान् का न्याय अपने भीषण रूप में नहीं प्रकट हुआ। मैं रोता था—पुकारता था; किन्तु वहाँ सुनता कौन है!''

''तुम्हारा बदला लेने के लिए भगवान् नहीं आये, इसीलिए तुम अविश्वास करने लगे! लेखकों की कल्पना का साहित्यिक न्याय तुम सर्वत्र प्रत्यक्ष देखना चाहते हो न!'' देवनिवास ने तत्परता से कहा।

''क्यों ना मैं ऐसा चाहता? क्या मुझे इतना भी अधिकार न था?''

''तुम समाचार-पत्र पढ़ते हो ना?''

''अवश्य!''

''तो उसमें कहानियाँ भी कहीं-कहीं पढ़ लेते होगे और उनकी आलोचनाएँ भी?''

''हाँ, तो फिर!''

''जैसे एक साधारण आलोचक प्रत्येक लेखक से अपने मन की कहानी कहलाना चाहता है और हठ करता है कि नहीं, यहाँ तो ऐसा न होना चाहिए था; ठीक उसी तरह तुम सृष्टिकर्ता से अपने जीवन की घटनावली अपने मनोनुकूल सही कराना चाहते हो। महाशय! मैं भी इसका अनुभव करता हूँ कि सर्वत्र यदि पापों का भीषण दण्ड तत्काल ही मिल जाया करता, तो यह सृष्टि पाप करना छोड़ देती। किन्तु वैसा नहीं हुआ। उलटे यह एक व्यापक और भयानक मनोवृत्ति बन गई है कि मेरे कष्टों का कारण कोई दूसरा है। इस तरह मनुष्य अपने कर्मों को सरलता से भूल सकता है। क्या तुमने अपने अपराधों पर विचार किया है?''

देवनिवास बड़े वेग में बोल रहा था। बुड्ढा, न जाने क्यों काँप उठा। साइकिल का तीव्र आलोक उसके विकृत मुख पर पड़ रहा था। बुड्ढे का सिर धीरे-धीरे नीचे झुकने लगा। नीरा चौंक उठी और एक फटा-सा कम्बल उस बुड्ढे को ओढ़ाने लगी। सहसा बुड्ढे ने सिर उठाकर कहा, ''मैं इसे मान लेता हूँ कि आपके पास बड़ी अच्छी युक्तियाँ हैं और वर्तमान दशा का कारण आप मुझे ही प्रमाणित कर सकते हैं। किन्तु वृक्ष के नीचे पुआल से ढँकी हुई मेरी झोपड़ी को और उसमें पड़े हुए अनाहार, सर्दी और रोगों से जीर्ण मुझ अभागे को मेरा ही भ्रम बताकर आप किसी बड़े भारी सत्य का आविष्कार कर रहे हैं, तो कीजिए। जाइए, मुझे क्षमा कीजिए।''

देवनिवास कुछ बोलने ही वाला था कि नीरा ने दृढ़ता से कहा, ''आप लोग क्यों बाबा को तंग कर रहे हैं? अब उन्हें सोने दीजिए।''

देवनिवास ने देखा कि नीरा के मुख पर आत्मनिर्भरता और सन्तोष की गम्भीर शान्ति है। स्त्रियों का हृदय अभिलाषाओं का, संसार के सुखों का, क्रीड़ास्थल है;

किन्तु नीरा का हृदय, नीरा का मस्तिष्क इस किशोर अवस्था में ही कितना उदासीन और शान्त है। वह मन-ही-मन नीरा के सामने प्रणत हुआ।

दोनों मित्र उस झोपड़ी से निकले। रात अधिक बीत चली थी। वे कलकत्ता महानगरी की घनी बस्ती में धीरे-धीरे साइकिल चलाते हुए घुसे। दोनों का हृदय भारी था। वे चुप थे।

देवनिवास का मित्र कच्चा नागरिक नहीं था। उसको अपने आँकड़ों का और उनके उपयोग पर पूरा विश्वास था। वह सुख और दुःख, दरिद्रता और विभव, कटुता और मधुरता की परीक्षा करता। जो उसके काम के होते, उन्हें सँभाल लेता; फिर अपने मार्ग पर चल देता। सार्वजनिक जीवन का ढोंग रचने में वह पूरा खिलाड़ी था। देवनिवास के आतिथ्य का उपभोग करके अपने लिए कुछ मसाला जुटाकर वह चला गया।

किन्तु देवनिवास की आँखों में, उस रात्रि में बूढ़े की झोपड़ी का दृश्य, अपनी छाया ढालता ही रहा। एक सप्ताह बीतने पर वह फिर उसी ओर चला।

झोपड़ी में बुड्ढा पुआल पर पड़ा था। उसकी आँखें कुछ बड़ी हो गई थीं, ज्वर से लाल थीं। देवनिवास को देखते ही एक रुग्ण हँसी उसके मुँह पर दिखाई दी। उसने धीरे से पूछा, ''बाबूजी, आज फिर... ।''

''नहीं, मैं वाद-विवाद करने नहीं आया हूँ। तुम क्या बीमार हो ?''

''हाँ, बीमार हूँ बाबूजी, और यह आपकी कृपा है।''

''मेरी ?''

''हाँ, उसी दिन से आपकी बातें मेरे सिर में चक्कर काटने लगी हैं। मैं ईश्वर पर विश्वास करने की बात सोचने लगा हूँ। बैठ जाइए, सुनिये।''

देवनिवास बैठ गया था। बुड्ढे ने फिर कहना आरम्भ किया, ''मैं हिन्दू हूँ। कुछ सामान्य पूजा-पाठ का प्रभाव मेरे हृदय पर पड़ा रहा, जिन्हें मैं बाल्यकाल में अपने घर पर्वों और उत्सवों पर देख चुका था। मुझे ईश्वर के बारे में कभी कुछ बताया नहीं गया। अच्छा, जाने दीजिए, वह मेरी लम्बी कहानी है, मेरे जीवन की संसार से झगड़ते रहने की कथा है। अपनी घोर आवश्यकताओं से लड़ता-झगड़ता मैं कुली बनकर 'मॉरिशस' पहुँचा। वहाँ 'कुलसम' से, नीरा की माँ से, मेरी भेंट हो गई। मेरा उसका ब्याह हो गया। आप हँसिए मत, कुलियों के लिए वहाँ किसी काज़ी या पुरोहित की उतनी आवश्यकता नहीं। हम दोनों को एक-दूसरे की आवश्यकता थी। 'कुलसम' ने मेरा घर बसाया। पहिले वह चाहे जैसी रही—किन्तु मेरे साथ सम्बन्ध होने के बाद से आजीवन वह एक साध्वी गृहिणी बनी रही। कभी-कभी वह अपने ढंग पर ईश्वर का विचार करती और मुझे भी इसके लिए प्रेरित करती;

किन्तु मेरे मन में जितना 'कुलसम' के प्रति आकर्षण था, उतना ही उसके ईश्वर सम्बन्धी-विचारों से विद्रोह। मैं कुलसम के ईश्वर को तो कदापि नहीं समझ सका। मैं पुरुष होने की धारणा से यह तो सोचता था कि 'कुलसम' वैसा ही ईश्वर माने जैसा उसे मैं समझा सकूँ और वह मेरा ईश्वर हिन्दू हो! क्योंकि मैं सब छोड़ सकता था, लेकिन हिन्दू होने का दम्भपूर्ण विचार मेरे मन में दृढ़ता से जम गया था; तो भी समझदार 'कुलसम' के सामने ईश्वर की कल्पना अपने ढंग की उपस्थित करने का मेरे पास कोई साधन न था। मेरे मन ने ढोंग किया कि मैं नास्तिक हो जाऊँ। जब कभी ऐसा अवसर आता, मैं 'कुलसम' के विचारों की खिल्ली उड़ाता हुआ हँसकर कह देता, 'मेरे लिए तो तुम्हीं ईश्वर हो, तुम्हीं खुदा हो, तुम्हीं सब कुछ हो।' वह मुझे चापलूसी करते हुए देखकर हँस देती थी, किन्तु उसका रोआँ-रोआँ रोने लगता।

''मैं अपनी गाढ़ी कमाई के रुपये को शराब के प्याले में गलाकर मस्त रहता! मेरे लिए वह भी कोई विशेष बात न थी, न तो मेरे लिए आस्तिक बनने में ही कोई विशेषता थी। धीरे-धीरे मैं उच्छृंखल हो गया। कुलसम रोती, बिलखती और मुझे समझाती; किन्तु मुझे ये सब बातें व्यर्थ सी जान पड़तीं। मैं अधिक अविचारी हो उठा। मेरे जीवन का वह भयानक परिवर्तन बड़े वेग से आरम्भ हुआ। कुलसम उस कष्ट को सहन करने के लिए जीवित न रह सकी। उस दिन जब गोली चली थी, तब कुलसम के वहाँ जाने की आवश्यकता न थी। मैं सच कहता हूँ बाबूजी, वह आत्महत्या करने का उसका एक नया ढंग था। मुझे विश्वास होता है कि मैं ही इसका कारण था। इसके बाद मेरी वह सब उद्दण्डता तो नष्ट हो गई, जीवन की पूँजी जो मेरा निज का अभिमान था—वह भी चूर-चूर हो गया। मैं नीरा को लेकर भारत के लिए चल पड़ा। तब तक तो मैं ईश्वर के सम्बन्ध में एक उदासीन नास्तिक था; किन्तु इस दु:ख ने मुझे विद्रोही बना दिया। मैं अपने कष्टों का कारण ईश्वर को ही समझने लगा और मेरे मन में यह बात जम गई कि यह मुझे दण्ड दिया गया है।''

बुड्ढा उत्तेजित हो उठा था। उसका दम फूलने लगा, खाँसी आने लगी। नीरा मिट्टी के घड़े में जल लिये हुए झोपड़ी में आई। उसने देवनिवास को और अपने पिता को अन्वेषक दृष्टि से देखा। यह समझ लेने पर कि दोनों में से किसी के मुख पर कटुता नहीं है, वह प्रकृतिस्थ हुई। धीरे-धीरे पिता का सिर सहलाते हुए उसने पूछा, ''बाबा, लावा ले आई हूँ, कुछ खा लो।''

बुड्ढे ने कहा, ''ठहरो बेटी!'' फिर देवनिवास की ओर देखकर कहने लगा, ''बाबूजी, उस दिन भी जब नीरा के लिए मैंने भगवान् को पुकारा था, तब उसी कटुता से। सम्भव है, इसीलिए वे न आए हों। आज कई दिनों से मैं भगवान् को

समझने की चेष्टा कर रहा हूँ। नीरा के लिए मुझे चिन्ता हो रही है। वह क्या करेगी ? किसी अत्याचारी के हाथ पड़कर नष्ट तो न हो जायेगी ?''

देवनिवास कुछ बोलने ही को था कि नीरा कह उठी, ''बाबा, तुम मेरी चिन्ता न करो, भगवान् मेरी रक्षा करेंगे। देवनिवास की अन्तरात्मा पुलकित हो उठी। बुड्ढे ने कहा, ''करेंगे बेटी ?'' उसके मुख पर एक व्याकुल प्रसन्नता झलक उठी।

देवनिवास ने बूढ़े की ओर देखकर विनीत स्वर में कहा, ''मैं नीरा से ब्याह करने के लिए प्रस्तुत हूँ। यदि तुम्हें—''

बूढ़े को अबकी खाँसी के साथ ढेर-सा रक्त गिरा, तो भी उसके मुँह पर सन्तोष और विश्वास की प्रसन्न-लीला खेलने लगी। उसने अपने दोनों हाथ देवनिवास और नीरा पर फैलाकर रखते हुए कहा, ''हे मेरे भगवान!''

ग्राम-गीत

शरद्-पूर्णिमा थी। कमलापुर के निकलते हुए करारे को गंगा तीन ओर से घेरकर दूध की नदी के समान बह रही थी। मैं अपने मित्र ठाकुर जीवन सिंह के साथ उनके सौंध पर बैठा हुआ अपनी उज्ज्वल हँसी में मस्त प्रकृति को देखने में तन्मय हो रहा था। चारों ओर का क्षितिज नक्षत्रों के बन्दनवार-सा चमकने लगा था। धवल विधु-बिम्ब के समीप ही एक छोटी-सी चमकीली तारिका भी आकाश-पथ में भ्रमण कर रही थी। वह जैसे चन्द्र को छू लेना चाहती थी; पर छूने नहीं पाती थी।

मैंने जीवन से पूछा, ''तुम बता सकते हो, वह कौन-सा नक्षत्र है?''

रोहिणी होगा। जीवन के अनुमान करने के ढंग से उत्तर देने पर मैं हँसना ही चाहता था कि दूर से सुनाई पड़ा—

''बरजोरी बसे हो नयनवाँ में।''

उस स्वर-लहरी में उन्मत्त वेदना थी। कलेजे को कचोटने वाली करुणा थी। मेरी हँसी सन्न रह गई। उस वेदना को खोजने के लिए, गंगा के उस पार वृक्षों की श्यामलता को देखने लगा; परन्तु कुछ न दिखाई पड़ा।

मैं चुप था, सहसा फिर सुनाई पड़ा—

''अपने बाबा की बारी दुलारी,

खेलत रहली अँगनवाँ में,

बरजोरी बसे हो।''

मैं स्थिर होकर सुनने लगा, जैसे कोई भूली हुई सुन्दर कहानी। मन में उत्कण्ठा थी और एक कसक भरा कुतूहल था! फिर सुनाई पड़ा—

ई कुल बतियाँ कबौं नाहीं जनली,

देखली कबौं न सपनवाँ में।

बरजोरी बसे हो—

मैं मूर्ख-सा उस गान का अर्थ-सम्बन्ध लगाने लगा।

अँगने में खेलते हुए-ई कुल बतियाँ, वह कौन बात थी? उसे जानने के लिए

हृदय चंचल बालक-सा मचल गया। प्रतीत होने लगा, उन्हीं कुल अज्ञात बातों के रहस्य-जाल में मछली-सा मन चाँदनी के समुद्र में छटपटा रहा है।

मैंने अधीर होकर कहा, ''ठाकुर! इसको बुलवाओगे ?''

''नहीं जी, वह पगली है।''

''पगली! कदापि नहीं! जो ऐसा गा सकती है, वह पगली नहीं हो सकती। जीवन! उसे बुलाओ, बहाना मत करो।''

''तुम व्यर्थ हठ कर रहे हो,'' एक दीर्घ निःश्वास को छिपाते हुए जीवन ने कहा।

मेरा कुतूहल और भी बढ़ा। मैंने कहा, ''हठ नहीं, लड़ाई भी करनी पड़े तो करूँगा। बताओ, तुम क्यों नहीं बुलाने देना चाहते हो ?''

''वह इसी गाँव की भाँट की लड़की है। कुछ दिनों से सनक गई है। रात भर कभी-कभी गाती हुई गंगा के किनारे घूमा करती है।''

''तो इससे क्या ? उसे बुलाओ भी।''

''नहीं, मैं उसे न बुलवा सकूँगा।''

''अच्छा, तो यही बताओ, क्यों न बुलवाओगे ?''

''वह बात सुनकर क्या करोगे ?''

''सुनूँगा अवश्य, ठाकुर! यह न समझना कि मैं तुम्हारी ज़मींदारी में इस समय बैठा हूँ, इसलिए डर जाऊँगा,'' मैंने हँसी से कहा।

जीवन सिंह ने कहा, ''तो सुनो—

''तुम जानते हो कि देहातों में भाँटों का प्रधान काम है, किसी अपने ठाकुर के घर उत्सवों पर प्रशंसा के कवित्त सुनाना। उनके घर की स्त्रियाँ घरों में गाती-बजाती हैं। नन्दन भी इसी प्रकार मेरे घराने का आश्रित भाँट है। उसकी लड़की रोहिणी विधवा हो गई—''

मैंने बीच ही में टोक कर कहा, ''क्या नाम बताया ?''

जीवन ने कहा, ''रोहिणी। उसी साल उसका द्विरागमन होने वाला था। नन्दन लोभी नहीं है। उसे और भाँटों के सदृश माँगने में भी संकोच होता है। यहाँ से थोड़ी दूर पर गंगा-किनारे उसकी कुटिया है। वहाँ वृक्षों का अच्छा झुरमुट है। एक दिन मैं खेत देखकर घोड़े पर आ रहा था। कड़ी धूप थी। मैं नन्दन के घर के पास वृक्षों की छाया में ठहर गया। नन्दन ने मुझे देखा। कम्बल बिछाकर उसने अपनी झोपड़ी में मुझे बिठाया, मैं लू से डरा था। कुछ समय वहीं बिताने का निश्चय किया।''

जीवन को सफ़ाई देते देखकर मैं हँस पड़ा; परन्तु उसकी ओर ध्यान न देकर जीवन ने अपनी कहानी गम्भीरता से विच्छिन्न न होने दी।

''हाँ तो, नन्दन ने पुकारा—रोहिणी, एक लोटा जल ले आ बेटी, ये तो अपने मालिक हैं, इनसे लज्जा कैसी ? रोहिणी आई। वह उसके यौवन का प्रभात था, परिश्रम करने से उसकी एक-एक नस और मांसपेशियाँ जैसे गढ़ी हुई हों। मैंने देखा, उसकी झुकी हुई पलकों से काली बरौनियाँ छितरा रही थीं और उन बरौनियों से जैसे करुणा की अदृश्य सरस्वती कितनी ही धाराओं में बह रही थी। मैं न जाने क्यों उद्विग्न हो उठा। अधिक काल तक वहाँ न ठहर सका। घर चला आया।

''विजया का त्यौहार था। घर में गाना-बजाना हो रहा था। मैं अपनी श्रीमती के पास जा बैठा। उन्होंने कहा, ''सुनते हो ?''

''मैंने कहा, ''दोनों कानों से।''

''श्रीमती ने कहा, 'यह रोहिणी बहुत अच्छा गाने लगी, और भी एक आश्चर्य की बात है; यह गीत बनाती भी है, गाती भी है। तुम्हारे गाँव की लड़कियाँ तो बड़ी गुणवती हैं।' मैं 'हूँ' कहकर उठकर बाहर आने लगा; देखा तो रोहिणी जवारा लिये खड़ी है। मैंने सिर झुका दिया, यव की पतली-पतली लम्बी धानी पत्तियाँ मेरे कानों से अटका दी गईं, मैं उसे बिना कुछ दिये बाहर चला आया।

पीछे से सुना कि इस धृष्टता पर मेरी माता जी ने उसे बहुत फटकारा; उसी दिन से कोट में उसका आना बन्द हुआ।

''नन्दन बड़ा दुःखी हुआ। उसने भी आना बन्द कर दिया। एक दिन मैंने सुना, उसी की सहेलियाँ उससे मेरे सम्बन्ध में हँसी कर रही थीं। वह सहसा अत्यन्त उत्तेजित हो उठी और बोली, 'तो इसमें तुम लोगों का क्या ? मैं मरती हूँ, प्यार करती हूँ उन्हें, तो तुम्हारी बला से।'

''सहेलियों ने कहा, 'बाप रे! इसकी ढिठाई तो देखो।' वह और भी गरम होती गई। यहाँ तक उन लोगों ने रोहिणी को छेड़ा कि वह बकने लगी। उसी दिन से उसका बकना बन्द न हुआ। अब वह गाँव में पगली समझी जाती है। उसे अब लज्जा संकोच नहीं, जब जो आता है, गाती हुई घूमा करती है। सुन लिया तुमने, यही कहानी है, भला मैं उसे कैसे बुलाऊँ?''

जीवन सिंह अपनी बात समाप्त करके चुप हो रहे और मैं कल्पना से फिर वही गाना सुनने लगा—

बरजोरी बसे हो नयनवां में।

सचमुच यह संगीत पास आने लगा। अब की सुनाई पड़ा...

मुरि मुसुक्याई पढ़्यो कछु टोना,
गारी दियो किधों मनवाँ में,
बरजोरी बसे हो—

उस ग्रामीण भाँड भाषा में पगली के हृदय की सरल कथा थी—मार्मिक व्यथा थी। मैं तन्मय हो रहा था।

जीवन सिंह न जाने क्यों चंचल हो उठे। उठकर टहलने लगे। छत के नीचे गीत सुनाई पड़ रहा था।

खनकार भरी काँपती हुई तान हृदय खुरचने लगी। मैंने कहा, ''जीवन, उसे बुला लाओ, मैं इस प्रेमयोगिनी का दर्शन तो कर लूँ।

सहसा सीढ़ियों पर घमघमाहट सुनाई पड़ी, वही पगली रोहिणी आकर जीवन के सामने खड़ी हो गई।

पीछे-पीछे सिपाही दौड़ता हुआ आया। उसने कहा, ''हट पगली।

जीवन और हम चुप थे। उसने एक बार घूमकर सिपाही की ओर देखा। सिपाही सहम गया। पगली रोहिणी फिर गा उठी!

''ढीठ! बिसारे बिसरत नाहीं

कैसे बसूँ जाय बनवाँ में,

बरजोरी बसे हो...''

सहसा सिपाही ने कर्कश स्वर में फिर डाँटा। वह भयभीय हो जैसी भगी, या पीछे हटी मुझे स्मरण नहीं। परन्तु छत के नीचे गंगा के चन्द्रिका-रंजित प्रवाह में एक छपाका हुआ। हतबुद्धि जीवन देखते ही रहे। मैं ऊपर अनन्त की उस दौड़ को देखने लगा। रोहिणी चन्द्रमा का पीछा कर रही थी और नीचे छपाके से उठे हुए कितने ही बुदबुदों में प्रतिबिम्बित रोहिणी की किरणें विलीन हो रही थीं।

परिवर्तन

चन्द्रदेव ने एक दिन इस जनाकीर्ण संसार में अपने को अकस्मात् ही समाज के लिए अत्यन्त आवश्यक मनुष्य समझ लिया और समाज भी उसकी आवश्यकता का अनुभव करने लगा। छोटे-से उपनगर में, प्रयाग विश्वविद्यालय से लौटकर, जब उसने अपनी ज्ञान-गरिमा का प्रभाव, वहाँ के सीधे-सादे निवासियों पर डाला, तो लोग आश्चर्यचकित होकर सभ्रम उसकी ओर देखने लगे, जैसे कोई जौहरी हीरा-पन्ना परखता हो। उसकी थोड़ी-सी सम्पत्ति, बिसातखाने की दुकान और रुपयों का लेन-देन, और उसका शारीरिक गठन सौन्दर्य का सहायक बन गया था।

कुछ लोग तो आश्चर्य करते थे कि वह कहीं का जज और कलेक्टर न होकर यह छोटी-सी दुकानदारी क्यों चला रहा है, किन्तु बातों में चन्द्रदेव स्वतन्त्र व्यवसाय की प्रशंसा के पुल बाँध देता और नौकरी की नरक से उपमा दे देता, तब उसकी कर्तव्यपरायणता का वास्तविक मूल्य लोगों की समझ में आ जाता।

यह तो हुई बाहर की बात। भीतर अपने अन्तःकरण में चन्द्रदेव इस बात को अच्छी तरह तौल चुका था कि जज-कलेक्टर तो क्या, वह कहीं 'किरानी' होने की भी क्षमता नहीं रखता था। तब थोड़ा-सा विनय और त्याग का यश लेते हुए संसार के सहज-लभ्य सुख को वह क्यों छोड़ दे? अध्यापकों के रटे हुए व्याख्यान उसके कानों में अभी गूँज रहे थे। पवित्रता, मलिनता, पुण्य और पाप उसके लिए गम्भीर प्रश्न न थे। वह तर्कों के बल पर उनसे नित्य खिलवाड़ किया करता और भीतर घर में जो एक सुन्दर स्त्री थी, उसके प्रति अपने सम्पूर्ण असन्तोष को दार्शनिक वातावरण में ढँककर निर्मल वैराग्य की, संसार से निर्लिप्त रहने की चर्चा भी उन भोले-भाले सहयोगियों से किया ही करता।

चन्द्रदेव की इस प्रकृति से ऊबकर उसकी पत्नी मालती प्रायः अपनी माँ के पास अधिक रहने लगी; किन्तु जब लौटकर आती, तो गृहस्थी में उसी कृत्रिम वैराग्य का अभिनय उसे खला करता। चन्द्रदेव ग्यारह बजे तक दुकान का काम

देखकर, गप लड़ाकर, उपदेश देकर और व्याख्यान सुनाकर जब घर में आता, तब एक बड़ी दयनीय परिस्थिति उत्पन्न होकर उस साधारणत: सजे हुए मालती के कमरे को और भी मलिन बना देती। फिर तो मालती मुँह ढँककर आँसू गिराने के अतिरिक्त और कर ही क्या सकती थी ? यद्यपि चन्द्रदेव का बाह्य आचरण उसके चरित्र के सम्बन्ध में सशंक होने का किसी को अवसर नहीं देता था, तथापि मालती अपनी चादर से ढँके हुए अन्धकार में अपनी सौत की कल्पना करने के लिए स्वतन्त्र थी ही।

वह धीरे-धीरे रुग्णा हो गयी।

~

एक दिन चन्द्रदेव के पास बैठने वालों ने सुना कि वह कहीं बाहर जानेवाला है। दूसरे दिन चन्द्रदेव की स्त्री-भक्ति की चर्चा छिड़ी। सब लोग कहने लगे, ''चन्द्रदेव कितना उदार, सहृदय व्यक्ति है। स्त्री के स्वास्थ्य के लिए कौन इतना रुपया खर्च करके पहाड़ जाता है। कम-से-कम...नगर में तो कोई भी नहीं।''

चन्द्रदेव ने बहुत गम्भीरता से मित्रों से कहा, ''भाई, क्या करूँ, मालती को जब यक्ष्मा हो गया है, तब तो पहाड़ लिवा जाना अनिवार्य है। रुपया-पैसा तो आता-जाता रहेगा।'' सब लोगों ने इसका समर्थन किया।

चन्द्रदेव पहाड़ चलने को प्रस्तुत हुआ। विवश होकर मालती को भी जाना ही पड़ा। लोक-लाज भी तो कुछ है। और जबकि सम्मानपूर्वक पति अपना कर्तव्य पालन कर रहा हो तो स्त्री अस्वीकार कैसे कर सकती है ?

इस एकान्त में जबकि पति और पत्नी दोनों ही एक-दूसरे के सामने चौबीसों घण्टे रहने लगे, तब आवरण का व्यापार अधिक नहीं चल सकता था। बाध्य होकर चन्द्रदेव को सहायता-तत्पर बनना पड़ा। सहायता में तत्पर होना सामाजिक प्राणी का जन्म-सिद्ध स्वभाव, सम्भवत: मनुष्यता का पूर्ण निदर्शन है। परन्तु चन्द्रदेव के पास तो दूसरा उपाय ही नहीं था; इसलिए सहायता का बाह्य प्रदर्शन धीरे-धीरे वास्तविक होने लगा।

एक दिन मालती चीड़ के वृक्ष की छाया में बैठी हुई बादलों की दौड़-धूप देख रही थी और मन-ही-मन विचार कर रही थी चन्द्रदेव के सेवा-अभिनय पर। सहसा उसका जी भर आया। वह पहाड़ी रंगीन सन्ध्या की तरह किसी मानसिक वेदना से लाल-पीली हो उठी। उसे अपने ऊपर क्रोध आया। उसी समय चन्द्रदेव ने जो उससे कुछ दूर बैठा था, पुकारकर कहा, ''मालती, अब चलो ना ! थक गयी हो ना !''

‘‘वहीं सामने तो पहुँचना है, तुम्हें जल्दी हो तो चले जाओ, 'बूटी' को भेज दो, मैं उसके साथ चली आऊँगी।''

‘‘अच्छा,'' कहकर चन्द्रदेव आज्ञाकारी अनुचर की तरह चला। वह तनिक भी विरोध करके अपने स्नेह-प्रदर्शन में कमी करना नहीं चाहता था। मालती अविचल बैठी रही। थोड़ी देर में बूटी आयी; परन्तु मालती को उसके आने में विलम्ब समझ पड़ा। वह इसके पहले भी पहुँच सकती थी। मालती के लिए पहाड़ी युवती बूटी, परिचारिका के रूप में रख ली गई थी। यह नाटी-सी गोल-मटोल स्त्री गेंद की तरह उछलती चलती थी। बात-बात पर हँसती और फिर उस हँसी को छिपाने का प्रयत्न करती रहती। बूटी ने कहा—

‘‘चलिए, अब तो किरनें डूब रही हैं, और मुझे भी काम निपटाकर छुट्टी पर जाना है।''

‘‘छुट्टी!'' आश्चर्य से झल्लाकर मालती ने कहा।

‘‘हाँ, अब मैं काम न करूँगी!''

‘‘क्यों? तुझे क्या हो गया बूटी!''

‘‘मेरा ब्याह इसी महीने में हो जाएगा,'' कहते हुए वह स्वतन्त्र युवती हँस दी। 'वन की हरिणी अपने आप जाल में फँसने क्यों जा रही है?' मालती को आश्चर्य हुआ। उसने चलते-चलते पूछा, ‘‘भला, तुझे दूल्हा कहाँ मिल गया?''

‘‘ओहो, तब आप क्या जानें कि हम लोगों के ब्याह की बात पक्की हुए आठ बरस हो गये? नीलधर चला गया था, लखनऊ कमाने, और मैंने भी हर साल यहीं नौकरी करके कुछ-न-कुछ यही पाँच सौ रुपये बचा लिए हैं। अब वह भी एक हजार और गहने लेकर परसों पहुँच जाएगा। फिर हम लोग ऊँचे पहाड़ पर अपने गाँव चले जाएँगे। वहीं हम लोगों का घर बसेगा। खेती कर लूँगी। बाल-बच्चों के लिए भी तो कुछ चाहिए। फिर चाहिए बुढ़ापे के लिए, जो इन पहाड़ों में कष्टपूर्ण जीवन-यात्रा के लिए अत्यन्त आवश्यक है।''

वह प्रसन्नता से बातें करती, उछलती हुई चली जा रही थी और मालती हाँफने लगी थी। मालती ने कहा, ‘‘तो क्यों दौड़ी जा रही है? अभी ही तेरा दूल्हा नहीं मिला जा रहा है।''

~

कमरे में दोनों ओर पलँग बिछे थे। मच्छरदानी में दो व्यक्ति सोने का अभिनय कर रहे थे। चन्द्रदेव सोच रहा था, 'यह बूटी! अपनी कमाई से घर बसाने जा रही है। कितना प्रगाढ़ प्रेम इन दोनों में होगा? और मालती! बिना कुछ हाथ-पैर हिलाये-

डुलाये अपनी सम्पूर्ण शक्ति से निष्क्रिय प्रतिरोध करती हुई, सुखभोग करने पर भी असन्तुष्ट!' चन्द्रदेव था तार्किक। वह सोचने लगा, 'तब क्या मुझे इसे प्रसन्न करने की चेष्टा छोड़ देनी चाहिए? मरे चाहे जिये! मैंने क्या नहीं किया इसके लिए, फिर भी भौंहें चढ़ी ही रहें, तो मैं क्या करूँ? मुझे क्या मिलता है इस हृदयहीन बोझ को ढोने से! बस, अब मैं घर चलूँगा। फिर—मालती के...बाद एक दूसरी स्त्री। अरे! वह कितनी आज्ञाकारिणी—किन्तु क्या यह मर जाएगी! मनुष्य कितना स्वार्थी है। फिर मैं ही क्यों नहीं मर जाऊँ। किन्तु पहले कौन मरे? मेरे मर जाने पर वह जीती रहेगी। इसके लिए लोग कितनी तरह के कलंक, कितनी बुराई की बातें सोचेंगे और यही जाने क्या कर बैठे! तब इसे तो लज्जित होना ही पड़ेगा। मुझे भी स्वर्ग में कितना अपमान भोगना पड़ेगा! मालती के मरने पर लोकापवाद से मुक्त मैं दूसरा ब्याह करूँगा। और पतिव्रता मालती स्वर्ग में भी मेरी शुभकामना करेगी। तो फिर यही ठीक रहा। मान की रक्षा के लिए लोग कितने बड़े-बड़े बलिदान कर चुके हैं। क्या मैं उनका अनुकरण नहीं कर सकता! मालती सम्मान की वेदी पर बलि चढ़े। वही पहले मरे फिर देखा जाएगा! राम की तरह एक पत्नीव्रत कर सकूँगा, तो कर लूँगा, नहीं तो उँहूँ...'

चन्द्रदेव की खुली आँखों के सामने मच्छरदानी के जालीदार कपड़े पर एक चित्र खिंचा—एक युवती मुस्कुराती हुई चाय की प्याली बढ़ा रही है। चन्द्रदेव ने न पीने की सूचना पहले ही दे दी थी। फिर भी उसके अनुनय में बड़ी तरावट थी। उस युवती का रोम-रोम कहता था, ''ले लो!''

चन्द्रदेव यह स्वप्न देखकर निश्चिन्त सो गया। उसने अपने बनावटी उपचार का—सेवा-भाव का अन्त कर दिया था।

दूसरी मच्छरदानी में थकी हुई मालती थी। सोने के पहले उसे अपने ही ऊपर रोष आ गया था, 'वह क्यों न ऐसी हुई कि चन्द्रदेव उसके चरणों में लोटता, उसके मान को, उसके प्रणयरोष को धीरे-धीरे सहलाया करता! तब क्या वैसी होने की चेष्टा करे; किन्तु अब करके क्या होगा? जब यौवन का उल्लास था, कुसुम में मकरन्द था, चाँदनी पर मेघ की छाया न थी, तब न कर सकी, तो अब क्या? बूटी साधारण मजूरी करके स्वस्थ, सुन्दर, आकर्षक और आदर की पात्र बन सकती है। उसका यौवन ढालवें पथ की ओर मुँह किये है, फिर भी उसमें कितना उल्लास है!

'यह आत्मविश्वास! यही तो जीवन है; किन्तु, क्या मैं पा सकती हूँ! क्या मेरे अंग फिर से गुदगुदे हो जायेंगे। लाली दौड़ आवेगी? हृदय में उच्छृंखल उल्लास, हँसी से भरा आनन्द नाचने लगेगा?' उसने एक बार अपने दुर्बल हाथों को उठाकर देखा कि चूड़ियाँ कलाई से बहुत नीचे खिसक आयी थीं। सहसा उसे स्मरण हुआ

कि वह बूटी से अभी दो बरस छोटी है। दो बरस में वह स्वस्थ, सुन्दर, हृष्ट-पुष्ट और हँसमुख हो सकती है, होकर रहेगी। वह मरेगी नहीं। ना, कभी नहीं, चन्द्रदेव को दूसरे का न होने देगी। विचार करते-करते फिर सो गयी।

सबेरे दोनों मच्छरदानियाँ उठीं। चन्द्रदेव ने मालती को देखा—वह प्रसन्न थी। उसके कपोलों का रंग बदल गया था। उसे भ्रम हुआ, 'क्या?' उसने आँखें मिचमिचाकर फिर देखा! इस क्रिया पर मालती हँस पड़ी। चन्द्रदेव झल्लाकर उठ बैठा। वह कहना चाहता था, ''मैं चलना चाहता हूँ। रुपये का अभाव है! कब तक यहाँ पहाड़ पर पड़ा रहूँगा? तुम्हारा अच्छा होना असम्भव है। मजूरनी भी छोड़कर चली गयी। और भी अनेक असुविधाएँ हैं। मैं तो चलूँगा।''

परन्तु वह कह न पाया। कुछ सोच रहा था। निष्ठुर प्रहार करने में हिचक रहा था। सहसा मालती पास चली आयी। मच्छरदानी उठाकर मुस्कुराती हुई बोली, ''चलो, घर चलें! अब तो मैं अच्छी हूँ?''

चन्द्रदेव ने आश्चर्य से देखा कि मालती दुर्बल है, किन्तु रोग के लक्षण नहीं रहे। उसके अंग-अंग पर स्वाभाविक रंग प्रसन्नता बनकर खेल रहा था!

सन्देह

रामनिहाल अपना बिखरा हुआ सामान बाँधने में लगा था। जँगले से धूप आकर उसके छोटे-से शीशे पर तड़प रही थी। अपना उज्ज्वल आलोक-खण्ड, वह छोटा-सा दर्पण बुद्ध की सुन्दर प्रतिमा को अर्पण कर रहा था। किन्तु प्रतिमा ध्यानमग्न थी। उसकी आँखें धूप से चौंधियाती न थीं। प्रतिमा का शान्त गम्भीर मुख और भी प्रसन्न हो रहा था। किन्तु रामनिहाल उधर देखता न था। उसके हाथों में था कागज़ों का एक बण्डल, जिसे सन्दूक में रखने के पहले वह खोलना चाहता था। पढ़ने की इच्छा थी, फिर भी न जाने क्यों हिचक रहा था और अपने को मना कर रहा था, जैसे किसी भयानक वस्तु से बचने के लिए कोई बालक को रोकता हो।

बण्डल तो रख दिया पर दूसरा बड़ा-सा लिफ़ाफ़ा खोल ही डाला। एक चित्र उसके हाथों में था और आँखों में थे आँसू। कमरे में अब दो प्रतिमाएँ थीं। बुद्धदेव अपनी विराग-महिमा में निमग्न। रामनिहाल रागशैल-सा अचल, जिसमें से हृदय का द्रव आँसुओं की निर्झरिणी बनकर धीरे-धीरे बह रहा था।

किशोरी ने आकर हल्ला मचा दिया, ''भाभी, अरे भाभी! देखा नहीं तूने ना! निहाल बाबू रो रहे हैं। अरे, तू चल भी!''

श्यामा वहाँ आकर खड़ी हो गयी। उसके आने पर भी रामनिहाल उसी भाव में विस्मृत-सा अपनी करुणा-धारा बहा रहा था। श्यामा ने कहा, ''निहाल बाबू!''

निहाल ने आँखें खोलकर कहा, ''क्या है?...अरे, मुझे क्षमा कीजिए।'' फिर आँसू पोंछने लगा।

''बात क्या है, कुछ सुनूँ भी। तुम क्यों जाने के समय ऐसे दुखी हो रहे हो? क्या हम लोगों से कुछ अपराध हुआ?''

''तुमसे अपराध होगा? यह क्या कह रही हो? मैं रोता हूँ, इसमें मेरी ही भूल है। प्रायश्चित करने का यह ढंग ठीक नहीं, यह मैं धीरे-धीरे समझ रहा हूँ। किन्तु करूँ क्या? यह मन नहीं मानता।''

श्यामा जैसे सावधान हो गयी। उसने पीछे फिरकर देखा कि किशोरी खड़ी

है। श्यामा ने कहा, ''जा बेटी! कपड़े धूप में फैले हैं, वहीं बैठ।'' किशोरी चली गई। अब जैसे सुनने के लिए प्रस्तुत होकर श्यामा एक चटाई खींचकर बैठ गयी। उसके सामने छोटी-सी बुद्ध प्रतिमा सागवान की सुन्दर मेज़ पर धूप के प्रतिबिम्ब में हँस रही थी। रामनिहाल कहने लगा—

''श्यामा! तुम्हारा कठोर व्रत, वैधव्य का आदर्श देखकर मेरे हृदय में विश्वास हुआ कि मनुष्य अपनी वासनाओं का दमन कर सकता है। किन्तु तुम्हारा अवलम्ब बड़ा दृढ़ है। तुम्हारे सामने बालकों का झुण्ड हँसता, खेलता, लड़ता, झगड़ता है। और तुमने जैसे बहुत-सी देव-प्रतिमाएँ, शृंगार से सजाकर हृदय की कोठरी को मन्दिर बना दिया। किन्तु मुझको वह कहाँ मिलता। भारत के भिन्न-भिन्न प्रदेशों में, छोटा-मोटा व्यवसाय, नौकरी और पेट पालने की सुविधाओं को खोजता हुआ जब तुम्हारे घर में आया, तो मुझे विश्वास हुआ कि मैंने घर पाया। मैं जब से संसार को जानने लगा, तभी से मैं गृहहीन था। मेरा सन्दूक और ये थोड़ा-सा सामान, जो मेरे उत्तराधिकार का अंश था, अपनी पीठ पर लादे हुए घूमता रहा। ठीक उसी तरह, जैसे कंजर अपनी गृहस्थी टट्टू पर लादे हुए घूमता है।

''मैं चतुर था, इतना चतुर जितना मनुष्य को न होना चाहिए; क्योंकि मुझे विश्वास हो गया है कि मनुष्य अधिक चतुर बनकर अपने को अभागा बना लेता है, और भगवान् की दया से वंचित हो जाता है।

''मेरी महत्त्वाकांक्षा, मेरे उन्नतिशील विचार मुझे बराबर दौड़ाते रहे। मैं अपनी कुशलता से अपने भाग्य को धोखा देता रहा। यह भी मेरा पेट भर देता था। कभी-कभी मुझे ऐसा मालूम होता कि यह दाँव बैठा कि मैं अपने आप पर विजयी हुआ। और मैं सुखी होकर, सन्तुष्ट होकर चैन से संसार के एक कोने में बैठ जाऊँगा; किन्तु वह मृग-मरीचिका थी।

''मैं जिनके यहाँ नौकरी अब तक करता रहा, वे लोग बड़े ही सुशिक्षित और सज्जन हैं। मुझे मानते भी बहुत हैं। तुम्हारे यहाँ घर का-सा सुख है; किन्तु यह सब मुझे छोड़ना पड़ेगा ही।'' इतनी बात कहकर रामनिहाल चुप हो गया।

''तो तुम काम की एक बात न कहोगे। व्यर्थ ही इतनी...'' श्यामा और कुछ कहना चाहती थी कि उसे रोककर रामनिहाल कहने लगा, ''तुमको मैं अपना शुभचिन्तक, मित्र और रक्षक समझता हूँ, फिर तुमसे न कहूँगा, तो यह भार कब तक ढोता रहूँगा? लो सुनो। यह चैत है ना, हाँ ठीक! कार्तिक की पूर्णिमा थी। मैं काम-काज से छुट्टी पाकर सन्ध्या की शोभा देखने के लिए दशाश्वमेघ घाट पर जाने के लिए तैयार था कि ब्रजकिशोर बाबू ने कहा, 'तुम तो गंगा-किनारे टहलने जाते ही हो। आज मेरे एक सम्बन्धी आ गये हैं, इन्हें भी एक बजरे पर बैठाकर घुमाते आओ, मुझे आज छुट्टी नहीं है।'

''मैंने स्वीकार कर लिया। ऑफ़िस में बैठा रहा। थोड़ी देर में भीतर से एक पुरुष के साथ एक सुन्दर स्त्री निकली और मैं समझ गया कि मुझे इन्हीं लोगों के साथ जाना होगा। ब्रजकिशोर बाबू ने कहा, 'मानमन्दिर घाट पर बजरा ठीक है। निहाल आपके साथ जा रहे हैं। कोई असुविधा न होगी। इस समय मुझे क्षमा कीजिए। आवश्यक काम है।'

''पुरुष के मुँह पर की रेखाएँ कुछ तन गयीं। स्त्री ने कहा, 'अच्छा है। आप अपना काम कीजिए। हम लोग तब तक घूम आते हैं।'

''हम लोग मानमन्दिर पहुँचे। बजरे पर चाँदनी बिछी थी। पुरुष, 'मोहन बाबू' जाकर ऊपर बैठ गये। पैड़ी लगी थी। मनोरमा को चढ़ने में जैसे डर लग रहा था। मैं बजरे के कोने पर खड़ा था। हाथ बढ़ाकर मैंने कहा, 'आप चली आइए, कोई डर नहीं।' उसने हाथ पकड़ लिया। ऊपर आते ही मेरे कान में धीरे से उसने कहा, 'मेरे पति पागल बनाये जा रहे हैं। कुछ-कुछ हैं भी। तनिक सावधान रहिएगा। नाव की बात है।'

''मैंने कह दिया, 'कोई चिन्ता नहीं।' किन्तु ऊपर जाकर बैठ जाने पर भी मेरे कानों के समीप उस सुन्दर मुख का सुरभित निःश्वास अपनी अनुभूति दे रहा था। मैंने मन को शान्त किया। चाँदनी निकल आयी थी। घाट पर आकाशदीप जल रहे थे और गंगा की धारा में भी छोटे-छोटे दीपक बहते हुए दिखाई देते थे।

''मोहन बाबू की बड़ी-बड़ी गोल आँखें और भी फैल गयीं। उन्होंने कहा, 'मनोरमा, देखो, इस दीपदान का क्या अर्थ है, तुम समझती हो?'

'' 'गंगाजी की पूजा, और क्या?' मनोरमा ने कहा।

'' 'यहीं तो मेरा और तुम्हारा मतभेद है। जीवन के लघुदीप को अनन्त की धारा में बहा देने का यह संकेत है। आह! कितनी सुन्दर कल्पना!' कहकर मोहन बाबू जैसे उद्विग्न हो उठे। उनकी शारीरिक चेतना मानसिक अनुभूति से मिलकर उत्तेजित हो उठी। मनोरमा ने मेरे कानों में धीरे से कहा, 'देखा ना आपने!'

''मैं चकित हो रहा था। बजरा पंचगंगा घाट के समीप पहुँच गया था। तब हँसते हुए मनोरमा ने अपने पति से कहा, 'और यह बाँसों में जो टँगे हुए दीपक हैं, उन्हें आप क्या कहेंगे?'

''तुरन्त ही मोहन बाबू ने कहा, 'आकाश भी असीम है ना। जीवन-दीप को उसी ओर जाने के लिए यह भी संकेत है।' फिर हाँफते हुए उन्होंने कहना आरम्भ किया, 'तुम लोगों ने मुझे पागल समझ लिया है, यह मैं जानता हूँ। ओह! संसार की विश्वासघात की ठोकरों ने मेरे हृदय को विक्षिप्त बना दिया है। मुझे उससे विमुख

कर दिया है। किसी ने मेरे मानसिक विप्लवों में मुझे सहायता नहीं दी। मैं ही सबके लिए मरा करूँ। यह अब मैं नहीं सह सकता। मुझे अकपट प्यार की आवश्यकता है। जीवन में वह कभी नहीं मिला! तुमने भी मनोरमा! तुमने, भी मुझे...'

''मनोरमा घबरा उठी थी। उसने कहा, 'चुप रहिए, आपकी तबीयत बिगड़ रही है, शान्त हो जाइए!'

'' 'क्यों शान्त हो जाऊँ? रामनिहाल को देख कर चुप रहूँ। वह जान जाएँ, इसमें मुझे कोई भय नहीं। तुम लोग छिपाकर सत्य को छलना क्यों बनाती हो?' मोहन बाबू के श्वासों की गति तीव्र हो उठी। मनोरमा ने हताश भाव से मेरी ओर देखा। वह चाँदनी रात में विशुद्ध प्रतिमा-सी निश्चेष्ट हो रही थी।

''मैंने सावधान होकर कहा, 'माँझी, अब घूम चलो।' कार्तिक की रात चाँदनी से शीतल हो चली थी। नाव मानमन्दिर की ओर घूम चली। मैं मोहन बाबू के मनोविकार के सम्बन्ध में सोच रहा था। कुछ देर चुप रहने के बाद मोहन बाबू फिर अपने आप कहने लगे—

'' 'ब्रजकिशोर को मैं पहचानता हूँ। मनोरमा, उसने तुम्हारे साथ मिलकर जो षड्यन्त्र रचा है, मुझे पागल बना देने का जो उपाय हो रहा है, उसे मैं समझ रहा हूँ। तो...'

'' 'ओह! आप चुप न रहेंगे? मैं कहती हूँ ना! यह व्यर्थ का संदेह आप मन से निकाल दीजिए या मेरे लिए संखिया मँगा दीजिए। छुट्टी हो।'

''स्वस्थ होकर बड़ी कोमलता से मोहन बाबू कहने लगे, 'तुम्हारा अपमान होता है! सबके सामने मुझे ये बातें न कहनी चाहिए। यह मेरा अपराध है। मुझे क्षमा करो, मनोरमा!' सचमुच मनोरमा के कोमल चरण मोहन बाबू के हाथ में थे! वह पैर छुड़ाती हुई पीछे खिसकी। मेरे शरीर से उसका स्पर्श हो गया। वह क्षुब्ध और संकोच में ऊभ-चूभ रमणी जैसे किसी का आश्रय पाने के लिए व्याकुल हो गयी थी। मनोरमा ने दीनता से मेरी ओर देखते हुए कहा, 'आप देखते हैं ना?'

''सचमुच मैं देख रहा था। गंगा की घोर धारा पर बजरा फिसल रहा था। नक्षत्र बिखर रहे थे और एक सुन्दर युवती मेरा आश्रय खोज रही थी। अपनी सब लज्जा और अपमान लेकर वह दुर्वह संदेह-भार से पीड़ित स्त्री जब कहती थी कि 'आप देखते हैं ना,' तब वह मानो मुझसे प्रार्थना करती थी कि कुछ मत देखो, मेरा व्यंग्य-उपहास देखने की वस्तु नहीं।

''मैं चुप था। घाट पर बजरा लगा। फिर वह युवती मेरा हाथ पकड़कर पैड़ी पर से सँभलती हुई उतरी। और मैंने एक बार न जाने क्यों धृष्टता से मन में सोचा, 'मैं धन्य हूँ।' मोहन बाबू ऊपर चढ़ने लगे। मैं मनोरमा के पीछे-पीछे था। अपने पर भारी बोझ डालकर धीरे-धीरे सीढ़ियों पर चढ़ रहा था।

''उसने धीरे से मुझसे कहा, 'रामनिहालजी, मेरी विपत्ति में आप सहायता न कीजिएगा!' मैं अवाक् था।''

श्यामा ने एक गहरी दृष्टि से रामनिहाल को देखा। वह चुप हो गया। श्यामा ने आज्ञा भरे स्वर में कहा, ''आगे और भी कुछ है या बस?''

रामनिहाल ने सिर झुकाकर कहा, ''हाँ, और भी कुछ है।''

''वही कहो ना!''

''कहता हूँ। मुझे धीरे-धीरे मालूम हुआ कि ब्रजकिशोर बाबू यह चाहते हैं कि मोहनलाल अदालत से पागल मान लिये जाएँ और ब्रजकिशोर उनकी सम्पत्ति के प्रबन्धक बना दिये जाएँ, क्योंकि वे ही मोहनलाल के निकट सम्बन्धी थे। भगवान् जाने इसमें क्या रहस्य है, किन्तु संसार तो दूसरे को मूर्ख बनाने के व्यवसाय पर चल रहा है। मोहन अपने सन्देह के कारण पूरा पागल बन गया है। तुम जो यह चिट्ठियों का बण्डल देख रही हो, वह मनोरमा का है।''

रामनिहाल फिर रुक गया। श्यामा ने फिर तीखी दृष्टि से उसकी ओर देखा। रामनिहाल कहने लगा, ''तुमको भी सन्देह हो रहा है। सो ठीक ही है। मुझे भी कुछ सन्देह हो रहा है, मनोरमा क्यों मुझे इस समय बुला रही है।''

अब श्यामा ने हँसकर कहा, ''तो क्या तुम समझते हो कि मनोरमा तुमको प्यार करती है और वह दुश्चरित्रा है? छि: रामनिहाल, यह तुम क्यों सोच रहे हो? देखूँ तो, तुम्हारे हाथ में यह कौन-सा चित्र है, क्या मनोरमा का ही है?'' कहते-कहते श्यामा ने रामनिहाल के हाथ से चित्र ले लिया। उसने आश्चर्य-भरे स्वर में कहा, ''अरे, यह तो मेरा ही है? तो क्या तुम मुझसे प्रेम करने का लड़कपन करते हो? यह अच्छी फाँसी लगी है तुमको। मनोरमा तुमको प्यार करती है और तुम मुझको। मन के विनोद के लिए तुमने अच्छा साधन जुटाया है। तभी कायरों की तरह यहाँ से बोरिया-बँधना लेकर भागने की तैयारी कर ली है!''

रामनिहाल हतबुद्धि अपराधी-सा श्यामा को देखने लगा। जैसे उसे कहीं भागने की राह न हो। श्यामा दृढ़ स्वर में कहने लगी—

''निहाल बाबू! प्यार करना बड़ा कठिन है। तुम इस खेल को नहीं जानते। इसके चक्कर में पड़ना भी मत। हाँ, एक दुखिया स्त्री तुमको अपनी सहायता के लिए बुला रही है। जाओ, उसकी सहायता करके लौट आओ। तुम्हारा सामान यहीं रहेगा। तुमको अभी यहीं रहना होगा। समझे। अभी तुमको मेरी संरक्षता की आवश्यकता है। उठो। नहा-धो लो। जो ट्रेन मिले, उससे पटना जाकर ब्रजकिशोर की चालाकियों से मनोरमा की रक्षा करो। और फिर मेरे यहाँ चले आना। यह सब तुम्हारा भ्रम था। सन्देह था।''

भीख में

खपरैल दालान में, कम्बल पर मिन्ना के साथ बैठा हुआ ब्रजराज मन लगाकर बातें कर रहा था। सामने ताल में कमल खिल रहे थे। उन पर से भीनी-भीनी महक लिये हुए पवन धीरे-धीरे उस झोपड़ी में आता और चला जाता था।

''माँ कहती थी...,'' मिन्ना ने कमल की केसरों को बिखराते हुए कहा।

''क्या कहती थी?''

''बाबूजी परदेश जाएँगे। तेरे लिये नैपाली टट्टू लाएँगे।''

''तू घोड़े पर चढ़ेगा कि टट्टू पर! पागल कहीं का।''

''नहीं, मैं टट्टू पर चढ़ूँगा। वह गिरता नहीं।''

''तो फिर मैं नहीं जाऊँगा?''

''क्यों नहीं जाओगे? ऊँ-ऊँ-ऊँ, मैं अब रोता हूँ।''

''अच्छा, पहले यह बताओ कि जब तुम कमाने लगोगे, तो हमारे लिए क्या लाओगे?''

''खूब ढेर-सा रुपया,'' कहकर मिन्ना ने अपना छोटा-सा हाथ जितना ऊँचा हो सकता था, उठा लिया।

''सब रुपया मुझको ही दोगे ना!''

''नहीं, माँ को भी दूँगा।''

''मुझको कितना दोगे?''

''थैली-भर!''

''और माँ को?''

''वही बड़ी काठवाली सन्दूक में जितना भरेगा।''

''तब फिर माँ से कहो; वही नैपाली टट्टू ला देगी।''

मिन्ना ने झुँझलाकर ब्रजराज को ही टट्टू बना लिया। उसी के कन्धों पर चढ़कर अपनी साध मिटाने लगा। भीतर दरवाज़े में से इन्दो झाँककर पिता-पुत्र का विनोद देख रही थी। उसने कहा, ''मिन्ना! यह टट्टू बड़ा अड़ियल है।''

ब्रजराज को यह विसंवादी स्वर की-सी हँसी खटकने लगी। आज ही सवेरे इन्दो से कड़ी फटकार सुनी थी। इन्दो अपने गृहिणी-पद की मर्यादा के अनुसार जब दो-चार खरी-खोटी सुना देती, तो उसका मन विरक्ति से भर जाता। उसे मिन्ना के साथ खेलने में, झगड़ा करने में और सलाह करने में ही संसार की पूर्ण भावमयी उपस्थिति हो जाती। फिर कुछ और करने की आवश्यकता ही क्या है? यही बात उसकी समझ में नहीं आती। रोटी-बिना भूखों मरने की सम्भावना न थी। किन्तु इन्दो को उतने ही से सन्तोष नहीं। इधर ब्रजराज को निठल्ले बैठे हुए मालो के साथ कभी-कभी चुहल करते देखकर तो वह और भी जल उठती। ब्रजराज यह सब समझता हुआ भी अनजान बन रहा था। उसे तो अपनी खपरैल में मिन्ना के साथ सन्तोष-ही-सन्तोष था; किन्तु आज वह न जाने क्यों भिन्ना उठा—

''मिन्ना! अड़ियल टट्टू भागते हैं, तो रुकते नहीं। और राह-कराह भी नहीं देखते। तेरी माँ अपने भीगे चने पर रोब गाँठती है। कहीं इस टट्टू को हरी-हरी दूब की चाट लगी, तो... ।''

''नहीं मिन्ना! रूखी-सूखी पर निभा लेने वाले ऐसा नहीं कर सकते!''

''कर सकते हैं मिन्ना! कह दो, हाँ!''

मिन्ना घबरा उठा था। यह तो बातों का नया ढंग था। वह समझ न सका। उसने कह दिया, ''हाँ, कर सकते हैं।''

''चल देख लिया। ऐसे ही करनेवाले!'' कहकर ज़ोर से किवाड़ बन्द करती हुई इन्दो चली गयी। ब्रजराज के हृदय में विरक्ति चमकी। बिजली की तरह कौंध उठी घृणा। उसे अपने अस्तित्व पर सन्देह हुआ। वह पुरुष है या नहीं? इतना कशाघात! इतना सन्देह और चतुर सचालन! उसका मन घर से विद्रोही हो रहा था। आज तक बड़ी सावधानी से कुशल महाजन की तरह वह अपना सूद बढ़ाता रहा। कभी स्नेह का प्रतिदान लेकर उसने इन्दो को हल्का नहीं होने दिया था। इसी घड़ी सूद-दर-सूद लेने के लिए उसने अपनी विरक्ति की थैली का मुँह खोल दिया।

मिन्ना को एक बार गोद में चिपकाकर वह खड़ा हो गया। जब गाँव के लोग हलों को कन्धों पर लिये घर लौट रहे थे, उसी समय ब्रजराज ने घर छोड़ने का निश्चय कर लिया।

~

जालन्धर से जो सड़क ज्वालामुखी को जाती है, उस पर इसी साल से एक सिख पेन्शनर ने लॉरी चलाना आरम्भ किया था। उसका ड्राइवर कलकत्ते से सीखा हुआ फुर्तीला आदमी है। सीधे-सादे देहाती उछल पड़े। जिनकी मनौती कई सालों से

रुकी थी, बैलगाड़ी की यात्रा के कारण जो अब तब टाल-मटोल करते थे, वे उत्साह से भरकर ज्वालामुखी के दर्शन के लिए प्रस्तुत होने लगे।

गोटेदार ओढ़नियों, अच्छी काट की शलवारों, किमख्वाब की झकाझक सदरियों की बहार, आये दिन उसकी लॉरी में दिखलाई पड़ती। किन्तु वह मशीन का प्रेमी ड्राइवर किसी ओर देखता नहीं। अपनी मोटर, उसका हॉर्न, ब्रेक और मडगार्ड पर उसका मन टिका रहता। चक्का हाथ में लिए हुए जब उस पहाड़ी-प्रान्त में वह अपनी लॉरी चलाता, तो अपनी धुन में मस्त किसी की ओर देखने का विचार भी न कर पाता। उसके सामान में एक बड़ा-सा कोट, एक कम्बल और एक लोटा था। हाँ, बैठने की जगह में जो छिपा हुआ बक्स था, उसी में कुल रुपये-पैसे बचाकर वह फेंकता जाता। किसी पहाड़ी पर ऊँचे वृक्षों से लिपटी हुई जंगली गुलाब की लता को वह देखना नहीं चाहता। उसकी कोसों तक फैलनेवाली सुगन्ध ब्रजराज के मन को मथ देती; परन्तु वह शीघ्र ही अपनी लॉरी में मन को उलझा देता और तब निर्विकार भाव से उस जनविरल प्रान्त में लॉरी की चाल तीव्र कर देता। इसी तरह कई बरस बीत गये।

बूढ़ा सिख उससे बहुत प्रसन्न रहता; क्योंकि ड्राइवर कभी बीड़ी-तमाखू नहीं पीता और किसी काम में व्यर्थ पैसा नहीं खर्च करता। उस दिन बादल उमड़ रहे थे। थोड़ी-थोड़ी झींसी पड़ रही थी। वह अपनी लॉरी दौड़ाये पहाड़ी प्रदेश के बीचोंबीच निर्जन सड़क पर चला जा रहा था, कहीं-कहीं दो-चार घरों के गाँव दिखाई पड़ते थे। आज उसकी लॉरी में भीड़ नहीं थी। सिख पेंशनर की जान-पहचान का एक परिवार उस दिन ज्वालामुखी का दर्शन करने जा रहा था। उन लोगों ने पूरी लॉरी भाड़े पर कर ली थी, किन्तु अभी तक उसे यह जानने की आवश्यकता न हुई थी कि उसमें कितने आदमी थे। उसे इंजन में पानी की कमी मालूम हुई कि लॉरी रोक दी गयी। ब्रजराज बाल्टी लेकर पानी लाने गया। उसे पानी लाते देखकर लॉरी के यात्रियों को भी प्यास लग गयी। सिख ने कहा—

''ब्रजराज! इन लोगों को भी थोड़ा पानी दे देना।''

जब बाल्टी लिये वह यात्रियों की ओर गया, तो उसको भ्रम हुआ कि जो सुन्दर स्त्री पानी के लिए लोटा बढ़ा रही है, वह कुछ पहचानी-सी है। उसने लोटे में पानी उँड़ेलते हुए अन्यमनस्क की तरह कुछ जल गिरा भी दिया, जिससे स्त्री की ओढ़नी का कुछ अंश भीग गया। यात्री ने झिड़ककर कहा—

''भाई, ज़रा देखकर।''

किन्तु वह स्त्री भी उसे कनखियों से देख रही थी। 'ब्रजराज!' शब्द उसके भी कानों में गूँज उठा था। ब्रजराज अपनी सीट पर जा बैठा।

बूढ़े सिख और यात्री दोनों को ही उसका यह व्यवहार अशिष्ट-सा मालूम हुआ; पर कोई कुछ बोला नहीं। लॉरी चलने लगी। काँगड़ा की तराई का यह पहाड़ी दृश्य, चित्रपटों की तरह क्षण-क्षण पर बदल रहा था। उधर ब्रजराज की आँखें कुछ दूसरे ही दृश्य देख रही थीं।

गाँव का वह ताल, जिसमें कमल खिल रहे थे, मिन्ना के निर्मल प्यार की तरह तरंगायित हो रहा था। और उस प्यार में विश्राम की लालसा, बीच-बीच में उसे देखते ही, मालती का पैर के अँगूठों के चाँदी के मोटे छल्लों को खटखटाना, सहसा उसकी स्त्री का सन्दिग्ध भाव से उसको बाहर भेजने की प्रेरणा, साधारण जीवन में बालक के प्यार से जो सुख और सन्तोष उसे मिल रहा था, वह भी छिन गया; क्यों न सन्देह हो! इन्दो को विश्वास हो चला था कि ब्रजराज मालो को प्यार करता है। और गाँव में एक ही सुन्दरी, चंचल, हँसमुख और मनचली भी थी, उसका ब्याह नहीं हुआ था। हाँ, वही तो मालो? और यह ओढ़नीवाली! ऐं, पंजाबी में? असम्भव! नहीं तो—वही है—ठीक-ठीक वही है। वह चक्का पकड़े हुए पीछे घूमकर अपनी स्मृतिधारा पर विश्वास कर लेना चाहता था। ओह! कितनी भूली हुई बातें इस मुख ने स्मरण दिला दीं। वही तो—वह अपने को न रोक सका। पीछे घूम ही पड़ा और देखने लगा।

लॉरी टकरा गई एक वृक्ष से। कुछ अधिक हानि न होने पर भी, किसी को कहीं चोट न लगने पर भी सिख झल्ला उठा। ब्रजराज भी फिर लॉरी पर न चढ़ा। किसी को किसी से सहानुभूति नहीं। तनिक-सी भूल भी कोई सह नहीं सकता, यही ना! ब्रजराज ने सोचा कि मैं ही क्यों न रूठ जाऊँ? उसने नौकरी को नमस्कार किया।

~

ब्रजराज को वैराग्य हो गया हो, सो तो बात नहीं। हाँ, उसे गार्हस्थ्य-जीवन के सुख के आरंभ में ही ठोकर लगी। उसकी सीधी-सादी गृहस्थी में कोई विशेष आनन्द न था। केवल मिन्ना की अटपटी बातों से और राह चलते-चलते कभी-कभी मालती की चुहल से, हलके शरबत में, दो बूँद हरे नींबू के रस की-सी सुगन्ध तरावट में मिल जाती थी।

वह सब गया, इधर कलकत्ते के कोलाहल में रहकर उसने ड्राइवरी सीखी। पहाड़ियों की गोद में उसे एक प्रकार की शान्ति मिली। दो-चार घरों के छोटे-छोटे-से गाँवों को देखकर उसके मन में विरागपूर्ण दुलार होता था। वह अपनी लॉरी पर बैठा हुआ उपेक्षा से एक दृष्टि डालता हुआ निकल जाता। तब वह अपने गाँव पर

मानो प्रत्यक्ष रूप से प्रतिशोध ले लेता; किन्तु नौकरी छोड़कर वह क्या जाने कैसा हो गया। ज्वालामुखी के समीप ही पण्डों की बस्ती में जाकर रहने लगा।

पास में कुछ रुपये बचे थे। उन्हें वह धीरे-धीरे खर्च करने लगा। उधर उसके मन का निश्चिन्त भाव और शरीर का बल धीरे-धीरे क्षीण होने लगा। कोई कहता, तो उसका काम कर देता; पर उसके बदले में पैसा न लेता। लोग कहते, ''बड़ा भलामानुस है।'' उससे बहुत-से लोगों की मित्रता हो गयी। उसका दिन ढलने लगा। वह घर की कभी चिन्ता न करता। हाँ, भूलने का प्रयत्न करता; किन्तु मिन्ना ? फिर सोचता 'अब बड़ा हो गया होगा, जिसने मुझे काम करने के लिए परदेश भेज दिया, वह मिन्ना को ठीक कर लेगी। खेती-बाड़ी से काम चल ही जाएगा। मैं ही गृहस्थी में अतिरिक्त व्यक्ति था और मालती! न, न! पहले उसके कारण संदिग्ध बनकर मुझे घर छोड़ना पड़ा। उसी का फिर से स्मरण करते ही मैं नौकरी से छुड़ाया गया। कहाँ से उस दिन मुझे फिर उसका सन्देह हुआ। वह पंजाब में कहाँ आती! उसका नाम भी न लूँ!'

'इन्दो तो मुझे परदेश भेजकर सुख से नींद लेगी ही।'

पर यह नशा दो-ही-तीन बरसों में उखड़ गया। इस अर्थयुग में सब सम्बल जिसका है, वही उल्टी बोल गया। आज ब्रजराज अकिंचन कंगाल था। आज ही से उसे भीख माँगनी चाहिए। नौकरी न करेगा, हाँ भीख माँग लेगा। किसी का काम कर देगा, तो यह देगा वह अपनी भीख। उसकी मानसिक धारा इसी तरह चल रही थी।

वह सवेरे ही आज मन्दिर के समीप जा बैठा। आज उसके हृदय से भी वैसी ही एक ज्वाला भक् से निकल कर बुझ जाती है। और कभी विलम्ब तक लपलपाती रहती है; किन्तु कभी उसकी ओर कोई नहीं देखता। और उधर तो यात्रियों के झुण्ड जा रहे थे।

चैत्र का महीना था। आज बहुत-से यात्री आये थे। उसने भी भीख के लिए हाथ फैलाया। एक सज्जन गोद में छोटा-सा बालक लिये आगे बढ़ गये, पीछे एक सुन्दरी अपनी ओढ़नी सँभालती हुई क्षणभर के लिए रुक गयी थी। स्त्रियाँ स्वभाव की कोमल होती हैं। पहली ही बार पसारा हुआ हाथ ख़ाली न रह जाए, इसी से ब्रजराज ने सुन्दरी से याचना की।

वह खड़ी हो गयी। उसने पूछा, ''क्या तुम अब लॉरी नहीं चलाते?''

'अरे, वही तो ठीक मालती का-सा स्वर!'

हाथ बटोरकर ब्रजराज ने कहा, ''कौन, मालो ?''

''तो यह तुम्हीं हो, ब्रजराज !''

''हाँ तो,'' कहकर ब्रजराज ने एक लम्बी साँस ली।

मालती खड़ी रही। उसने कहा, ''भीख माँगते हो?''

''हाँ, पहले मैं सुख का भिखारी था। थोड़ा-सा मिन्ना का स्नेह, इन्दो का प्रणय, दस-पाँच बीघों की कामचलाऊ उपज और कहे जानेवाले मित्रों की चिकनी-चुपड़ी बातों से सन्तोष की भीख माँगकर अपने चिथड़ों में बाँधकर मैं सुखी बन रहा था। कंगाल की तरह जन-कोलाहल से दूर एक कोने में उसे अपनी छाती से लगाये पड़ा था; किन्तु तुमने बीच में थोड़ा-सा प्रसन्न-विनोद मेरे ऊपर ढाल दिया, वही तो मेरे लिए...''

''ओहो, पागल इन्दो! मुझ पर सन्देह करने लगी। तुम्हारे चले आने पर मुझसे कई बार लड़ी भी। मैं तो अब यहाँ आ गयी हूँ,'' कहते-कहते वह भय से आगे चले जानेवाले सज्जन को देखने लगी।

''तो, वह तुम्हारा ही बच्चा है ना! अच्छा-अच्छा!'' 'हूँ' कहती हुई मालो ने कुछ निकाला उसे देने के लिए! ब्रजराज ने कहा, ''मालो! तुम जाओ। देखो, वह तुम्हारे पति आ रहे हैं!'' बच्चे को गोद में लिये हुए मालो के पंजाबी पति लौट आये। मालती उस समय अन्यमनस्क, क्षुब्ध और चंचल हो रही थी। उसके मुँह पर क्षोभ, भय और कुतूहल से मिली हुई करुणा थी। पति ने डाँटकर पूछा, ''क्यों, वह भिखमंगा तंग कर रहा था?''

पण्डाजी की ओर घूमकर मालो के पति ने कहा, ''ऐसे उचक्कों को आप लोग मन्दिर के पास क्यों बैठने देते हैं।''

धनी जजमान का अपमान वह पण्डा कैसे सहता! उसने ब्रजराज का हाथ पकड़कर घसीटते हुए कहा—

''उठ बे, यहाँ फिर दिखाई पड़ा, तो तेरी टाँग ही लँगड़ी कर दूँगा!''

बेचारा ब्रजराज यहाँ धक्के खाकर सोचने लगा, 'फिर मालती! क्या सचमुच मैंने कभी उससे कुछ...और मेरा दुर्भाग्य! यही तो आज तक अयाचित भाव से वह देती आयी है। आज उसने पहले दिन की भीख में भी वही दिया।'

चित्रवाले पत्थर

मैं 'संगमहॉल' का कर्मचारी था। उन दिनों मुझे विन्ध्य शैल-माला के एक उजाड़ स्थान में सरकारी काम से जाना पड़ा। भयानक वन-खण्ड के बीच, पहाड़ी से हटकर एक छोटी-सी डाक बँगलिया थी। मैं उसी में ठहरा था। वहीं की एक पहाड़ी में एक प्रकार का रंगीन पत्थर निकला था। मैं उनकी जाँच करने और तब तक पत्थर की कटाई बन्द करने के लिए वहाँ गया था। उस झाड़-खण्ड में छोटे-से सन्दूक की तरह मनुष्य-जीवन की रक्षा के लिए बनी हुई बँगलिया मुझे विलक्षण मालूम हुई; क्योंकि वहाँ पर प्रकृति की निर्जन शून्यता, पथरीली चट्टानों से टकराती हुई हवा के झोंके के दीर्घ-निःश्वास, उस रात्रि में मुझे सोने न देते थे। मैं छोटी-सी खिड़की से सिर निकालकर जब कभी उस सृष्टि के खँडहर को देखने लगता, तो भय और उद्वेग मेरे मन पर इतना बोझ डालते कि मैं कहानियों में पढ़ी हुई अतिरंजित घटनाओं की सम्भावना से ठीक संकुचित होकर भीतर अपने तकिये पर पड़ा रहता था। अन्तरिक्ष के गह्वर में न-जाने कितनी ही आश्चर्यजनक लीलाएँ करके मानवी आत्माओं ने अपना निवास बना लिया है। मैं कभी-कभी आवेश में सोचता कि भत्ते के लोभ से मैं ही क्यों यहाँ चला आया? क्या वैसी ही कोई अद्भुत घटना होने वाली है? मैं फिर जब अपने साथी नौकर की ओर देखता, तो मुझे साहस हो आता और क्षण-भर के लिए स्वस्थ होकर नींद को बुलाने लगता; किन्तु कहाँ, वह तो सपना हो रही थी।

रात कट गयी। मुझे कुछ झपकी आने लगी। किसी ने बाहर से खटखटाया और मैं घबरा उठा। खिड़की खुली हुई थी। पूरब की पहाड़ी के ऊपर आकाश में लाली फैल रही थी। मैं निडर होकर बोला, ''कौन है? इधर खिड़की के पास आओ।''

जो व्यक्ति मेरे पास आया, उसे देखकर मैं दंग रह गया। कभी वह सुन्दर रहा होगा; किन्तु आज तो उसके अंग-अंग से, मुँह की एक-एक रेखा से उदासीनता और कुरूपता टपक रही थी। आँखें गड्ढे में जलते हुए अंगारे की तरह धक्-धक्

कर रही थीं। उसने कहा, ''मुझे कुछ खिलाओ।''

मैंने मन-ही-मन सोचा कि यह आपत्ति कहाँ से आयी! वह भी रात बीत जाने पर! मैंने कहा, ''भले आदमी! तुमको इतने सबेरे भूख लग गयी?''

उसकी दाढ़ी और मूँछों के भीतर छिपी हुई दाँतों की पंक्ति रगड़ उठी। वह हँसी थी या थी किसी कोने की मर्मान्तक पीड़ा की अभिव्यक्ति, कह नहीं सकता। वह कहने लगा, ''व्यवहारकुशल मनुष्य, संसार के भाग्य से उसकी रक्षा के लिए, बहुत थोड़े-से उत्पन्न होते हैं। वे भूखे पर संदेह करते हैं। एक पैसा देने के साथ नौकर से कह देते हैं, 'देखो इसे चना दिला देना।' वे समझते हैं, एक पैसे की मलाई से पेट न भरेगा। तुम ऐसे ही व्यवहारकुशल मनुष्य हो। जानते हो कि भूखे को कब भूख लगनी चाहिए। जब तुम्हारी मनुष्यता स्वाँग बनाती है, तो अपने पशु पर देवता की खाल चढ़ा देती है, और स्वयं दूर खड़ी हो जाती है।'' मैंने सोचा कि यह दार्शनिक भिखमंगा है। और कहा, ''अच्छा, बाहर बैठो।''

बहुत शीघ्रता करने पर भी नौकर के उठने और उसके लिए भोजन बनाने में घण्टों लग गये। जब मैं नहा-धोकर पूजा-पाठ से निवृत्त होकर लौटा, तो वह मनुष्य एकान्त मन से अपने खाने पर जुटा हुआ था। अब मैं उसकी प्रतीक्षा करने लगा। वह भोजन समाप्त करके जब मेरे पास आया, तो मैंने पूछा, ''तुम यहाँ क्या कर रहे थे?'' उसने स्थिर दृष्टि से एक बार मेरी ओर देखकर कहा, ''बस, इतना ही पूछिएगा या और भी कुछ?'' मुझे हँसी आ गयी। मैंने कहा, ''मुझे अभी दो घण्टे का अवसर है। तुम जो कुछ कहना चाहो, कहो।''

वह कहने लगा—

''मेरे जीवन में उस दिन अनुभूतिमयी सरसता का संचार हुआ, मेरी छाती में कुसुमाकर की वनस्थली अंकुरित, पल्लवित, कुसुमित होकर सौरभ का प्रसार करने लगी। ब्याह के निमन्त्रण में मैंने देखा उसे, जिसे देखने के लिए ही मेरा जन्म हुआ था। वह थी मंगला की यौवनमयी ऊषा। सारा संसार उन कपोलों की अरुणिमा की गुलाबी छटा के नीचे मधुर विश्राम करने लगा। वह मादकता विलक्षण थी। मंगला के अंग-कुसुम से मकरन्द छलका पड़ता था। मेरी धवल आँखें उसे देखकर ही गुलाबी होने लगीं।

''ब्याह की भीड़भाड़ में इस ओर ध्यान देने की किसको आवश्यकता थी, किन्तु हम दोनों को भी दूसरी ओर देखने का अवकाश नहीं था। सामना हुआ और एक घूँट। आँखें चढ़ जाती थीं। अधर मुस्कराकर खिल जाते और हृदय-पिण्ड पारद के समान, वसन्तकालीन चल-दल-किसलय की तरह काँप उठता।

''देखते-ही-देखते उत्सव समाप्त हो गया। सब लोग अपने-अपने घर

चलने की तैयारी करने लगे; परन्तु मेरा पैर तो उठता ही न था। मैं अपनी गठरी जितनी ही बाँधता, वह खुल जाती। मालूम होता था कि कुछ छूट गया है। मंगला ने कहा, 'मुरली, तुम भी जाते हो ?'

'' 'जाऊँगा ही—तो भी तुम जैसा कहो।'

'' 'अच्छा, तो फिर कितने दिनों में आओगे ?'

'' 'यह तो भाग्य जाने !'

'' 'अच्छी बात है,' वह जाड़े की रात के समान ठण्डे स्वर में बोली। मेरे मन को ठेस लगी। मैंने भी सोचा कि फिर यहाँ क्यों ठहरूँ ? चल देने का निश्चय किया। फिर भी रात तो बितानी ही पड़ी। जाते हुए अतिथि को थोड़ा और ठहरने के लिए कहने से कोई भी चतुर गृहस्थ नहीं चूकता। मंगला की माँ ने कहा और मैं रात भर ठहर गया; पर जागकर रात बीती। मंगला ने चलने के समय कहा, 'अच्छ तो—' इसके बाद नमस्कार के लिए दोनों सुन्दर हाथ जुड़ गये। चिढ़कर मन-ही-मन मैंने कहा, 'यही अच्छ है, तो बुरा ही क्या है ?' मैं चल पड़ा। कहाँ—घर नहीं ! कहीं और ! मेरी कोई खोज लेनेवाला न था।

''मैं चला जा रहा था। कहाँ जाने के लिए, यह न बताऊँगा। वहाँ पहुँचने पर सन्ध्या हो गयी। चारों ओर वनस्थली साँय-साँय करने लगी। थका भी था, रात को पाला पड़ने की सम्भावना थी। किस छाया में बैठता ? सोच-विचारकर मैं सूखी झलासियों से झोपड़ी बनाने लगा। लतरों को काटकर उस पर छाजन हुई। रात का बहुत-सा अंश बीत चुका था। परिश्रम की तुलना में विश्राम कहाँ मिला ! प्रभात होने पर आगे बढ़ने की इच्छा न हुई। झोपड़ी की अधूरी रचना ने मुझे रोक लिया। जंगल तो था ही। लकड़ियों की कमी न थी। पास ही नाले की मिट्टी भी चिकनी थी। आगे बढ़कर नदी-तट से मुझे नाला ही अच्छा लगा। दूसरे दिन से झोपड़ी उजाड़कर अच्छी-सी कोठरी बनाने की धुन लगी। अहेर से पेट भरता और घर बनाता। कुछ ही दिनों में वह बन गया। जब घर बन चुका, तो मेरा मन उचटने लगा। घर की ममता और उसके प्रति छिपा हुआ अविश्वास दोनों का युद्ध मन में हुआ। मैं जाने की बात सोचता, फिर ममता कहती कि विश्राम करो। अपना परिश्रम था, छोड़ न सका। इसका और भी कारण था। समीप ही सफ़ेद चट्टानों पर जलधारा के लहरीले प्रवाह में कितना संगीत था ! चाँदनी में वह कितना सुन्दर हो जाता है ! जैसे इस पृथ्वी का छाया-पथ। मेरी उस झोपड़ी से उसका सब रूप दिखाई पड़ता था ना ! मैं उसे देखकर सन्तोष का जीवन बिताने लगा। वह मेरे जीवन के सब रहस्यों की प्रतिमा थी। कभी उसे मैं आँसू की धारा समझता, जिसे निराश प्रेमी अपने आराध्य की कठोर छाती पर व्यर्थ ढुलकाता हो। कभी उसे अपने जीवन की तरह निर्मम संसार

की कठोरता पर छटपटाते हुए देखता। दूसरे का दु:ख देखकर मनुष्य को सन्तोष होता ही है। मैं भी वहीं पड़ा जीवन बिताने लगा।

''कभी सोचता कि मैं क्यों पागल हो गया! उस स्त्री के सौन्दर्य ने क्यों अपना प्रभाव मेरे हृदय पर जमा लिया? विधवा मंगला, वह गरल है या अमृत? अमृत है, तो उसमें इतनी ज्वाला क्यों है, ज्वाला है तो मैं जल क्यों नहीं गया? यौवन का विनोद! सौन्दर्य की भ्रान्ति! वह क्या है? मेरा यही स्वाध्याय हो गया।

''शरद की पूर्णिमा में बहुत-से लोग उस सुन्दर दृश्य को देखने के लिए दूर-दूर से आते। युवती और युवकों के रहस्यालाप करते हुए जोड़े, मित्रों की मण्डलियाँ, परिवारों का दल, उनके आनन्द-कोलाहल को मैं उदास होकर देखता। डाह होती, जलन होती। तृष्णा जग जाती। मैं उस रमणीय दृश्य का उपभोग न करके पलकों को दबा लेता। कानों को बन्द कर लेता; क्यों? मंगला नहीं। और क्या एक दिन के लिए, एक क्षण के लिए मैं उस सुख का अधिकारी नहीं! विधाता का अभिशाप! मैं सोचता, 'अच्छा, दूसरों के ही साथ कभी वह शरद-पूर्णिमा के दृश्य को देखने के लिए क्यों नहीं आयी? क्या वह जानती है कि मैं यहीं हूँ?' मैंने भी पूर्णिमा के दिन वहाँ जाना छोड़ दिया। और लोग जब वहाँ जाते, मैं न जाता। मैं रूठता था। यह मूर्खता थी मेरी! वहाँ किससे मान करता था मैं? उस दिन मैं नदी की ओर न जाने क्यों आकृष्ट हुआ।

''मेरी नींद खुल गयी थी। चाँदनी रात का सवेरा था। अभी चन्द्रमा में फीका प्रकाश था। मैं वनस्थली की रहस्यमयी छाया को देखता हुआ नाले के किनारे-किनारे चलने लगा। नदी के संगम पर पहुँचकर सहसा एक जगह रुक गया। देखा कि वहाँ पर एक स्त्री और पुरुष शिला पर सो रहे हैं। वहाँ तक तो घूमने वाले आते नहीं। मुझे कुतूहल हुआ। मैं वहीं स्नान करने के बहाने रुक गया। आलोक की किरणों से आँख खुल गयी। स्त्री ने गर्दन घुमाकर धारा की ओर देखा। मैं सन्न रह गया। उसकी धोती साधारण और मैली थी। सिरहाने एक छोटी-सी पोटली थी। पुरुष अभी सो रहा था। मेरी-उसकी आँखें मिल गयीं। मैंने तो पहचान लिया कि वह मंगला थी। और उसने नहीं, उसे भ्रान्ति बनी रही। वह सिमटकर बैठ गयी। और मैं उसे जानकर भी अनजान बनते हुए देखकर मन-ही-मन कुढ़ गया। मैं धीरे-धीरे ऊपर चढ़ने लगा।

'' 'सुनिए तो!' मैंने घूमकर देखा कि मंगला पुकार रही है। वह पुरुष भी उठ बैठा है। मैं वहीं खड़ा रह गया। कुछ बोलने पर भी मैं प्रश्न की प्रतीक्षा में यथास्थित रह गया। मंगला ने कहा, 'महाशय, कहीं रहने की जगह मिलेगी?'

'' 'महाशय!' ऐं! तो सचमुच मंगला ने मुझे नहीं पहचाना क्या? चलो अच्छा हुआ, मेरा चित्र भी बदल गया था। एकान्तवास करते हुए और कठोर जीवन

बिताते हुए जो रेखाएँ बन गयी थीं, वे मेरे मनोनुकूल ही हुईं। मन में क्रोध उमड़ रहा था, गला भरने लगा था। मैंने कहा, 'जंगलों में क्या आप कोई धर्मशाला खोज रही हैं?' वह कठोर व्यंग्य था। मंगला ने घायल होकर कहा, 'नहीं, कोई गुफा, कोई झोपड़ी महाशय, धर्मशाला खोजने के लिए जंगल में क्यों आती?'

''पुरुष कुछ कठोरता से सजग हो रहा था; किन्तु मैंने उसकी ओर न देखते हुए कहा, 'झोपड़ी तो मेरी है। यदि विश्राम करना हो तो वहीं थोड़ी देर के लिए जगह मिल जायेगी।'

'' 'थोड़ी देर के लिए ही सही। मंगला, उठो? क्या सोच रही हो? देखो, रात भर यहाँ पड़े-पड़े मेरी सब नसें अकड़ गयी हैं,' पुरुष ने कहा। मैंने देखा कि वह कोई सुखी परिवार के प्यार में पला हुआ युवक है; परन्तु उसका रंग-रूप नष्ट हो गया है। कष्टों के कारण उसमें एक कटुता आ गयी है। मैंने कहा, 'तो फिर चलो, भाई!'

''दोनों मेरे पीछे-पीछे चलकर झोपड़ी में पहुँचे।

''मंगला मुझे पहचान सकी कि नहीं, कह नहीं सकता। कितने बरस बीत गये। चार-पाँच दिनों की देखा-देखी। सम्भवत: मेरा चित्र उसकी आँखों में उतरते-उतरते किसी और छवि ने अपना आसन जमा लिया हो; किन्तु मैं कैसे भूल सकता था! घर पर और कोई था ही नहीं। जीवन जब किसी स्नेह-छाया की खोज में आगे बढ़ा, तो मंगला का हरा-भरा यौवन और सौन्दर्य दिखाई पड़ा। वहीं रम गया। मैं भावना के अतिवाद में पड़कर निराश व्यक्ति-सा विरागी बन गया था, उसी के लिए। यह मेरी भूल हो; पर मैं तो उसे स्वीकार कर चुका था।

''हाँ, तो वह बाल-विधवा मंगला ही थी। और पुरुष! वह कौन है? यही सोचता हुआ मैं झोपड़ी के बाहर साखू की छाया में बैठा हुआ था। झोपड़ी में दोनों विश्राम कर रहे थे। उन लोगों ने नहा-धोकर कुछ जल पीकर सोना आरम्भ किया। सोने की होड़ लग रही थी। वे इतने थके थे कि दिन-भर उठने का नाम नहीं लिया। मैं दूसरे दिन का धरा हुआ नमक लगा मांस का टुकड़ा निकालकर आग पर सेंकने की तैयारी में लगा, क्योंकि अब दिन ढल रहा था। मैं अपने तीर से आज एक पक्षी मार सका था। सोचा कि ये लोग भी कुछ माँग बैठें तब क्या दूँगा? मन में तो रोष की मात्रा कुछ न थी, फिर भी वह मंगला थी ना!

''कभी जो भूले-भटके पथिक उधर से आ निकलते, उनसे नमक और आटा मिल जाता था। मेरी झोपड़ी में रात बिताने का किराया देकर लोग जाते। मुझे भी लालच लगा था! अच्छा, जाने दीजिए। वहाँ उस दिन जो कुछ बचा था, वह सब लेकर बैठा मैं भोजन बनाने।

‘‘मैं अपने पर झुँझलाता भी था और उन लोगों के लिए भोजन भी बनाता जाता था। विरोध के सहस्र फणों की छाया में न जाने दुलार कब से सो रहा था! वह जग पड़ा।

‘‘जब सूर्य उन धवल शिलाओं पर बहती हुई जल-धारा को लाल बनाने लगा था, तब उन लोगों की आँख खुली। मंगला ने मेरी सुलगायी हुई आग की शिखा को देखकर कहा, ‘आप क्या बना रहे हैं, भोजन! तो क्या यहाँ पास में कुछ मिल सकेगा?’ मैंने सिर हिलाकर ‘नहीं’ कहा। न जाने क्यों! पुरुष अभी अँगड़ाई ले रहा था। उसने कहा, ‘तब क्या होगा, मंगला?’ मंगला हताश होकर बोली, ‘क्या करूँ?’ मैंने कहा, ‘इसी में जो कुछ अँटे-बँटे, वह खा-पीकर आज आप लोग विश्राम कीजिए ना!’

‘‘पुरुष निकल आया। उसने सिंकी हुई बोटियों और मांस के टुकड़ों को देखकर कहा, ‘तब और चाहिए क्या? मैं तो आपको धन्यवाद ही दूँगा।’ मंगला जैसे व्यथित होकर अपने साथी को देखने लगी; उसकी यह बात उसे अच्छी न लगी; किन्तु अब वह दुविधा में पड़ गयी। वह चुपचाप खड़ी रही। पुरुष ने झिड़ककर कहा, ‘तो आओ मंगला! मेरा अंग-अंग टूट रहा है। देखो तो बोतली में आज भर के लिए तो बची है?’

‘‘जलती हुई आग के धुँधले प्रकाश में वन-भोज का प्रसंग छिड़ा। सभी बातों पर मुझसे पूछा गया; पर शराब के लिए नहीं। मंगला को भी थोड़ी-सी मिली। मैं आश्चर्य से देख रहा था...मंगला का वह प्रगल्भ आचरण और पुरुष का निश्चिन्त शासन। दासी की तरह वह प्रत्येक बात मान लेने के लिए प्रस्तुत थी! और मैं तो जैसे किसी अद्भुत स्थिति में अपनेपन को भूल चुका था। क्रोध, क्षोभ और डाह सब जैसे मित्र बनने लगे थे। मन में एक विनीत प्यार नहीं; आज्ञाकारिता-सी जग गयी थी।

‘‘पुरुष ने डटकर भोजन किया। तब एक बार मेरी ओर देखकर डकार ली। वही मानो मेरे लिए धन्यवाद था। मैं कुढ़ता हुआ भी वहीं साखू के नीचे आसन लगाने की बात सोचने लगा और पुरुष के साथ मंगला गहरी अँधियारी होने के पहले ही झोपड़ी में चली गयी। मैं बुझती हुई आग को सुलगाने लगा। मन-ही-मन सोच रहा था, ‘कल ही इन लोगों को यहाँ से चले जाना चाहिए। नहीं तो—’ फिर नींद आ चली। रजनी की निस्स्तब्धता, टकराती हुई लहरों का कलनाद, विस्मृति में गीत की तरह कानों में गूँजने लगा।

‘‘दूसरे दिन मुझमें कोई कटुता का नाम नहीं—झिड़कने का साहस नहीं। आज्ञाकारी दास के समान मैं सविनय उनके सामने खड़ा हुआ।

“ 'महाशय! कई मील तो जाना पड़ेगा, परन्तु थोड़ा-सा कष्ट कीजिए ना। कुछ सामान ख़रीद लाइए आज— ' मंगला को अधिक कहने का अवसर न देकर मैं उसके हाथ से रुपया लेकर चल पड़ा। मुझे नौकर बनने में सुख प्रतीत हुआ और लीजिए, मैं उसी दिन से उनके आज्ञाकारी भृत्य की तरह अहेर कर लाता। मछली मारता। एक नाव पर जाकर दूर बाज़ार से आवश्यक सामग्री ख़रीद लाता। हाँ, उस पुरुष को मदिरा नित्य चाहिए। मैं उसका भी प्रबन्ध करता और यह सब प्रसन्नता के साथ। मनुष्य को जीवन में कुछ-न-कुछ काम करना चाहिए। वह मुझे मिल गया था। मैंने देखते-देखते एक छोटा-सा छप्पर अलग डाल दिया। प्याज-मेवा, जंगली शहद और फल-फूल सब जुटाता रहता। यह मेरा परिवर्तन निर्लिप्त भाव से मेरी आत्मा ने ग्रहण कर लिया। मंगला की उपासना थी।

“कई महीने बीत गये; किन्तु छविनाथ—यही उस पुरुष का नाम था—को भोजन करके, मदिरा पिये पड़े रहने के अतिरिक्त कोई काम नहीं। मंगला की गाँठ ख़ाली हो चली। जो दस-बीस रुपये थे वे सब खर्च हो गये, परन्तु छविनाथ की आनन्द निद्रा टूटी नहीं। वह निरंकुश, स्वच्छ पान-भोजन में सन्तुष्ट व्यक्ति था। मंगला इधर कई दिनों से घबरायी हुई दीखती थी; परन्तु मैं चुपचाप अपनी उपासना में निरत था। एक सुन्दर चाँदनी रात थी। सर्दी पड़ने लगी थी। वनस्थली सन्न-सन्न कर रही थी। मैं अपने छप्पर के नीचे दूर से आने वाली नदी का कलनाद सुन रहा था। मंगला सामने आकर खड़ी हो गयी। मैं चौंक उठा। उसने कहा, 'मुरली!'

“मैं चुप रहा।

“ 'बोलते क्यों नहीं?'

“मैं फिर भी चुप रहा।

“ 'ओह! तुम समझते हो कि मैं तुम्हें नहीं पहचानती। यह तुम्हारे बायें गाल पर जो दाढ़ी के पास चोट है, वह तुमको पहचानने से मुझे वंचित कर ले, ऐसा नहीं हो सकता। तुम मुरली हो! हो ना! बोलो।'

“ 'हाँ।' मुझसे कहते ही बना।

“ 'अच्छ तो सुनो, मैं इस पशु से ऊब गयी हूँ। और अब मेरे पास कुछ नहीं बचा। जो कुछ लेकर मैं घर से चली थी, वह सब खर्च हो गया।'

“ 'तब?' मैंने विरक्त होकर कहा।

“ 'यही कि मुझे यहाँ से ले चलो। वह जितनी शराब थी, सब पीकर आज बेसुध-सा है। मैं तुमको इतने दिनों तक भी पहचान कर क्यों नहीं बोली, जानते हो?'

“ 'नहीं।'

'' 'तुम्हारी परीक्षा ले रही थी। मुझे विश्वास हो गया कि तुम मेरे सच्चे चाहने वाले हो।'

'' 'इसकी भी परीक्षा कर ली थी तुमने?' मैंने व्यंग्य से कहा।

'' 'उसे भूल जाओ। वह सब बड़ी दु:खद कथा है। मैं किस तरह घरवालों की सहायता से इसके साथ भागने के लिए बाध्य हुई, उसे सुनकर क्या करोगे? चलो, मैं अभी चलना चाहती हूँ। स्त्री-जीवन की भूख कब जग जाती है, इसको कोई नहीं जानता; जान लेने पर तो उसको बहाली देना असम्भव है। उसी क्षण को पकड़ना पुरुषार्थ है।'

'' 'भयानक स्त्री!' मेरा सिर चकराने लगा। मैंने कहा, 'आज तो मेरे पैरों में पीड़ा है। मैं उठ नहीं सकता।' उसने मेरा पैर पकड़कर कहा, 'कहाँ दुखता है, लाओ मैं दाब दूँ।' मेरे शरीर में बिजली-सी दौड़ गयी। पैर खींचकर कहा, 'नहीं-नहीं, तुम जाओ; सो रहो, कल देखा जाएगा।'

'' 'तुम डरते हो ना?' यह कहकर उसने कमर में से छुरा निकाल लिया। मैंने कहा, 'यह क्या?'

'' 'अभी झगड़ा छुड़ाये देती हूँ।' यह कहकर झोपड़ी की ओर चली। मैंने लपककर उसका हाथ पकड़ लिया और कहा, 'आज ठहरो, मुझे सोच लेने दो।'

'' 'सोच लो,' कहकर छुरा कमर में रख, वह झोपड़ी में चली गयी। मैं हवाई हिंडोले पर चक्कर खाने लगा। स्त्री! यह स्त्री है? यही मंगला है, मेरे प्यार की अमूल्य निधि! मैं कैसा मूर्ख था! मेरी आँखों में नींद नहीं। सवेरा होने के पहले ही जब दोनों सो रहे थे, मैं अपने पथ पर दूर भागा जा रहा था।

''कई बरसों के बाद, जब मेरा मन उस भावना को भुला चुका था, तो धुली हुई शिला के समान स्वच्छ हो गया। मैं उसी पथ से लौटा। नाले के पास नदी की धारा के समीप खड़ा होकर देखने लगा। वह अभी उसी तरह शिला-शय्या पर छटपटा रही थी। हाँ, कुछ व्याकुलता बढ़-सी गयी थी। वहाँ बहुत-से पत्थर के छोटे-छोटे टुकड़े लुढ़कते हुए दिखाई पड़े, जो घिसकर अनेक आकृति धारण कर चुके थे। स्रोत से कुछ ऐसा परिवर्तन हुआ होगा। उनमें रंगीन चित्रों की छाया दिखाई पड़ी। मैंने कुछ बटोरकर उनकी विचित्रता देखी, कुछ पास भी रख लिये। फिर ऊपर चला। अकस्मात् वहीं पर जा पहुँचा, जहाँ पर मेरी झोपड़ी थी। उसकी सब कड़ियाँ बिखर गयी थीं। एक लकड़ी के टुकड़े पर लोहे की नोक से लिखा था—

'' 'देवता छाया बना देते हैं। मनुष्य उसमें रहता है। और मुझ-सी राक्षसी उसमें आश्रय पाकर भी उसे उजाड़कर ही फेंकती है।'

''क्या यह मंगला का लिखा हुआ है? क्षण-भर के लिए सब बातें स्मरण हो

आयीं। मैं नाले में उतरने लगा। वहीं पर यह पत्थर मिला।''

''देखते हैं ना बाबूजी!'' इतना कहकर मुरली ने एक बड़ा-सा और कुछ छोटे-छोटे पत्थर सामने रख दिये। वह फिर कहने लगा, ''इसे घिसकर और भी साफ़ किये जाने पर वही चित्र दिखाई दे रहा है। एक स्त्री की धुँधली आकृति राक्षसी-सी! यह देखिए, छुरा है हाथ में, और वह साखू का पेड़ है, और यह हूँ मैं। थोड़ा-सा ही मेरे शरीर का भाग इसमें आ सका है। यह मेरी जीवनी का आंशिक चित्र है। मनुष्य का हृदय न जाने किस सामग्री से बना है! वह जन्म-जन्मान्तर की बात स्मरण कर सकता है, और एक क्षण में सब भूल सकता है; किन्तु जड़ पत्थर—उस पर तो जो रेखा बन गयी, सो बन गयी। वह कोई क्षण होता होगा, जिसमें अन्तरिक्ष-निवासी कोई नक्षत्र अपनी अन्तर्भेदिनी दृष्टि से देखता होगा और अपने अदृश्य करों से शून्य में से रंग आहरण करके वह चित्र बना देता है। इसे जितना घिसिए, रेखाएँ साफ़ होकर निकलेंगी। मैं भूल गया था। इसने मुझे स्मरण करा दिया। अब मैं इसे आपको देकर वह बात एक बार ही भूल जाना चाहता हूँ। छोटे पत्थरों से तो आप बटन इत्यादि बनाइए; पर यह बड़ा पत्थर आपकी चाँदी की पानवाली डिबिया पर ठीक बैठ जाएगा। यह मेरी भेंट है। इसे आप लेकर मेरे मन का बोझ हल्का कर दीजिए।''

~

मैं कहानी सुनने में तल्लीन हो रहा था और वह मुरली धीरे से मेरी आँखों के सामने से खिसक गया। मेरे सामने उसके दिये हुए चित्रवाले पत्थर बिखरे पड़े रह गये।

उस दिन जितने लोग आये, मैंने उन्हें उन पत्थरों को दिखलाया और पूछा कि यह कहाँ मिलते हैं? किसी ने कुछ ठीक-ठीक नहीं बतलाया। मैं कुछ काम न कर सका। मन उचट गया था। तीसरे पहर कुछ दूर घूमकर जब लौट आया, तो देखा कि एक स्त्री मेरी बँगलिया के पास खड़ी है। उसका अस्त-व्यस्त भाव, उन्मत्त-सी तीव्र आँखें देखकर मुझे डर लगा। मैंने कहा, ''क्या है?'' उसने कुछ माँगने के लिए हाथ फैला दिया। मैंने कहा, ''भूखी हो क्या? भीतर आओ।'' वह भयाकुल और सशंक दृष्टि से मुझे देखती लौट पड़ी। मैंने कहा, ''लेती जाओ।'' किन्तु वह कब सुननेवाली थी!

चित्रवाला बड़ा पत्थर सामने दिखाई पड़ा। मुझे तुरन्त ही स्त्री की आकृति का ध्यान हुआ; किन्तु जब तक उसे खोजने के लिए नौकर जाये, वह पहाड़ियों की सन्ध्या की उदास छाया में छिप गयी थी।

चित्र-मन्दिर

प्रकृति तब भी अपने निर्माण और विनाश में हँसती और रोती थी। पृथ्वी का पुरातन पर्वत विन्ध्य उसकी सृष्टि के विकास में सहायक था। प्राणियों का संचार उसकी गम्भीर हरियाली में बहुत धीरे-धीरे हो रहा था। मनुष्यों ने अपने हाथों को पृथ्वी से उठाकर अपने पैरों पर खड़े होने की सूचना दे दी थी। जीवन-देवता की आशीर्वाद-रश्मि उन्हें आलोक में आने के लिए आमन्त्रित कर चुकी थी।

यौवन-जल से भरी हुई कादम्बिनी-सी युवती नारी रीछ की खाल लपेटे एक वृक्ष की छाया में बैठी थी। उसके पास चकमक और सूखी लकड़ियों का ढेर था। छोटे-छोटे हिरनों का झुण्ड उसी स्रोत के पास जल पीने के लिए आता। उन्हें पकड़ने की ताक में युवती बड़ी देर से बैठी थी; क्योंकि उस काल में भी शस्त्रों से आखेट नर ही करते थे और उनकी नारियाँ कभी-कभी छोटे-मोटे जन्तुओं को पकड़ लेने में अभ्यस्त हो रही थीं।

स्रोत में जल कम था। वन्य कुसुम धीरे-धीरे बहते हुए एक के बाद एक आकर माला की लड़ी बना रहे थे। युवती ने उनकी विलक्षण पँखुड़ियों को आश्चर्य से देखा। वे सुन्दर थे, किन्तु उसने इन्हें अपनी दो आरम्भिक आवश्यकताओं— काम और भूख से बाहर की वस्तु समझा। वह फिर हिरनों की प्रतीक्षा करने लगी। उनका झुण्ड आ रहा था। युवती की आँखें प्रलोभन की रंगभूमि बन रही थीं। उसने अपनी ही भुजाओं से छाती दबाकर आनन्द और उल्लास का प्रदर्शन किया।

दूर से एक कूक सुनाई पड़ी और एक भद्दे फलवाला भाला लक्ष्य से चूककर उसी के पास के वृक्ष के तने में धँसकर रह गया। हाँ, भाले के धँसने पर वह जैसे न जाने क्या सोचकर पुलकित हो उठी। हिरन उसके समीप आ रहे थे; परन्तु उसकी भूख पर दूसरी प्रबल इच्छा विजयनी हुई। पहाड़ी से उतरते हुए नर को वह सतृष्ण देखने लगी। नर अपने भाले के पीछे आ रहा था। नारी के अंग में कम्प, पुलक और स्वेद का उद्गम हुआ।

हाँ, वही तो है, जिसने उस दिन भयानक रीछ को अपने प्रचण्ड बल से

परास्त किया था। और, उसी की खाल युवती आज लपेटे थी। कितनी ही बार तब से युवक और युवती की भेंट निर्जन कन्दराओं और लताओं के झुरमुटों में हो चुकी थी। नारी के आकर्षण से खिंचा हुआ वह युवा दूसरी शैलमाला से प्राय: इधर आया करता और तब उस जंगली जीवन में दोनों का सहयोग हुआ करता। आज नर ने देखा कि युवती की अन्यमनस्कता से उसका लक्ष्य पशु निकल गया। विहार के प्राथमिक उपचार की सम्भावना न रही, उसे इस सन्ध्या में बिना आहार के ही लौटना पड़ेगा। 'तो क्या जान-बूझकर उसने अहेर को बहका दिया, और केवल अपनी इच्छा की पूर्ति का अनुरोध लेकर चली आ रही है। लो, उसकी बाँहें व्याकुलता से आलिंगन के लिए बुला रही हैं। नहीं, उसे इस समय अपना आहार चाहिए।' उसके बाहुपाश से युवक निकल गया। नर के लिए दोनों ही अहेर थे, नारी हो या पशु। इस समय नर को नारी की आवश्यकता न थी। उसकी गुफा में मांस का अभाव था।

सन्ध्या आ गयी। नक्षत्र ऊँचे आकाश-गिरि पर चढ़ने लगे। आलिंगन के लिए उठी हुई बाँहें गिर गयीं। इस दृश्य जगत् के उस पार से, विश्व के गम्भीर अन्तस्तल से एक करुण और मधुर आर्तनाद गूँज उठा। नारी के हृदय में प्रत्याख्यान की पहली ठेस लगी थी। वह उस काल के साधारण जीवन से एक विलक्षण अनुभूति थी। वन-पथ में हिंस्र पशुओं का संचार बढ़ने लगा; परन्तु युवती उस नदी-तट से न उठी। नदी की धारा में फूलों की श्रेणी बिगड़ चुकी थी—और नारी की आकांक्षा की गति भी विच्छिन्न हो रही थी। आज उसके हृदय में एक अपूर्व परिचित भाव जग पड़ा, जिसे वह समझ नहीं पाती थी। अपने दलों के दूर गये हुए लोगों को बुलाने की पुकार वायुमण्डल में गूँज रही थी; किन्तु नारी ने अपनी बुलाहट को पहचानने का प्रयत्न किया। वह कभी नक्षत्र से चित्रित उस स्रोत के जल को देखती और कभी अपने समीप की उस तिकोनी और छोटी-सी गुफा को, जिसे वह अपना अधिवास समझ लेने के लिए बाध्य हो रही थी।

~

रजनी का अन्धकार क्रमशः सघन हो रहा था। नारी बारम्बार अँगड़ाई लेती हुई सो गयी। तब भी आलिंगन के लिए उसके हाथ नींद में उठते और गिरते थे।

~

जब नक्षत्रों की रश्मियाँ उज्ज्वल होने लगीं, और वे पुष्ट होकर पृथ्वी पर परस्पर चुम्बन करने लगीं, तब जैसे अन्तरिक्ष में बैठकर किसी ने अपने हाथों से उनकी

डोरियाँ बट दीं और उस पर झूलती हुई दो देवकुमारियाँ उतरीं।

एक ने कहा, ''सखि विधाता, तुम बड़ी निष्ठुर हो। मैं जिन प्राणियों की सृष्टि करती हूँ, तुम उनके लिए अलग-अलग विधान बनाकर उसी के अनुसार कुछ दिनों तक जीने, अपने संकेत पर चलने और फिर मर जाने के लिए विवश कर देती हो।''

दूसरी ने कहा, ''धाता, तुम भी बड़ी पगली हो। यदि समस्त प्राणियों की व्यवस्था एक-सी ही की जाती, तो तुम्हारी सृष्टि कैसी नीरस होती और फिर यह तुम्हारी क्रीड़ा कैसे चलती? देखो ना, आज की ही रात है। गंधमादन में देव-बालाओं का नृत्य और असुरों के देश में राज्य-विप्लव हो रहा है। अतलान्त समुद्र सूख रहा है। महामरुस्थल में जल की धाराएँ बहने लगी हैं और आर्यावर्त के दक्षिण विन्ध्य के अचल में एक हिरन न पाने पर एक युवा नर अपनी प्रेयसी नारी को छोड़कर चला जाता है। उसे है भूख, केवल भूख।''

धाता ने कहा, ''हाँ बहन, इन्हें उत्पन्न हुए बहुत दिन हो चुके; पर ये अभी तक अपने सहचारी पशुओं की तरह रहते हैं।''

विधाता ने कहा, ''नहीं जी, आज ही मैंने इस वर्ग के एक प्राणी के मन में ललित कोमल आन्दोलन का आरम्भ किया है। इनके हृदय में अब भावलोक की सृष्टि होगी।''

धाता ने प्रसन्न होकर पूछा, ''तो अब इनकी जड़ता छूटेगी ना?''

विधाता ने कहा, ''हाँ, बहुत धीरे-धीरे। मनोभावों को अभिव्यक्त करने के लिए अभी इनके पास साधनों का अभाव है।''

धाता कुछ रूठ-सी गयी। उसने कहा, ''चलो बहन, देवनृत्य देखें। मुझे तुम्हारी कठोरता के कारण अपनी ही सृष्टि अच्छी नहीं लगती। कभी-कभी तो ऊब जाती हूँ।''

विधाता ने कहा, ''तो चुपचाप बैठ जाओ, अपना काम बन्द कर दो, मेरी भी जलन छूटे।''

धाता ने खिन्न होकर कहा, ''अभ्यास क्या एक दिन में छूट जाएगा, बहन?''

''तब क्या तुम्हारी सृष्टि एक दिन में स्वर्ग बन जाएगी? चलो, सुर-बालाओं का सोमपान हो रहा है। एक-एक चषक हम लोग भी लें,'' कहकर विधाता ने किरनों की रस्सी पकड़ ली और धाता ने भी! दोनों पेंग बढ़ाने लगीं। ऊँचे जाते-जाते अन्तरिक्ष में वे छिप गयीं।

~

नारी जैसे सपना देखकर उठ बैठी। प्रभात हो रहा था। उसकी आँखों में मधुर स्वप्न की मस्ती भरी थी। नदी का जल धीरे-धीरे बह रहा था। पूर्व में लाली छिटक रही थी। मलयवात से बिखरे हुए केशपाश को युवती ने पीछे हटाया। हिरनों का झुण्ड फिर दिखाई पड़ा। उसका हृदय संवेदनशील हो रहा था। उस दृश्य को निःस्पृह देखने लगी।

ऊषा के मधुर प्रकाश में हिरनों का दल छलाँग भरता हुआ स्रोत लाँघ गया; किन्तु एक शावक चकित-सा वहीं खड़ा रह गया। पीछे आखेट करने वालों का दल आ रहा था। युवती ने शावक को गोद में उठा लिया। दल के और लोग तो स्रोत के संकीर्ण तट की ओर दौड़े; किन्तु वह परिचित युवक युवती के पास चला आया। नारी ने उसे देखने के लिए मुँह फिराया था कि शावक की बड़ी-बड़ी आँखों में उसे अपना प्रतिबिम्ब दिखाई पड़ा। क्षण-भर के लिए तन्मय होकर उन निरीह नयनों में नारी अपनी छाया देखने लगी।

नर की पाशव प्रवृत्ति जग पड़ी। वह अब भी सन्ध्या की घटना को भूल न सका था। उसने शावक छीन लेना चाहा। सहसा नारी में अद्भुत परिवर्तन हुआ। शावक को गोद में चिपकाये जिधर हिरन गये थे, उसी ओर वह भी दौड़ी। नर चकित-सा खड़ा रह गया।

नारी हिरनों का अनुसरण कर रही थी। नाले, खोह और छोटी पहाड़ियाँ, फिर नाला और समतल भूमि। वह दूर हिरनों का झुण्ड, वहीं कुछ दूर! बराबर आगे बढ़ी जा रही थी। आखेट के लिए उन आदिम नरों का झुण्ड बीच-बीच में मिलता। परन्तु उसे क्या? वह तो उस झुण्ड के पीछे चली जा रही थी, जिसमें काली पीठवाले दो हिरन आगे-आगे चौकड़ी भर रहे थे।

एक बड़ी नदी के तट पर जिसे लाँघना असम्भव समझकर हिरनों का झुण्ड खड़ा हो गया था, नारी रुक गयी। शावक को उनके बीच में उसने छोड़ दिया। नर और पशुओं के जीवन में वह एक आश्चर्यपूर्ण घटना थी। शावक अपनी माता का स्तनपान करने लगा। युवती पहले-पहल मुस्कुरा उठी। हिरनों ने सिर झुका दिये। उनका विरोध-भाव जैसे नष्ट हो चुका था। वह लौटकर अपनी गुफ़ा में आयी। चुपचाप थकी-सी पड़ रही। उसके नेत्रों के सामने दो दृश्य थे। एक में प्रकाण्ड शरीरवाला प्रचण्ड बलशाली युवक चकमक के फल का भाला लिये पशुओं का अहेर कर रहा था। दूसरे में वह स्वयं हिरनों के झुण्ड में घिरी हुई खड़ी थी। एक में भय था, दूसरे में स्नेह। दोनों में कौन अच्छा है, वह निश्चय न कर सकी।

~

नारी की दिनचर्या बदल रही थी। उसके हृदय में एक ललित भाव की सृष्टि हो रही थी। मानस में लहरें उठने लगी थीं। पहला युवक प्राय: आता, उसके पास बैठता और अनेक चेष्टाएँ करता; किन्तु युवती अचल पाषाण-प्रतिमा की तरह बैठी रहती। एक दूसरा युवक भी आने लगा था। वह भी अहेर का मांस या फल कुछ-न-कुछ रख ही जाता। पहला इसे देखकर दाँत पीसता, नस चटकाता, उछलता, कूदता और हाथ-पैर चलाता था। तब भी नारी न तो विरोध करती, न अनुरोध। उन क्रोधपूर्ण हुँकारों को जैसे वह सुनती ही न थी। यह लीला प्राय: नित्य हुआ करती। वह एक प्रकार से अपने दल से निर्वासित उसी गुफ़ा में अपनी कठोर साधना में जैसे निमग्न थी।

एक दिन उसी गुफ़ा के नीचे नदी के पुलिन में एक वराह के पीछे पहला युवक अपना भाला लिये दौड़ता आ रहा था। सामने से दूसरा युवक भी आ गया और उसने अपना भाला चला ही दिया। चोट से विकल वराह पहले युवक की ओर लौट पड़ा, जिसके सामने दो अहेर थे। उसने भी अपना सुदीर्घ भाला कुछ-कुछ जान में और कुछ अनजान में फेंका। वह क्रोध-मूर्ति था। दूसरा युवक छाती ऊँची किये आ रहा था। भाला उसमें घुस गया। उधर वराह ने अपनी पैनी डाढ़ पहले युवक के शरीर में चुभो दी। दोनों युवक गिर पड़े। वराह निकल गया। युवती ने देखा, वह दौड़कर पहले युवक को उठाने लगी; किन्तु दल के लोग वहाँ पहुँच गये। उनकी घृणापूर्ण दृष्टि से आहत होकर नारी गुफ़ा में लौट गयी।

आज उसकी आँखों से पहले-पहल आँसू भी गिरे। एक दिन वह हँसी भी थी। मनुष्य-जीवन की ये दोनों प्रधान अभिव्यक्तियाँ उसके सामने क्रम से आयीं। वह रोती थी और हँसती थी, हँसती थी फिर रोती थी।

वसन्त बीत चुका था। प्रचण्ड ग्रीष्म का आरम्भ था। पहाड़ियों से लाल और काले धातुराग बहने लगे थे। युवती जैसे उस जड़ प्रकृति से अपनी तुलना करने लगी। उसकी एक आँख से हँसी और दूसरे से आँसू का उद्गम हुआ करता और वे दोनों दृश्य उसे प्रेरित किये रहते।

नारी ने इन दोनों भावों की अभिव्यक्ति को स्थायी रूप देना चाहा। शावक की आँखों में उसने पहला चित्र देखा था। कुचली हुई वेतस की लता को उसने धातुराग में डुबोया और अपनी तिकोनी गुफ़ा में पहली चितेरिन चित्र बनाने बैठी। उसके पास दो रंग थे, एक गैरिक, दूसरा कृष्ण। गैरिक से उसने अपना चित्र बनाया, जिसमें हिरनों के झुण्ड में स्वयं वही खड़ी थी, और कृष्ण धातुराग से आखेट का चित्र, जिसमें पशुओं के पीछे अपना भाला ऊँचा किये हुए भीष्म आकृति का नर था।

नदी का वह तट, अमंगलजनक स्थान बहुत काल तक नर-संचार-वर्जित रहा; किन्तु नारी वहीं अपने जीवनपर्यन्त उन दोनों चित्रों को देखती रहती और अपने को कृतकृत्य समझती।

~

विन्ध्य के अंचल में मनुष्यों के कितने ही दल वहाँ आये और गये। किसी ने पहले उस चित्र-मन्दिर को भय से देखा, किसी ने भक्ति से।

मानव-जीवन के उस काल का वह स्मृतिचिन्ह—जबकि उसने अपने हृदय-लोक में संसार के दो प्रधान भावों की प्रतिष्ठा की थी—आज भी सुरक्षित है। उस प्रान्त के जंगली लोग उसे राजधानी की गुफ़ा और ललितकला के खोजी उसे पहला चित्र-मन्दिर कहते हैं।

देवरथ

दो-तीन रेखाएँ भाल पर, काली पुतलियों के समीप मोटी और काली बरौनियों का घेरा, घनी, आपस में मिली रहने वाली भवें और नासा-पुट के नीचे हल्की-हल्की हरियाली उस तापसी के गोरे मुँह पर सबल अभिव्यक्ति की प्रेरणा प्रकट करती थी।

यौवन, काषाय से कहीं छिप सकता है ? संसार को दुःखपूर्ण समझकर ही तो वह संघ की शरण में आयी थी। उसके आशापूर्ण हृदय पर कितनी ही ठोकरें लगी थीं। तब भी यौवन ने साथ न छोड़ा। भिक्षुणी बनकर भी वह शान्ति न पा सकी थी। वह आज अत्यन्त अधीर थी।

चैत की अमावस्या का प्रभात था। अश्वत्थ वृक्ष की मिट्टी-सी सफ़ेद डालों और तने पर ताम्र अरुण कोमल पत्तियाँ निकल आयी थीं। उन पर प्रभात की किरणें पड़कर लोट-पोट हो जाती थीं। इतनी स्निग्ध शय्या उन्हें कहाँ मिली थी।

सुजाता सोच रही थी। आज अमावस्या है। अमावस्या तो उसके हृदय में सवेरे से ही अन्धकार भर रही थी। दिन का आलोक उसके लिए नहीं के बराबर था। वह अपने विशृंखल विचारों को छोड़कर कहाँ भाग जाए। शिकारियों का झुण्ड और अकेली हरिणी ! उसकी आँखें बन्द थीं।

आर्यमित्र खड़ा रहा। उसने देख लिया कि सुजाता की समाधि अभी न खुलेगी। वह मुस्कुराने लगा। उसके कृत्रिम शील ने भी उसको वर्जित किया। संघ के नियमों ने उसके हृदय पर कोड़े लगाये; पर वह भिक्षु वहीं खड़ा रहा।

भीतर के अन्धकार से ऊबकर सुजाता ने आलोक के लिए आँखें खोल दीं। आर्यमित्र को देखकर आलोक की भीषणता उसकी आँखों के सामने नाचने लगी। उसने शक्ति बटोरकर कहा, ''वन्दे !''

आर्यमित्र पुरुष था। भिक्षुणी का उसके सामने नत होना संघ का नियम था। आर्यमित्र ने हँसते हुए अभिवादन का उत्तर दिया, और पूछा, ''सुजाता, आज तुम स्वस्थ हो ?''

सुजाता उत्तर देना चाहती थी। पर...आर्यमित्र के काषाय के नवीन रंग में उसका मन उलझ रहा था। वह चाहती थी कि आर्यमित्र चला जाए; चला जाए उसकी चेतना के घेरे के बाहर। इधर वह अस्वस्थ थी, आर्यमित्र उसे औषधि देता था। संघ का वह वैद्य था। अब वह अच्छी हो गयी है। उसे आर्यमित्र की आवश्यकता नहीं। किन्तु...है तो...हृदय को उपचार की अत्यन्त आवश्यकता है। तब भी आर्यमित्र! वह क्या करे। बोलना ही पड़ा—

''हाँ, अब तो स्वस्थ हूँ।''

''अभी पथ्य सेवन करना होगा।''

''अच्छा।''

''मुझे और भी एक बात कहनी है।''

''क्या ? नहीं, क्षमा कीजिए। आपने कब से प्रव्रज्या ली है ?''

''वह सुनकर तुम क्या करोगी ? संसार ही दुःखमय है।''

''ठीक तो...अच्छा, नमस्कार।''

आर्यमित्र चला गया; किन्तु उसके जाने से जो आन्दोलन आलोक-तरंग में उठा, उसी में सुजाता झूमने लगी थी। उसे मालूम नहीं, कब से महास्थविर उसके समीप खड़े थे।

~

समुद्र का कोलाहल कुछ सुनने नहीं देता था। सन्ध्या धीरे-धीरे विस्तृत नील जल-राशि पर उतर रही थी। तरंगों पर तरंगें बिखरकर चूर हो रही थीं। सुजाता बालुका की शीतल वेदी पर बैठी हुई अपलक आँखों से उस क्षणिकता का अनुभव कर रही थी; किन्तु नीलाम्बुधि का महान् संसार किसी वास्तविकता की ओर संकेत कर रहा था। सत्ता की सम्पूर्णता धुँधली सन्ध्या में मूर्तिमान् हो रही थी। सुजाता बोल उठी—

''जीवन सत्य है, संवेदन सत्य है, आत्मा के आलोक में अन्धकार कुछ नहीं है।''

''सुजाता, यह क्या कह रही हो ?'' पीछे से आर्यमित्र ने कहा।

''कौन, आर्यमित्र !''

''मैं भिक्षुणी क्यों हुई आर्यमित्र !''

''व्यर्थ सुजाता। मैंने अमावस्या की गम्भीर रजनी में संघ के सम्मुख पापी होना स्वीकार कर लिया है। अपने कृत्रिम शील के आवरण में सुरक्षित नहीं रह सका। मैंने महास्थविर से कह दिया कि संघमित्र का पुत्र आर्यमित्र सांसारिक विभूतियों की उपेक्षा नहीं कर सकता। कई पुरुषों की संचित महौषधियाँ, कलिंग

के राजवैद्य पद का सम्मान, सहज में छोड़ा नहीं जा सकता। मैं केवल सुजाता के लिए ही भिक्षु बना था। उसी का पता लगाने के लिए मैं इस नील विहार में आया था। वह मेरी वाग्दत्ता भावी पत्नी है।''

''किन्तु आर्यमित्र, तुमने विलम्ब किया, मैं तुम्हारी पत्नी न हो सकूँगी, '' सुजाता ने बीच ही में रोककर कहा।

''क्यों सुजाता! यह काषाय क्या शृंखला है? फेंक दो इसे। वाराणसी के स्वर्ण-खचित वसन ही तुम्हारे परिधान के लिए उपयुक्त हैं। रत्नमाला, मणि कंकण और हेम-कांची तुम्हारी कमल-कोमल अंग-लता को सजावेगी। तुम—राजरानी बनोगी।''

''किन्तु...''

''किन्तु क्या सुजाता? मेरा हृदय फटा जाता है। बोलो, मैं संघ का बन्धन तोड़ चुका हूँ और तुम भी तो जीवन की, आत्मा की क्षणिकता में विश्वास नहीं करती हो?''

''किन्तु आर्यमित्र! मैं वह अमूल्य उपहार—जो स्त्रियाँ, कुलवधुएँ अपने पति के चरणों में समर्पित करती हैं—कहाँ से लाऊँगी? वह वरमाला जिसमें दूर्वा-सदृश कौमार्य हरा-भरा रहता हो, जिसमें मधूक-कुसुम-सा हृदय-रस भरा हो, कैसे, कहाँ से तुम्हें पहना सकूँगी?''

''क्यों सुजाता? उसमें कौन-सी बाधा है?'' कहते-कहते आर्यमित्र का स्वर कुछ तीक्ष्ण हो गया। वह अँगूठे से बालू बिखेरने लगा!

''उसे सुनकर तुम क्या करोगे? जाओ, राज-सुख भोगो। मुझ जन्म की दुखिया के पीछे अपना आनन्दपूर्ण भविष्य-संसार नष्ट न करो, आर्यमित्र! जब तुमने संघ का बन्धन भी तोड़ दिया है, तब मुझ पामरी के मोह का बन्धन भी तोड़ डालो।''

सुजाता के वक्ष में श्वास भर रहा था।

आर्यमित्र ने निर्जन समुद्र-तट के उस मलिन सायंकाल में, सुजाता का हाथ पकड़कर तीव्र स्वर में पूछा, ''सुजाता, स्पष्ट कहो; क्या तुम मुझसे प्रेम नहीं करती हो?''

''करती हूँ आर्यमित्र! इसी का दुःख है। नहीं तो भैरवी के लिए किस उपभोग की कमी है?''

आर्यमित्र ने चौंककर सुजाता का हाथ छोड़ते हुए कहा, ''क्या कहा, भैरवी!''

''हाँ आर्यमित्र। मैं भैरवी हूँ, मेरी...''

आगे वह कुछ न कह सकी। आँखों से जल-बिन्दु ढुलक रहे थे, जिसमें वेदना के समुद्र उर्मिल हो रहे थे।

आर्यमित्र अधीर होकर सोचने लगा, 'पारिवारिक पवित्र बन्धनों को तोड़कर जिस मुक्ति की—निर्वाण की—आशा में जनता दौड़ रही है, उस धर्म की यही सीमा है। यह अन्धेर—गृहस्थों का सुख न देख सकनेवालों का यह निर्मम दण्ड, समाज कब तक भोगेगा ?'

सहसा प्रकृतिस्थ होकर उसने कहा, ''सुजाता! मेरा सिर घूम रहा है, जैसे देवरथ का चक्र, परन्तु मैं तुमको अब भी पत्नी—रूप में ग्रहण करूँगा। सुजाता, चलो।''

''किन्तु मैं तुम्हें पतिरूप में ग्रहण न कर सकूँगी। अपनी सारी लाँछना तुम्हारे साथ बाँटकर जीवन—संगिनी बनने का दुस्साहस मैं न कर सकूँगी। आर्यमित्र, मुझे क्षमा करो! मेरी वेदना रजनी से भी काली है और दुःख समुद्र से भी विस्तृत है। स्मरण है ? इसी महोदधि के तट पर बैठकर, सिकता में हम लोग अपना नाम साथ—ही—साथ लिखते थे। चिर—रोदनकारी, निष्ठुर समुद्र अपनी लहरों की उँगली से उसे मिटा देता था। मिट जाने दो हृदय की सिकता से प्रेम का नाम! आर्यमित्र, इस रजनी के अन्धकार में उसे विलीन हो जाने दो।''

''सुजाता,'' सहसा एक कठोर स्वर सुनाई पड़ा।

दोनों ने घूमकर देखा, अन्धकार—सी भीषण मूर्ति, संघस्थविर!

~

उसके जीवन में परमाणु बिखर रहे थे। निशा की कालिमा में सुजाता सिर झुकाये हुए बैठी, देव—प्रतिमा की रथयात्रा का समारोह देख रही थी; किन्तु दौड़कर छिप जानेवाले मूक दृश्य के समान वह किसी को समझ न पाती थी। स्थविर ने उसके सामने आकर कहा, ''सुजाता, तुमने प्रायश्चित किया ?''

''किसके पाप का प्रायश्चित! तुम्हारे या अपने ?'' तीव्र स्वर में सुजाता ने कहा!

''अपने और आर्यमित्र के पापों का, सुजाता! तुमने अविश्वासी हृदय से धर्मद्रोह किया है।''

''धर्मद्रोह? आश्चर्य!''

''तुम्हारा शरीर देवता को समर्पित था, सुजाता। तुमने...''

बीच ही में उसे रोककर तीव्र स्वर में सुजाता ने कहा, ''चुप रहो, असत्यवादी। वज्रयानी, नर—पिशाच...''

एक क्षण में इस भीषण मनुष्य की कृत्रिम शान्ति विलीन हो गयी। उसने दाँत किटकिटाकर कहा, ''मृत्यु—दण्ड!''

सुजाता ने उसकी ओर देखते हुए कहा, ''कठोर से भी कठोर मृत्यु—दण्ड मेरे लिए कोमल है। मेरे लिए इस स्नेहमयी धरणी पर बचा ही क्या है? स्थविर! तुम्हारा

धर्मशासन घरों को चूर-चूर करके विहारों की सृष्टि करता है—कुचक्र में जीवन को फँसाता है। पवित्र गार्हस्थ बन्धनों को तोड़कर तुम लोग भी अपनी वासना-तृप्ति के अनुकूल ही तो एक नया घर बनाते हो, जिसका नाम बदल देते हो। तुम्हारी तृष्णा तो साधारण सरल गृहस्थों से भी तीव्र है, क्षुद्र है और निम्न कोटि की है।''

''किन्तु सुजाता, तुमको मरना होगा!''

''तो मरूँगी स्थविर; किन्तु तुम्हारा यह काल्पनिक आडम्बरपूर्ण धर्म भी मरेगा। मनुष्यता का नाश करके कोई धर्म खड़ा नहीं रह सकता।''

''कल ही!''

''हाँ, कल प्रभात में तुम देखोगे कि सुजाता कैसे मरती है!''

~

सुजाता मन्दिर के विशाल स्तम्भ से टिकी हुई, रात्रिव्यापी उत्सव को स्थिर दृष्टि से देखती रही। एक बार उसने धीरे से पूछा—

''देवता, यह उत्सव क्यों? क्या जीवन की यन्त्रणाओं से तुम्हारी पूजा का उपकरण संग्रह किया जाता है?''

प्रतिमा ने कोई उत्तर नहीं दिया।

प्रभात की किरणें मन्दिर के शिखर पर हँसने लगीं।

देव-विग्रह ने रथयात्रा के लिए प्रयाण किया। जनता तुमुलनाद से जय-घोष करने लगी।

सुजाता ने देखा, पुजारियों के दल में कौशेय वसन पहने हुए आर्यमित्र भी भक्तिभाव से चला जा रहा है। उसकी इच्छ हुई कि आर्यमित्र को बुला कर कहे कि वह उसके साथ चलने को प्रस्तुत है।

सम्पूर्ण बल से उसने पुकारा, ''आर्यमित्र!''

किन्तु उस कोलाहल में कौन सुनता है? देवरथ विस्तीर्ण राज-पथ से चलने लगा। उसके दृढ़ चक्र धरणी की छाती में गहरी लीक डालते हुए आगे बढ़ने लगे। उस जन-समुद्र में सुजाता फाँद पड़ी और एक क्षण में उसका शरीर देवरथ के भीषण चक्र से पिस उठा।

रथ खड़ा हो गया। स्थविर ने स्थिर दृष्टि से सुजाता के शव को देखा। अभी वह कुछ बोलना ही चाहता था कि दर्शकों और पुजारियों का दल, ''काला पहाड़! काला पहाड़!'' चिल्लाता हुआ इधर-उधर भागने लगा। धूलि की घटा में बरछियों की बिजलियाँ चमकने लगीं।

देव-विग्रह एकाकी धर्मोन्मत्त 'काला पहाड़' के अश्वारोहियों से घिर गया— रथ पर था देव-विग्रह और नीचे सुजाता का शव।

तानसेन

यह छोटा-सा सरोवर भी क्या ही सुन्दर है, सुहावने आम और जामुन के वृक्ष चारों ओर से इसे घेरे हुए हैं। दूर से देखने में यहाँ केवल एक बड़ा-सा वृक्षों का झुरमुट दिखाई देता है, पर इसका स्वच्छ जल अपने सौन्दर्य को ऊँचे ढूहों में छिपाये हुए है। कठोर-हृदया धरणी के वक्षस्थल में यह छोटा-सा करुणा-कुण्ड, बड़ी सावधानी से प्रकृति ने छिपा रखा है।

सन्ध्या हो चली है। विहँग-कुल कोमल कलरव करते हुए अपने-अपने नीड़ की ओर लौटने लगे हैं। अन्धकार अपना आगमन सूचित कराता हुआ वृक्षों की ऊँची टहनियों के कोमल किसलयों को धुँधले रंग का बना रहा है। पर सूर्य की अन्तिम किरणें अभी अपना स्थान नहीं छोड़ना चाहती हैं। वे हवा के झोंकों से हटाई जाने पर भी अन्धकार के अधिकार का विरोध करती हुई सूर्यदेव की उँगलियों की तरह हिल रही हैं।

सन्ध्या हो गई। कोकिल बोल उठा। एक सुन्दर कोमल कण्ठ से निकली हुई रसीली तान ने उसे भी चुप करा दिया। मनोहर-स्वर-लहरी उस सरोवर-तीर से उठकर तट के सब वृक्षों को गुंजरित करने लगी। मधुर-मलयानिल-ताड़ित जल-लहरी उस स्वर के ताल पर नाचने लगी। हर-एक पत्ता ताल देने लगा। अद्भुत आनन्द का समावेश था। शान्ति का नैसर्गिक राज्य उस छोटी रमणीय भूमि में मानो जमकर बैठ गया था।

यह आनन्द-कानन अपना मनोहर स्वरूप एक पथिक से छिपा न सका, क्योंकि वह प्यासा था। जल की उसे आवश्यकता थी। उसका घोड़ा, जो बड़ी शीघ्रता से आ रहा था, रुका, और वह उतर पड़ा। पथिक बड़े वेग से अश्व से उतरा, पर वह भी स्तब्ध होकर खड़ा हो गया; क्योंकि उसको भी उसी स्वर लहरी ने मन्त्रमुग्ध फणी की तरह बना दिया। मृगया-शील पथिक क्लान्त था—वृक्ष के सहारे खड़ा हो गया। थोड़ी देर तक वह अपने को भूल गया। जब स्वर-लहरी ठहरी, तब उसकी निद्रा भी टूटी। युवक सारे श्रम को भूल गया, उसके अंग में एक

अद्भुत स्फूर्ति मालूम हुई। वह, जहाँ से स्वर सुनाई पड़ता था, उसी ओर चला। जाकर देखा, एक युवक खड़ा होकर उस अन्धकार-रंजित जल की ओर देख रहा है।

पथिक ने उत्साह के साथ जाकर उस युवक के कंधे को पकड़ कर हिलाया। युवक का ध्यान टूटा। उसने पलटकर देखा।

~

पथिक का वीर-वेश भी सुन्दर था। उसकी खड़ी मूँछें उसके स्वाभाविक गर्व को तनकर जता रही थीं। युवक को उसके इस असभ्य बर्ताव पर क्रोध तो आया, पर कुछ सोचकर वह चुप हो रहा। और, इधर पथिक ने सरल स्वर से एक छोटा-सा प्रश्न कर दिया, ''क्यों भई, तुम्हारा नाम क्या है?''

युवक ने उत्तर दिया, ''रामप्रसाद।''

पथिक, ''यहाँ कहाँ रहते हो? अगर बाहर के रहने वाले हो, तो चलो, हमारे घर पर आज ठहरो।''

युवक कुछ न बोला, किन्तु उसने एक स्वीकार-सूचक इंगित किया। पथिक और युवक, दोनों, अश्व के समीप आये। पथिक ने उसकी लगाम हाथ में ले ली। दोनों पैदल ही सड़क की ओर बढ़े।

दोनों एक विशाल दुर्ग के फाटक पर पहुँचे और उसमें प्रवेश किया। द्वार के रक्षकों ने उठकर आदर के साथ उस पथिक को अभिवादन किया। एक ने बढ़कर घोड़ा थाम लिया। अब दोनों ने बड़े दालानों और अमराइयों को पार करके एक छोटे से पाईबाग में प्रवेश किया।

रामप्रसाद चकित था, उसे यह नहीं ज्ञात था कि वह किसके संग कहाँ जा रहा है। हाँ, यह उसे अवश्य प्रतीत हो गया कि यह पथिक इस दुर्ग का कोई प्रधान पुरुष है।

पाईबाग में बीचोबीच एक चबूतरा था, जो संगमरमर का बना था। छोटी-छोटी सीढ़ियाँ चढ़कर दोनों उस पर पहुँचे। थोड़ी देर में एक दासी पानदान और दूसरी वारुणी की बोतल लिये हुए आ पहुँची।

पथिक, जिसे अब हम पथिक न कहेंगे, ग्वालियर-दुर्ग का किलेदार था, मुगल सम्राट अकबर के सरदारों में से था। बिछे हुए पारसी कालीन पर मसनद के सहारे वह बैठ गया। दोनों दासियाँ फिर एक हुक्का ले आईं और उसे रखकर मसनद के पीछे खड़ी होकर चँवर डुलाने लगीं। एक ने रामप्रसाद की ओर नज़र बचाकर देखा।

युवक सरदार ने थोड़ी-सी वारुणी ली। दो-चार गिलौरी पान की खाकर फिर वह हुक्का खींचने लगा। रामप्रसाद क्या करे; बैठे-बैठे सरदार का मुँह देख रहा था। सरदार के ईरानी चेहरे पर वारुणी ने वार्निश का काम किया। उसका चेहरा चमक उठा। उत्साह से भरकर उसने कहा, ''रामप्रसाद, कुछ गाओ।'' वह उस दासी की ओर देख रहा था।

~

रामप्रसाद, सरदार के साथ घुल-मिल गया। उसे अब कहीं भी रोक-टोक नहीं है। उसी पाईबाग में उसके रहने की जगह है। अपनी खिचड़ी आँच पर चढ़ाकर प्रायः चबूतरे पर आकर गुनगुनाया करता। ऐसा करने की उसे मनाही नहीं थी। सरदार भी कभी-कभी खड़े होकर बड़े प्रेम से उसे सुनते थे। किन्तु उस गुनगुनाहट ने एक बड़ा बेढब कार्य किया। वह यह कि सरदार-महल की एक नवीना दासी, उस गुनगुनाहट की धुन में, कभी-कभी पान में चूना रखना भूल जाया करती थी, और कभी-कभी मालकिन के 'किताब' माँगने पर 'आफ़ताबा' ले जाकर बड़ी लज्जित होती थी। पर तो भी बरामदे में से उसे एक बार उस चबूतरे की ओर देखना ही पड़ता था।

रामप्रसाद को कुछ नहीं—वह जंगली जीव था। उसे इस छोटे-से उद्यान में रहना पसन्द नहीं था, पर क्या करे। उसने भी एक कौतुक सोच रखा था। जब उसके स्वर में मुग्ध होकर कोई अपने कार्य से च्युत हो जाता, तब उसे बड़ा आनन्द मिलता।

सरदार अपने कार्य में व्यस्त रहते थे। उन्हें सन्ध्या को चबूतरे पर बैठकर रामप्रसाद के दो-एक गाने सुनने का नशा हो गया था। जिस दिन गाना नहीं सुनते, उस दिन उनकी वारुणी में नशा कम हो जाता—उनकी विचित्र दशा हो जाती थी। रामप्रसाद ने एक दिन अपने पूर्व-परिचित सरोवर पर जाने के लिए छुट्टी माँगी; मिल भी गई।

सन्ध्या को सरदार चबूतरे पर नहीं बैठे, महल में चले गये। उनकी स्त्री ने कहा, ''आज आप उदास क्यों हैं?''

सरदार, ''रामप्रसाद के गाने में मुझे बड़ा ही सुख मिलता है।''

सरदार की पत्नी, ''क्या आपका रामप्रसाद इतना अच्छा गाता है जो उसके बिना आपको चैन नहीं? मेरी समझ में मेरी बाँदी उससे अच्छा गा सकती है।''

सरदार (हँसकर), ''भला! उसका नाम क्या है?''

सरदार की पत्नी, ''वही, सौसन—जिसे मैं देहली से खरीदकर ले आई हूँ।''

सरदार, ''क्या खूब! अजी, उसको तो मैं रोज़ देखता हूँ। वह गाना जानती

होती, तो क्या मैं आज तक न सुन सकता!''

सरदार की पत्नी, ''तो इसमें बहस की कोई ज़रूरत नहीं है। कल उसका और रामप्रसाद का सामना कराया जावे।''

सरदार, ''क्या हर्ज।''

~

आज उस छोटे-से उद्यान में अच्छी सज-धज है। साज़ लेकर दासियाँ बजा रही हैं। 'सौसन' संकुचित होकर रामप्रसाद के सामने बैठी है। सरदार ने उसे गाने की आज्ञा दी। उसने गाना आरम्भ किया—

कहो री, जो कहिबे की होई।

बिरह बिथा अन्तर की वेदन सो जाने जेहि होई॥

ऐसे कठिन भये पिय प्यारे काहि सुनावों रोई।

'सूरदास' सुखमूरि मनोहर लै जुगयो मन गोई॥

कमनीय कामिनी-कण्ठ की प्रत्येक तान में ऐसी सुन्दरता थी कि सुनने वाले, बजाने वाले—सब चित्र लिखे-से हो गये। रामप्रसाद की विचित्र दशा थी, क्योंकि सौसन के स्वाभाविक भाव, जो उसकी ओर देखकर होते थे—उसे मुग्ध किये हुए थे।

रामप्रसाद गायक था, किन्तु रमणी-सुलभ भ्रू-भाव उसे नहीं आते थे। उसकी अन्तरात्मा ने उससे धीरे-से कहा कि 'सर्वस्व हार चुका!'

सरदार ने कहा, ''रामप्रसाद, तुम भी गाओ।'' वह भी एक अनिवार्य आकर्षण से—इच्छा न रहने पर भी, गाने लगा।

हमारो हिरदय कुलिसहु जीत्यो।

फटत न सखी अजहुँ उहि आसा बरिस दिवस पर बीत्यो॥

हमहूँ समुझि पर्यो नीके करि यह आसा तनु रीत्यो।

'सूरस्याम' दासी सुख सोवहु भयउ उभय मन चीत्यो॥

सौसन के चेहरे पर गाने का भाव एकबारगी अरुणिमा में प्रगट हो गया। रामप्रसाद ने ऐसे करुण स्वर से इस पद को गाया कि दोनों मुग्ध हो गये।

सरदार ने देखा कि मेरी जीत हुई। प्रसन्न होकर बोल उठा, ''रामप्रसाद, जो इच्छ हो, माँग लो।''

यह सुनकर सरदार की पत्नी के यहाँ से एक बाँदी आई और सौसन से बोली, ''बेगम ने कहा है कि तुम्हें भी जो माँगना हो, हमसे माँग लो।''

रामप्रसाद ने थोड़ी देर तक कुछ न कहा। जब दूसरी बार सरदार ने माँगने

को कहा, तब उसका चेहरा कुछ अस्वाभाविक-सा हो उठा। वह विक्षिप्त स्वर से बोल उठा, ''यदि आप अपनी बात पर दृढ़ हों, तो 'सौसन' को मुझे दे दीजिये।''

उसी समय सौसन भी उस बाँदी से बोली, ''बेगम साहिबा यदि कुछ मुझे देना चाहें, तो अपने दासीपन से मुझे मुक्त कर दें।''

बाँदी भीतर चली गई। सरदार चुप रह गये। बाँदी फिर आई और बोली, ''बेगम ने तुम्हारी प्रार्थना स्वीकार की और यह हार दिया है।''

इतना कहकर उसने एक जड़ाऊ हार सौसन को पहना दिया।

सरदार ने कहा, ''रामप्रसाद, आज से तुम 'तानसेन' हुए। यह सौसन भी तुम्हारी हुई; लेकिन धरम से इसके साथ ब्याह करो।''

तानसेन ने कहा, ''आज से हमारा धर्म 'प्रेम' है।''

चंदा

चैत्र-कृष्णाष्टमी का चन्द्रमा अपना उज्ज्वल प्रकाश 'चन्द्रप्रभा' के निर्मल जल पर डाल रहा है। गिरि-श्रेणी के तरुवर अपने रंग को छोड़कर धवलित हो रहे हैं; कल-नादिनी समीर के संग धीरे-धीरे बह रही है। एक शिला-तल पर बैठी हुई कोलकुमारी सुरीले स्वर से, 'दरद दिल काहि सुनाऊँ प्यारे! दरद...' गा रही है।

गीत अधूरा ही है कि अकस्मात् एक कोलयुवक धीर-पद-संचालन करता हुआ उस रमणी के सम्मुख आकर खड़ा हो गया। उसे देखते ही रमणी की हृदय-तन्त्री बज उठी। रमणी बाह्य-स्वर भूलकर आन्तरिक स्वर से सुमधुर संगीत गाने लगी और उठकर खड़ी हो गई। प्रणय के वेग को सहन न करके वर्षा-वारिपूरिता स्रोतस्विनी के समान कोलकुमार के कंध-कूल से रमणी ने आलिंगन किया।

दोनों उसी शिला पर बैठ गये, और निर्निमेष सजल नेत्रों से परस्पर अवलोकन करने लगे। युवती ने कहा, ''तुम कैसे आये?''

युवक, ''जैसे तुमने बुलाया।''

युवती (हँसकर), ''हमने तुम्हें कब बुलाया? और क्यों बुलाया?''

युवक, ''गाकर बुलाया, और दरद सुनाने के लिये।''

युवती (दीर्घ निश्वास लेकर), ''कैसे, क्या करूँ? पिता ने तो उसी से विवाह करना निश्चय किया है।''

युवक (उत्तेजना से खड़ा होकर), ''तो जो कहो, मैं करने के लिए प्रस्तुत हूँ।''

युवती (चन्द्रप्रभा की ओर दिखाकर), ''बस, यही शरण है।''

युवक, ''तो हमारे लिए कौन दूसरा स्थान है?''

युवती, ''मैं तो प्रस्तुत हूँ।''

युवक, ''हम तुम्हारे पहले।''

युवती ने कहा, ''तो चलो।''

युवक ने मेघ-गर्जन-स्वर से कहा, ''चलो।''

दोनों हाथ में हाथ मिलाकर पहाड़ी से उतरने लगे। दोनों उतरकर चन्द्रप्रभा के तट पर आये, और एक शिला पर खड़े हो गये। तब युवती ने कहा, ''अब विदा!''

युवक ने कहा, ''किससे? मैं तो तुम्हारे साथ—जब तक सृष्टि रहेगी तब तक—रहूँगा।''

इतने ही में शाल-वृक्ष के नीचे एक छाया दिखाई पड़ी और वह इन्हीं दोनों की ओर आती हुई दिखाई देने लगी। दोनों ने चकित होकर देखा कि एक कोल खड़ा है। उसने गम्भीर स्वर से युवती से पूछा, ''चंदा! तू यहाँ क्यों आई?''

युवती, ''तुम पूछने वाले कौन हो?''

आगन्तुक युवक, ''मैं तुम्हारा भावी पति 'रामू' हूँ।''

युवती, ''मैं तुमसे ब्याह न करूँगी।''

आगन्तुक युवक, ''फिर किससे तुम्हारा ब्याह होगा?''

युवती ने पहले के आये हुए युवक की ओर इंगित करके कहा, ''इन्हीं से।''

आगन्तुक युवक से अब न सहा गया। घूमकर पूछा, ''क्यों हीरा! तुम ब्याह करोगे?''

हीरा, ''तो इसमें तुम्हारा क्या तात्पर्य है?''

रामू, ''तुम्हें इससे अलग हो जाना चाहिए।''

हीरा, ''क्यों, तुम कौन होते हो?''

रामू, ''हमारा इससे संबंध पक्का हो चुका है।''

हीरा, ''पर जिससे संबंध होने वाला है, वह सहमत न हो, तब?''

रामू, ''क्यों चंदा! क्या कहती हो?''

चंदा, ''मैं तुमसे ब्याह न करूँगी।''

रामू, ''तो हीरा से भी तुम ब्याह नहीं कर सकतीं!''

चंदा, ''क्यों?''

रामू (हीरा से), ''अब हमारा-तुम्हारा फ़ैसला हो जाना चाहिए, क्योंकि एक म्यान में दो तलवारें नहीं रह सकतीं।''

इतना कहकर हीरा के ऊपर झपटकर उसने अचानक छुरे का वार किया।

हीरा, यद्यपि सचेत हो रहा था; पर उसको सँभलने में विलम्ब हुआ, इससे घाव लग गया, और वह वक्ष थामकर बैठ गया। इतने में चंदा ज़ोर से क्रन्दन कर उठी—साथ ही एक वृद्ध भील आता हुआ दिखाई पड़ा।

~

युवती मुँह ढाँपकर रो रही है, और युवक रक्ताक्त छुरा लिये, घृणा की दृष्टि

से खड़ा हुआ, हीरा की ओर देख रहा है। विमल चन्द्रिका में चित्र की तरह वे दिखाई दे रहे हैं। वृद्ध को जब चंदा ने देखा, तो और वेग से रोने लगी। उस दृश्य को देखते ही वृद्ध कोल-पति सब बात समझ गया, और रामू के समीप जाकर छुरा उसके हाथ से ले लिया, और आज्ञा के स्वर में कहा, ''तुम दोनों हीरा को उठाकर नदी के समीप ले चलो।''

इतना कहकर वृद्ध उन सबों के साथ आकर नदी-तट पर जल के समीप खड़ा हो गया। रामू और चंदा दोनों ने मिलकर उसके घाव को धोया और हीरा के मुँह पर छींटा दिया, जिससे उसकी मूर्च्छा दूर हुई। तब वृद्ध ने सब बातें हीरा से पूछीं; पूछ लेने पर रामू से कहा, ''क्यों, यह सब ठीक है?''

रामू ने कहा, ''सब सत्य है।''

वृद्ध, ''तो तुम अब चंदा के योग्य नहीं हो, और यह छुरा भी—जिसे हमने तुम्हें दिया था। तुम्हारे योग्य नहीं है। तुम शीघ्र ही हमारे जंगल से चले जाओ, नहीं तो तुम्हारा हाल महाराज से कह देंगे, और उसका क्या परिणाम होगा सो तुम स्वयं समझ सकते हो। (हीरा की ओर देखकर) बेटा! तुम्हारा घाव शीघ्र अच्छा हो जाएगा, घबराना नहीं, चंदा तुम्हारी ही होगी।''

यह सुनकर चंदा और हीरा का मुख प्रसन्नता से चमकने लगा, पर हीरा ने लेटे-ही-लेटे हाथ जोड़कर कहा, ''पिता! एक बात कहनी है, यदि आपकी आज्ञा हो।''

वृद्ध, ''हम समझ गये, बेटा! रामू विश्वासघाती है।''

हीरा, ''नहीं पिता! अब वह ऐसा कार्य नहीं करेगा। आप क्षमा करेंगे, मैं ऐसी आशा करता हूँ।''

वृद्ध, ''जैसी तुम्हारी इच्छा।''

कुछ दिन के बाद जब हीरा अच्छी प्रकार से आरोग्य हो गया, तब उसका ब्याह चंदा से हो गया। रामू भी उस उत्सव में सम्मिलित हुआ, पर उसका बदन मलिन और चिन्तापूर्ण था। वृद्ध कुछ ही काल में अपना पद हीरा को सौंप स्वर्ग को सिधारा। हीरा और चंदा सुख से विमल चाँदनी में बैठकर पहाड़ी झरनों का कल-नाद-मय आनन्द-संगीत सुनते थे।

~

अंशुमाली अपनी तीक्ष्ण किरणों से वन्य-देश को परितप्ति कर रहे हैं। मृग-सिंह एक स्थान पर बैठकर, छाया-सुख में अपने बैर-भाव को भूलकर, ऊँघ रहे हैं। चन्द्रप्रभा के तट पर पहाड़ी की एक गुहा में जहाँ की छतनार पेड़ों की छाया उष्ण वायु को भी

शीतल कर देती है, हीरा और चंदा बैठे हैं। हृदय के अनन्त विकास से उनका मुख प्रफुल्लित दिखाई पड़ता है। उन्हें वस्त्र के लिये वृक्षगण वल्कल देते हैं; भोजन के लिये प्याज-मेवा इत्यादि जंगली सुस्वादु फल, शीतल स्वच्छन्द पवन; निवास के लिये गिरि-गुहा; प्राकृतिक झरनों का शीतल जल उनके सब अभावों को दूर करता है, और सबल तथा स्वच्छन्द बनाने में ये सब सहायता देते हैं। उन्हें किसी की अपेक्षा नहीं पड़ती। अस्तु, उन्हीं सब सुखों से आनन्दित व्यक्तिद्वय 'चन्द्रप्रभा' के जल का कल-नाद सुनकर अपनी हृदय-वीणा को बजाते हैं।

चंदा, ''प्रिय! आज उदासीन क्यों हो?''

हीरा, ''नहीं तो, मैं यह सोच रहा हूँ कि इस वन में राजा आने वाले हैं। हम लोग यद्यपि अधीन नहीं हैं तो भी उन्हें शिकार खेलाया जाता है, और इसमें हम लोगों की कुछ हानि भी नहीं है। उसके प्रतिकार में हम लोगों को कुछ मिलता है, पर आजकल इस वन में जानवर दिखाई नहीं पड़ते। इसलिए सोचता हूँ कि कोई शेर या छोटा चीता भी मिल जाता, तो कार्य हो जाता।''

चंदा, ''खोज की थी?''

हीरा, ''हाँ, आदमी तो गया है।''

इतने में एक कोल दौड़ता हुआ आया, और कहा, ''राजा आ गये हैं और तहखाने में बैठे हैं। एक तेंदुआ भी दिखाई दिया है।''

हीरा का मुख प्रसन्नता से चमकने लगा, और वह अपना कुल्हाड़ा सँभालकर उस आगन्तुक के साथ वहाँ पहुँचा, जहाँ शिकार का आयोजन हो चुका था।

राजा साहब झंझरी में बंदूक की नाल रखे हुए ताक रहे हैं। एक ओर से बाजा बज उठा। एक चीता भागता हुआ सामने से निकला। राजा साहब ने उस पर वार किया। गोली लगी, पर चमड़े को छेदती हुई पार हो गई; इससे वह जानवर भागकर निकल गया। अब तो राजा साहब बहुत ही दु:खित हुए। हीरा को बुलाकर कहा, ''क्यों जी, यह जानवर नहीं मिलेगा?''

उस वीर कोल ने कहा, ''क्यों नहीं?''

इतना कहकर वह उसी ओर चला। झाड़ी में, जहाँ वह चीता घाव से व्याकुल बैठा था, वहाँ पहुँचकर उसने देखना आरम्भ किया। क्रोध से भरा हुआ चीता उस कोलयुवक को देखते ही झपटा। युवक असावधानी के कारण वार न कर सका, पर दोनों हाथों से उस भयानक जन्तु की गर्दन को पकड़ लिया, और उसने भी इसके कंधे पर अपने दोनों पंजों को जमा दिया।

दोनों में बल-प्रयोग होने लगा। थोड़ी देर में दोनों जमीन पर लेट गये।

~

यह बात राजा साहब को विदित हुई। उन्होंने उसकी मदद के लिए कोलों को जाने की आज्ञा दी। रामू उस अवसर पर था। उसने सबके पहले जाने के लिए पैर बढ़ाया, और चल पड़ा। वहाँ जब पहुँचा, तो उस दृश्य को देखकर घबरा गया, और हीरा से कहा, ''हाथ ढीला कर; जब यह छोड़ने लगे, तब गोली मारूँ, नहीं तो सम्भव है कि तुम्हीं को लग जाए।''

हीरा, ''नहीं, तुम गोली मारो।''

रामू, ''तुम छोड़ो तो मैं वार करूँ।''

हीरा, ''नहीं, यह अच्छा नहीं होगा।''

रामू, ''तुम उसे छोड़ो, मैं अभी मारता हूँ।''

हीरा, ''नहीं, तुम वार करो।''

रामू, ''वार करने से सम्भव है कि वह उछले और तुम्हारे हाथ छूट जायें, तो तुमको यह तोड़ डालेगा।''

हीरा, ''नहीं, तुम मार लो, मेरा हाथ ढीला हुआ जाता है।''

रामू, ''तुम हठ करते हो, मानते नहीं।''

इतने में हीरा का हाथ कुछ बातचीत करते-करते ढीला पड़ा; वह चीता उछलकर हीरा की कमर को पकड़कर तोड़ने लगा।

रामू खड़ा होकर देख रहा है, और पैशाचिक आकृति उस घृणित पशु के मुख पर लक्षित हो रही है और वह हँस रहा है।

हीरा टूटी हुई साँस से कहने लगा, ''अब भी मार ले।''

रामू ने कहा, ''अब तू मर ले, तब वह भी मारा जायेगा। तूने हमारा हृदय निकाल लिया है, तूने हमारा घोर अपमान किया है, उसी का प्रतिफल है। इसे भोग।''

हीरा को चीता खाये डालता है; पर उसने कहा, ''नीच! तू जानता है कि 'चंदा' अब तेरी होगी। कभी नहीं! तू नीच है—इस चीते से भी भयंकर जानवर है।''

रामू ने पैशाचिक हँसी हँसकर कहा, ''चंदा अब तेरी तो नहीं है, अब वह चाहे जिसकी हो।''

हीरा ने टूटी हुई आवाज़ से कहा, ''तुझे इस विश्वासघात का फल शीघ्र मिलेगा और चंदा फिर हमसे मिलेगी। चंदा...प्यारी...च...''

इतना उसके मुख से निकला ही था कि चीते ने उसका सिर दाँतों के तले दाब लिया। रामू देखकर पैशाचिक हँसी हँस रहा था। हीरा के समाप्त हो जाने पर रामू लौट आया, और झूठी बातें बनाकर राजा से कहा कि उसको हमारे जाने के पहले ही चीते ने मार दिया।

राजा बहुत दुखी हुए, और जंगल की सरदारी रामू को मिली।

~

वसंत की राका चारों ओर अनूठा दृश्य दिखा रही है। चन्द्रमा न मालूम किस लक्ष्य की ओर दौड़ा चला जा रहा है; कुछ पूछने से भी नहीं बताता। कुटज की कली का परिमल लिये पवन भी न मालूम कहाँ दौड़ रहा है; उसका भी कुछ समझ नहीं पड़ता। उसी तरह, चन्द्रप्रभा के तीर पर बैठी हुई कोलकुमारी का कोमल कण्ठ-स्वर भी किस धुन में है—नहीं ज्ञात होता।

अकस्मात् गोली की आवाज़ ने उसे चौंका दिया। गाने के समय जो उसका मुख उद्वेग और करुणा से पूर्ण दिखाई पड़ता था, वह घृणा और क्रोध से रंजित हो गया, और वह उठकर पुच्छमर्दिता सिंहनी के समान तनकर खड़ी हो गई, और धीरे से कहा, ''यही समय है। ज्ञात होता है, राजा इस समय शिकार खेलने पुनः आ गये हैं।'' बस, वह अपने वस्त्र को ठीक करके कोलबालक बन गई, और कमर में से एक चमचमाता हुआ छुरा निकालकर चूमा। वह चाँदनी में चमकने लगा। फिर वह कहने लगी, ''यद्यपि तुमने हीरा का रक्तपान कर लिया है, लेकिन पिता ने रामू से तुम्हें ले लिया है। अब तुम हमारे हाथ में हो, तुम्हें आज रामू का भी खून पीना होगा।''

इतना कहकर वह गोली के शब्द की ओर लक्ष्य करके चली। देखा कि तहखाने में राजा साहब बैठे हैं। शेर को गोली लग चुकी है, और वह भाग गया है, उसका पता नहीं लग रहा है, रामू सरदार है, अतएव उसको खोजने के लिए आज्ञा हुई, वह शीघ्र ही सन्नद्ध हुआ। राजा ने कहा, ''कोई साथी लेते जाओ।''

पहले तो उसने अस्वीकार किया, पर जब एक कोलयुवक स्वयं साथ चलने को तैयार हुआ, तो वह नहीं भी न कर सका, और सीधे—जिधर शेर गया था, उसी ओर चला। कोलबालक भी उसके पीछे है। वहाँ घाव से व्याकुल शेर चिंघाड़ रहा है, इसने जाते ही ललकारा। उसने तत्काल ही निकलकर वार किया। रामू कम साहसी नहीं था, उसने उसके खुले मुँह में निर्भीक होकर बन्दूक की नाल डाल दी; पर उसके जरा-सा मुँह घुमा लेने से गोली चमड़ा छेदकर पार निकल गई, और शेर ने क्रुद्ध होकर दाँत से बंदूक की नाल दबा ली। अब दोनों एक दूसरे को ढकेलने लगे; पर कोलबालक चुपचाप खड़ा है। रामू ने कहा, ''मार, अब देखता क्या है?''

युवक, ''तुम इससे बहुत अच्छी तरह लड़ रहे हो।''

रामू, ''मारता क्यों नहीं?''

युवक, ''इसी तरह शायद हीरा से भी लड़ाई हुई थी, क्या तुम नहीं लड़ सकते?''

रामू, ''कौन, चंदा! तुम हो? आह, शीघ्र ही मारो, नहीं तो अब यह सबल हो रहा है।''

चंदा ने कहा, ''हाँ, लो मैं मारती हूँ, इसी छुरे से हमारे सामने तुमने हीरा को मारा था, यह वही छुरा है, यह तुझे दुःख से निश्चय ही छुड़ावेगा!'' इतना कहकर चंदा ने रामू की बगल में छुरा उतार दिया। वह छटपटाया। इतने ही में शेर को मौका मिला, वह भी रामू पर टूट पड़ा और उसका इति कर आप भी वहीं गिर पड़ा।

चंदा ने अपना छुरा निकाल लिया, और उसको चाँदनी में रंगा हुआ देखने लगी, फिर खिलखिलाकर हँसी और कहा, ''दरद दिल काहि सुनाऊँ प्यारे!'' फिर हँसकर कहा, ''हीरा! तुम देखते होगे, पर अब तो यह छुरा ही दिल की दाह सुनेगा।'' इतना कहकर अपनी छाती में उसे भोंक लिया और उसी जगह गिर गई, और कहने लगी...''हीरा...हम...तुमसे तुमसे...मिले ही...''

चन्द्रमा अपने मन्द प्रकाश में यह सब देख रहा था।

चित्तौड़-उद्धार

दीपमालाएँ आपस में कुछ हिल-हिलकर इंगित कर रही हैं, किन्तु मौन हैं। सज्जित मन्दिर में लगे हुए चित्र एकटक एक-दूसरे को देख रहे हैं, शब्द नहीं हैं। शीतल समीर आता है, किन्तु धीरे-से वातायन-पथ के पार हो जाता है, दो सजीव चित्रों को देखकर वह कुछ नहीं कह सकता है। पर्यंक पर भाग्यशाली मस्तक उन्नत किये हुए चुपचाप बैठा हुआ युवक, स्वर्ण-पुतली की ओर देख रहा है, जो कोने में निर्वात दीपशिखा की तरह प्रकोष्ठ को आलोकित किये हुए है। नीरवता का सुन्दर दृश्य, भाव-विभोर होने का प्रत्यक्ष प्रमाण, स्पष्ट उस गृह में आलोकित हो रहा है।

अकस्मात् गम्भीर कण्ठ से युवक उद्वेग में भर बोल उठा, ''सुन्दरी! आज से तुम मेरी धर्मपत्नी हो, फिर मुझसे संकोच क्यों?''

युवती कोकिल-स्वर से बोली, ''महाराजकुमार! यह आपकी दया है, जो दासी को अपनाना चाहते हैं, किन्तु वास्तव में दासी आपके योग्य नहीं है।''

युवक, ''मेरी धर्मपरिणीता वधू, मालदेव की कन्या अवश्य मेरे योग्य है। यह चाटूक्ति मुझे पसन्द नहीं। तुम्हारे पिता ने, यद्यपि वह मेरे चिर-शत्रु हैं, तुम्हारे ब्याह के लिए नारियल भेजा, और मैंने राजपूत धर्मानुसार उसे स्वीकार किया, फिर भी तुम्हारी जैसी सुन्दरी को पाकर हम प्रवंचित नहीं हुए और इसी अवसर पर अपने पूर्व-पुरुषों की जन्मभूमि का भी दर्शन मिला।''

''उदारहृदय राजकुमार! मुझे क्षमा कीजिये। देवता से छलना मनुष्य नहीं कर सकता। मैं इस सम्मान के योग्य नहीं कि पर्यंक पर बैठूँ, किन्तु चरण-प्रान्त में बैठकर एक बार नारी-जीवन का स्वर्ग भोग कर लेने में आपके जैसे देवता बाधा न देंगे।''

इतना कहकर युवती ने पर्यंक से लटकते हुए राजकुमार के चरणों को पकड़ लिया।

वीर कुमार हम्मीर अवाक् होकर देखने लगे। फिर उसका हाथ पकड़कर

पास में बैठा लिया। राजकुमारी शीघ्रता से उतरकर पलंग के नीचे बैठ गयी।

दाम्पत्य-सुख से अपरिचित कुमार की भँवें कुछ चढ़ गयीं, किन्तु उसी क्षण यौवन के नवीन उल्लास ने उन्हें उतार दिया। हम्मीर ने कहा, ''फिर क्यों तुम इतना उत्कण्ठित कर रही हो ? सुन्दरी ! कहो, क्या बात है ?''

राजकुमारी, ''मैं विधवा हूँ। सात वर्ष की अवस्था में, सुना है कि मेरा ब्याह हुआ और आठवें वर्ष में विधवा हुई। यह भी सुना है कि विधवा का शरीर अपवित्र होता है। तब, जगत्पवित्र शिशौदिया-कुल के कुमार को छूने का कैसे साहस कर सकती हूँ ?''

हम्मीर, ''हैं ! तुम क्या विधवा हो ? फिर तुम्हारा ब्याह पिता ने क्यों किया ?''

राजकुमारी, ''केवल देवता को अपमानित करने के लिये।''

हम्मीर की तलवार में स्वयं एक झनकार उत्पन्न हुई। फिर भी उन्होंने शान्त होकर कहा, ''अपमान इससे नहीं होता, किन्तु परिणीता वधू को छोड़ देने में अवश्य अपमान है।''

राजकुमारी, ''प्रभो ! पतिता को लेकर आप क्यों कलंकित होते हैं ?''

हम्मीर ने मुस्कुराकर कहा, ''ऐसे निर्दोष और सच्चे रत्न को लेकर कौन कलंकित हो सकता है ?''

राजकुमारी संकुचित हो गयी। हम्मीर ने हाथ पकड़कर उठाकर पलँग पर बैठाया, और कहा, ''आओ, तुम्हें मुझसे—समाज, संसार—कोई भी नहीं अलग कर सकता।''

राजकुमारी ने वाष्परुद्ध कण्ठ से कहा, ''इस अनाथिनी को सनाथ करके आपने चिर-ऋणी बनाया !'' और विह्वल होकर हम्मीर के अंक में सिर रख दिया।

~

कैलवाड़ा-प्रदेश के छोटे-से दुर्ग के एक प्रकोष्ठ में राजकुमार हम्मीर बैठे हुए चिन्ता में निमग्न हैं। सोच रहे थे, 'जिस दिन मुंज का सिर मैंने काटा, उसी दिन एक भारी बोझ मेरे सिर दिया गया, वह पितृव्य का दिया हुआ महाराणा-वंश का राजतिलक है, उसका पूरा निर्वाह जीवन भर करना कर्तव्य है। चित्तौड़ का उद्धार करना ही मेरा प्रधान लक्ष्य है। पर देखूँ, ईश्वर कैसे इसे पूरा करता है। इस छोटी-सी सेना से, यथोचित धन का अभाव रहते, वह क्योंकर हो सकता है ? रानी मुझे चिन्ताग्रस्त देखकर यही समझती है कि विवाह ही मेरे चिन्तित होने का कारण है। मैं उसकी ओर देखकर मालदेव पर कोई अत्याचार करने पर संकुचित होता हूँ। ईश्वर की कृपा से एक पुत्र भी हुआ, किन्तु मुझे नित्य चिन्तित देखकर रानी पिता

के यहाँ चली गयी है। यद्यपि देवता-पूजन करने के लिये ही वहाँ उनका जाना हुआ है, किन्तु मेरी उदासीनता भी कारण है। भगवान एकलिंगेश्वर कैसे इस दु:साध्य कार्य को पूर्ण करते हैं, यह वही जानें।'

इसी तरह की अनेक विचार-तरंगें मानस में उठ रही थीं। सन्ध्या की शोभा सामने की गिरि-श्रेणी पर अपनी लीला दिखा रही है, किन्तु चिन्तित हम्मीर को उसका आनन्द नहीं। देखते-देखते अन्धकार ने गिरिप्रदेश को ढँक लिया। हम्मीर उठे, वैसे ही द्वारपाल ने आकर कहा, ''महाराज विजयी हों। चित्तौड़ से महारानी का भेजा हुआ एक सैनिक आया है।''

थोड़ी ही देर में सैनिक लाया गया और अभिवादन करने के बाद उसने एक पत्र हम्मीर के हाथ में दिया। हम्मीर ने उसे लेकर सैनिक को विदा किया, और पत्र पढ़ने लगे—

'प्राणनाथ जीवनसर्वस्व के चरणों में कोटिश: प्रणाम।'

देव! आपकी कृपा ही मेरे लिये कुशल है। मुझे यहाँ आये इतने दिन हुए, किन्तु एक बार भी आपने पूछा नहीं। इतनी उदासीनता क्यों? क्या, साहस में भरकर जो मुझे आपने स्वीकार किया, उसका प्रतिकार कर रहे हैं? देवता! ऐसा न चाहिए। मेरा अपराध ही क्या? मैं आपका चिन्तित मुख नहीं देख सकती, इसीलिए कुछ दिनों के लिए यहाँ चली आयी हूँ, किन्तु बिना उस मुख को देखे भी शान्ति नहीं। अब कहिये, क्या करूँ? देव! जिस भूमि की दर्शनाभिलाषा ने ही आपको मुझसे ब्याह करने के लिये बाध्य किया, उसी भूमि में आने से मेरा हृदय अब कहता है कि आप ब्याह करके पश्चाताप कर रहे हैं, किन्तु आपकी उदासीनता केवल चित्तौड़-उद्धार के लिये है। मैं इसमें बाधा-स्वरूप आपको दिखाई पड़ती हूँ। मेरे ही स्नेह से आप पिता के ऊपर चढ़ाई नहीं कर सकते, और पितरों के ऋण से उद्धार नहीं पा रहे हैं। इस जन्म में तो आपसे उद्धार नहीं पा सकती और पाने की इच्छा भी नहीं—कभी, किसी भी जन्म में। चित्तौड़-अधिष्ठात्री देवी ने मुझे स्वप्न में जो आज्ञा दी है, मैं उसी कार्य के लिये रुकी हूँ। पिता इस समय चित्तौड़ में नहीं हैं, इससे यह न समझिये कि मैं आपको कायर समझती हूँ, किन्तु इसलिए कि युद्ध में उनके न रहने से उनकी कोई शारीरिक क्षति नहीं होगी। मेरे कारण जिसे आप बचाते हैं, वह बात बच जायेगी। सरदारों से रक्षित चित्तौड़-दुर्ग के वीर सैनिकों के साथ सम्मुख युद्ध में इस समय विजय प्राप्त कर सकते हैं। मुझे निश्चय है, भवानी आपकी रक्षा करेंगी। और, मुझे चित्तौड़ से अपने साथ न ले जाकर यहीं सिंहासन पर बैठिये। दासी चरण-सेवा करके कृतार्थ होगी।'

~

चित्तौड़ : दुर्ग के सिंहद्वार पर एक सहस्र राजपूत-सवार और उतने ही भील-धनुर्धर पदातिक उन्मुक्त शस्त्र लिये हुए 'महाराणा हम्मीर की जय' का भीम-नाद कर रहे हैं।

दुर्ग : रक्षक सचेष्ट होकर बुर्जियों पर से अग्नि-वर्षा करा रहा है, किन्तु इन दृढ़ प्रतिज्ञ वीरों को हटाने में असमर्थ है। दुर्गद्वार बंद है। आक्रमणकारियों के पास दुर्गद्वार तोड़ने का कोई साधन नहीं है, तो भी वे अदम्य उत्साह से आक्रमण कर रहे हैं। वीर हम्मीर कतिपय उत्साही वीरों के साथ अग्रसर होकर प्राचीर पर चढ़ने का उद्योग करने लगे, किन्तु व्यर्थ, कोई फल नहीं हुआ। भीलों की बाण-वर्षा से हम्मीर का शत्रुपक्ष निर्बल होता था, पर वे सुरक्षित थे। चारों ओर भीषण हत्याकाण्ड हो रहा है। अकस्मात् दुर्ग का सिंहद्वार सशब्द खुला।

हम्मीर की सेना ने समझा कि शत्रु मैदान में, युद्ध करने के लिये आ गये, बड़े उल्लास से आक्रमण किया गया। किन्तु देखते हैं तो सामने एक सौ क्षत्राणियाँ हाथ में तलवार लिये हुए दुर्ग के भीतर खड़ी हैं! हम्मीर पहले तो संकुचित हुए, फिर जब देखा कि स्वयं राजकुमारी ही उन क्षत्राणियों की नेत्री हैं और उनके हाथ में भी तलवार है, तो वह आगे बढ़े। राजकुमारी ने प्रणाम करके तलवार महाराणा के हाथों में दे दी, राजपूतों ने भीम-नाद के साथ 'एकलिंग की जय' घोषित किया।

वीर हम्मीर अग्रसर नहीं हो रहे हैं। दुर्ग से रक्षक ससैन्य उसी स्थान पर आ गया, किन्तु वहाँ का दृश्य देखकर वह भी अवाक् हो गया। हम्मीर ने कहा, सेनापते! मैं इस तरह दुर्ग-अधिकार पाकर तुम्हें बन्दी नहीं करना चाहता, तुम ससैन्य स्वतन्त्र हो। यदि इच्छा हो, तो युद्ध करो। चित्तौड़-दुर्ग राणा-वंश का है। यदि हमारा होगा, तो एकलिंग-भगवान् की कृपा से उसे हम हस्तगत करेंगे ही।''

दुर्ग-रक्षक ने कुछ सोचकर कहा, ''भगवान की इच्छा है कि आपको आपका पैतृक दुर्ग मिले, उसे कौन रोक सकता है? सम्भव है कि इसमें राजपूतों की भलाई हो। इससे बन्धुओं का रक्तपात हम नहीं कराना चाहते। आपको चित्तौड़ का सिंहासन सुखद हो, देश की श्री-वृद्धि हो, हिन्दुओं का सूर्य मेवाड़-गगन में एक बार फिर उदित हो।'' भील, राजपूत, शत्रुओं ने मिलकर महाराणा का जयनाद किया, दुन्दुभि बज उठी। मंगल-गान के साथ सपत्नीक हम्मीर पैतृक सिंहासन पर आसीन हुए। अभिवादन ग्रहण कर लेने पर महाराणा ने महिषी से कहा, ''क्या अब भी तुम कहोगी कि तुम हमारे योग्य नहीं हो?''

गुलाम

फूल नहीं खिलते हैं, बेले की कलियाँ मुरझाई जा रही हैं। समय में नीरद ने सींचा नहीं, किसी माली की भी दृष्टि उस ओर नहीं घूमी; अकाल में बिना खिले कुसुम-कोरक म्लान होना ही चाहता है। अकस्मात् डूबते सूर्य की पीली किरणों की आभा से चमकता हुआ एक बादल का टुकड़ा स्वर्ण-वर्षा कर गया। परोपकारी पवन उन छींटों को ढकेलकर उन्हें एक कोरक पर लाद गया। भला इतना भार वह कैसे सह सकता है! सब ढुलककर धरणी पर गिर पड़े। कोरक भी कुछ हरा हो गया।

यमुना के बीच धारा में एक छोटी, पर बहुत ही सुन्दर तरणी, मन्द पवन के सहारे धीरे-धीरे बह रही है। सामने के महल से अनेक चन्द्रमुख निकलकर उसे देख रहे हैं। चार कोमल सुन्दरियाँ डाँड़ें चला रही हैं, और एक बैठी हुई सितार बजा रही है। सामने, एक भव्य पुरुष बैठा हुआ उसकी ओर निर्निमेष दृष्टि से देख रहा है।

पाठक! यह प्रसिद्ध शाहआलम दिल्ली के बादशाह हैं। जलक्रीड़ा हो रही है।

सान्ध्य-सूर्य की लालिमा जीनत-महल के अरुण मुख-मण्डल की शोभा और भी बढ़ा रही है। प्रणयी बादशाह उस आतप-मण्डित मुखारविन्द की ओर सतृष्ण नयनों से देख रहे हैं, जिस पर बार-बार गर्व और लज्जा का रंग चढ़ता-उतरता है और इसी कारण सितार का स्वर भी बहुत शीघ्र चढ़ता-उतरता है। संगीत, तार पर चढ़कर दौड़ता हुआ, व्याकुल होकर घूम रहा है; क्षण-भर भी विश्राम नहीं।

जीनत के मुख-मण्डल पर स्वेद-बिन्दु झलकने लगे। बादशाह ने व्याकुल होकर कहा, ''बस करो, प्यारी जीनत! बस करो! बहुत अच्छा बजाया, वाह, क्या बात है! साकी, एक प्याला शीराजी शर्बत!''

''हुजूर आया,'' कहता हुआ एक सुकुमार बालक सामने आया, हाथ में पान-पात्र था। उस बालक की मुख-कान्ति दर्शनीय थी। भरा प्याला छलकना चाहता था, इधर घुँघराली अलकें उसकी आँखों पर बरजोरी एक पर्दा डालना चाहती थीं। बालक प्याले को एक हाथ में लेकर जब केश-गुच्छ को हटाने लगा,

तब जीनत और शाहआलम दोनों चकित होकर देखने लगे। अलकें अलग हुईं। बेगम ने एक ठण्डी साँस ली। शाहआलम के मुख से भी एक आह निकलना ही चाहती थी, पर उसे रोककर निकल पड़ा, ''बेगम को दो।''

बालक ने दोनों हाथों से पान-पात्र जीनत की ओर बढ़ाया। बेगम ने उसे लेकर पान कर लिया।

नहीं कह सकते कि उस शर्बत ने बेगम को कुछ तरी पहुँचाई या गर्मी; किन्तु हृदय-स्पन्दन अवश्य कुछ बढ़ गया। शाहआलम ने झुककर कहा, ''एक और!''

बालक विचित्र गति से पीछे हटा और थोड़ी देर में दूसरा प्याला लेकर उपस्थित हुआ। पान-पात्र निश्शेष कर शाहआलम ने हाथ कुछ और फैला दिया, और बालक की ओर इंगित करके बोले, ''कादिर, ज़रा उँगलियाँ तो बुला दे।''

बालक अदब से सामने बैठ गया और उनकी उँगलियों को हाथ में लेकर बुलाने लगा।

मालूम होता है कि जीनत को शर्बत ने कुछ ज्यादा गर्मी पहुँचाई। वह छोटे बजरे के मेहराब में से झुककर यमुना-जल छूने लगी। कलेजे के नीचे एक मखमली तकिया मसला जाने लगा, या न मालूम वही कामिनी के वक्षस्थल को पीड़ा पहुँचाने लगा।

शाहआलम की उँगलियाँ, उस कोमल बाल-रवि-कर-समान स्पर्श से, कलियों की तरह चटकने लगीं। बालक की निर्निमेष दृष्टि आकाश की ओर थी। अकस्मात् बादशाह ने कहा, ''मीना! ख्वाजा-सरा से कह देना कि इस कादिर को अपनी खास तालीम में रखें, और उसके सुपुर्द कर देना।''

एक डाँड़े चलाने वाली ने झुककर कहा, ''बहुत अच्छा हुज़ूर!''

बेगम ने अपने सीने से तकिये को और दबा दिया; किन्तु वह कुछ न बोल सकी, दबकर रह गयी।

~

उपर्युक्त घटना को बहुत दिन बीत गये। गुलाम कादिर अब अच्छा युवक मालूम होने लगा। उसका उन्नत स्कन्ध, भरी-भरी बाँहें और विशाल वक्षस्थल बड़े सुहावने हो गये। किन्तु कौन कह सकता है कि वह युवक है। ईश्वरीय नियम के विरुद्ध उसका पुंसत्व छीन लिया गया है।

कादिर, शाहआलम का प्यारा गुलाम है। उसकी तूती बोल रही है, सो भी कहाँ? शाही नौबतखाने के भीतर।

दीवाने-आम में अच्छी सज-धज है। आज कोई बड़ा दरबार होने वाला है।

सब पदाधिकारी अपनी योग्यतानुसार वस्त्राभूषण से सजकर अपने-अपने स्थान को सुशोभित करने लगे। शाहआलम भी तख्त पर बैठ गये। तुला-दान होने के बाद बादशाह ने कुछ लोगों का मनसब बढ़ाया और कुछ को ईनाम दिया। किसी को हर्बे दिये गये; किसी की पदवी बढ़ायी गयी; किसी की तनख्वाह बढ़ी।

किन्तु बादशाह यह सब करके भी तृप्त नहीं दिखाई पड़ते। उनकी निगाहें किसी को खोज रही हैं। वे इशारा कर रही हैं कि उन्हीं से काम निकल जाए, रसना को बोलना न पड़े; किन्तु करें क्या? वह हो नहीं सकता था। बादशाह ने एक तरफ़ देखकर कहा, ''गुलाम कादिर!''

कादिर अपने कमरे में कपड़े पहनकर तैयार है, केवल कमरबंद में एक जड़ाऊ दस्ते की कटार लगाना बाकी है, जिसे बादशाह ने उसे प्रसन्न होकर दिया है। कटार लगाकर एक बड़े दर्पण में मुँह देखने की लालसा से वह उस ओर बढ़ा। दर्पण के सामने खड़े होकर उसने देखा, अपरूप सौन्दर्य! किसका? अपना ही। सचमुच कादिर की दृष्टि अपनी आँखों पर से नहीं हटती। मुग्ध होकर वह अपना रूप देख रहा है।

उसका पुरुषोचित सुन्दर मुख-मण्डल तारुण्य-सूर्य के आतप से आलोकित हो रहा है। दोनों भरे हुए कपोल प्रसन्नता से बार-बार लाल हो आते हैं, आँखें हँस रही हैं। सृष्टि सुन्दरतम होकर उसके सामने विकसित हो रही है।

प्रहरी ने आकर कहा, ''जहाँपनाह ने दरबार में याद किया है।''

कादिर चौंक उठा और उसका रंग उड़ गया। वह सोचने लगा कि उसका रूप और तारुण्य कुछ नहीं है, किसी काम का नहीं। मनुष्य की सारी सम्पत्ति उससे ज़बरदस्ती छीन ली गयी है।

कादिर का जीवन भार हो उठा। निरभ्र, गगन में पावसघन घिर उठे। उसके प्राण तलमला उठे और वह व्याकुल होकर चाहता था कि दर्पण फोड़ दे।

क्षण-भर में सारी प्रसन्नता मिट्टी में मिल गयी। जीवन दु:सह हो उठा। दाँत आपस में घिस उठे और कटार भी कमर से बाहर निकलने लगी।

कादिर कुछ शान्त हुआ। कुछ सोचकर धीरे-धीरे दरबार की ओर चला। बादशाह के सामने पहुँचकर यथोचित अभिवादन किया।

शाहआलम, ''कादिर! इतनी देर तक कहाँ रहा?''

कादिर, ''जहाँपनाह! गुलाम की खता माफ़ हो।''

शाहआलम (हँसते हुए), ''खता कैसी, कादिर?''

कादिर (जलकर), ''हुजूर, देर हुई।''

शाहआलम, ''अच्छा, उसकी सज़ा दी जायेगी।''

कादिर (अदब से), ''लेकिन हुज़ूर, मेरी भी कुछ अर्ज़ है।''

बादशाह ने पूछा, ''क्या?''

कादिर ने कहा, ''मुझे यही सज़ा मिले कि मैं कुछ दिनों के लिये देहली से निकाल दिया जाऊँ।''

शाहआलम ने कहा, ''सो तो बहुत बड़ी सज़ा है कादिर, ऐसा नहीं हो सकता। मैं तुम्हें कुछ ईनाम देना चाहता हूँ, ताकि वह यादगार रहे, और तुम फिर ऐसा कुसूर न करो।''

कादिर ने हाथ बाँधकर कहा, ''हुज़ूर! ईनाम में मुझे छुट्टी ही मिल जाए, ताकि कुछ दिनों तक मैं अपने बूढ़े बाप की खिदमत कर सकूँ।''

शाहआलम (चौंककर), ''उसकी खिदमत के लिये मेरी दी हुई जागीर काफ़ी है। सहारनपुर में उसकी आराम से गुज़रती है।''

कादिर ने गिड़गिड़ाकर कहा, ''लेकिन जहाँपनाह, लड़का होकर मेरा भी कोई फ़र्ज़ है।''

शाहआलम ने कुछ सोचकर कहा, ''अच्छा, तुम्हें रुख़्सत मिली और यादगार की तरह तुम्हें एक-हज़ारी मनसब अता किया जाता है, ताकि तुम वहाँ से लौट आने में फिर देर न करो।''

उपस्थित लोग 'करामात', 'हुज़ूर का एकबाल और बुलन्द हो' की धुन मचाने लगे। गुलाम कादिर अनिच्छा रहते उन लोगों का साथ देता था और अपनी हार्दिक प्रसन्नता प्रकट करने की कोशिश करता था।

~

भारत के सपूत, हिन्दुओं के उज्ज्वल रत्न छत्रपति महाराज शिवाजी ने जो अध्यवसाय और परिश्रम किया, उसका परिणाम मराठों को अच्छा मिला, और उन्होंने भी जब तक उस पूर्व-नीति को अच्छी तरह से माना, लाभ उठाया। शाहआलम के दरबार में क्या—भारत में—आज मराठा-वीर सिन्धिया ही नायक समझा जाता है। सिन्धिया की विपुल वाहिनी के बल से शाहआलम नाममात्र को दिल्ली के सिंहासन पर बैठे हैं। बिना सिन्धिया के मंज़ूर किये बादशाह-सलामत रत्ती-भर हिल नहीं सकते। सिन्धिया दिल्ली और उसके बादशाह के प्रधान रक्षक हैं। शाहआलम का मुगल रक्त सर्द हो चुका है।

सिन्धिया आपस के झगड़े तय करने के लिये दक्खिन चला गया है। 'मंसूर' नामक कर्मचारी ही इस समय बादशाह का प्रधान सहायक है। शाहआलम का पूरा

शुभचिन्तक होने पर भी वह हिन्दू सिन्धिया की प्रधानता से भीतर-भीतर जला करता था।

जला हुआ, विद्रोह का झंडा उठाये, इसी समय, गुलाम कादिर रुहेलों के साथ सहारनपुर से आकर दिल्ली के उस पार डेरा डाले पड़ा है। मंसूर उसके लिये हर तरह से तैयार है। एक बार वह भुलावे में आकर चला गया है। अबकी बार उसकी इच्छा है कि वजारत वही करे।

बूढ़े बादशाह संगमरमर के मीनाकारी किये हुए बुर्ज में गावतकिये के सहारे लेटे हुए हैं। मंसूर सामने हाथ बाँधे खड़ा है। शाहआलम ने भरी हुई आवाज़ में पूछा, ''क्यों मंसूर! क्या गुलाम कादिर सचमुच दिल्ली पर हमला करके तख्त छीनना चाहता है? क्या उसको इसीलिए हमने इस मरतबे पर पहुँचाया? क्या सबका आखिरी नतीजा यही है? बोलो, साफ़ कहो। रुको मत, जिसमें कि तुम बात बना सको।''

मंसूर, ''जहाँपनाह! वह तो गुलाम है। फ़कत हुजूर की कदमबोसी हासिल करने के लिये आया है। और, उसकी तो यही अर्ज़ी है कि हमारे आका शहंशाह-हिन्द एक काफ़िर के हाथ की पुतली न बने रहें। अगर हुक्म दें, तो क्या यह गुलाम वह काम नहीं कर सकता?''

शाहआलम, ''मंसूर! इसके माने?''

मंसूर, ''बंद:परवर! वह दिल्ली की वजारत के लिये अर्ज़ करता है और गुलामी में हाज़िर होना चाहता है। उसे तो सिन्धिया से रंज है, हुजूर तो उसके मेहरबान आका हैं।''

शाहआलम (ज़रा तनकर), ''हाँ मंसूर, उसे हमने बचपन से पाला है, और इस लायक बनाया।''

मंसूर (मन में), ''और उसे आपने ही, खुद-गरजी से—जो काबिले-नफ़रत थी—दुनिया के किसी काम का न रखा, जिसके लिये वह जी से जला हुआ है।''

शाहआलम, ''बोलो मंसूर! चुप क्यों हो? क्या वह एहसान-फ़रामोश है?''

मंसूर, ''हुजूर! फिर, गुलाम खिदमत में बुलाया जावे?''

शाहआलम, ''वजारत देने में मुझे कोई उज्र नहीं है। वह सँभाल सकेगा?''

मंसूर, ''हुजूर, अगर वह न सँभाल सकेगा, तो उसको वही झेलेगा। सिन्धिया खुद उससे समझ लेगा।''

शाहआलम, ''हाँ जी, सिन्धिया से कह दिया जाएगा कि लाचारी से उसको वजारत दी गयी। तुम थे नहीं, उसने जबर्दस्ती वह काम अपने हाथ में लिया।''

मंसूर, ''और इससे मुसलमान रियाया भी हुज़ूर से खुश हो जाएगी। तो, उसे हुक्म आने का भेज दिया जाए ?''

शाहआलम, ''बेहतर।''

~

दिल्ली के दुर्ग पर गुलाम कादिर का पूर्ण अधिकार हो गया है। बादशाह के कर्मचारियों से सब काम छीन लिया गया है। रुहेलों का किले पर पहरा है। अत्याचारी गुलाम महलों की सब चीज़ों को लूट रहा है। बेचारी बेगमें अपमान के डर से पिशाच रुहेलों के हाथ, अपने हाथ से अपने आभूषण उतारकर दे रही हैं। पाशविक अत्याचार की मात्रा अब भी पूर्ण नहीं हुई। दीवाने-खास में सिंहासन पर बादशाह बैठे हैं। रुहेलों के साथ गुलाम कादिर उसे घेरकर खड़ा है।

शाहआलम, ''गुलाम कादिर, अब बस कर! मेरे हाल पर रहम कर, सब कुछ तूने कर लिया। अब मुझे क्यों नाहक परेशान करता है ?''

गुलाम, ''अच्छा इसी में है कि अपना छिपा खज़ाना बता दो।''

एक रुहेला, ''हाँ,हाँ, हम लोगों के लिये भी तो कुछ चाहिए।''

शाहआलम, ''कादिर! मेरे पास कुछ नहीं है। क्यों मुझे तकलीफ़ देता है ?''

कादिर, ''मालूम होता है, सीधी उँगली से घी नहीं निकलेगा।''

शाहआलम, ''मैंने तुझे इस लायक इसलिए बनाया कि तू मेरी इस तरह बेइज़्ज़ती करे ?''

कादिर, ''तुम्हारे-जैसों के लिये इतनी ही सज़ा काफ़ी नहीं है। नहीं देखते हो कि मेरे दिल में बदले की आग जल रही है, मुझे तुमने किस काम का रखा ? हाय! मेरी सारी कार्रवाई फ़िजूल है, मेरा सब तुमने लूट लिया है। बदला कहता है कि तुम्हारा गोश्त मैं अपने दाँतों से नोच डालूँ।''

शाहआलम, ''बस कादिर! मैं अपनी खता कुबूल करता हूँ। उसे माफ़ कर! या तो अपने हाथों से मुझे कत्ल कर डाल! मगर इतनी बेइज़्ज़ती न कर!''

गुलाम कादिर, ''अच्छा, वह तो किया ही जायेगा! मगर खजाना कहाँ है ?''

शाहआलम, ''कादिर! मेरे पास कुछ नहीं है!''

गुलाम कादिर, ''अच्छा, तो उतर आएँ तख्त से, देर न करें!''

शाहआलम, ''कादिर! मैं इसी पर बैठा हूँ, जिस पर बैठकर तुझे हुक्म दिया करता था। आ, इसी जगह खंजर से मेरा काम तमाम कर दे।''

''वही होगा,'' कहता हुआ नर-पिशाच कादिर तख्त की ओर बढ़ा। बूढ़े बादशाह को तख्त से घसीटकर नीचे ले आया और उन्हें पटककर छाती पर चढ़

बैठा। खंजर की नोक कलेजे पर रखकर कहने लगा, ''अब भी अपना खज़ाना बताओ, तो जान सलामत बच जायेगी।''

शाहआलम गिड़गिड़ाकर कहने लगे कि ऐसी जिन्दगी की ज़रूरत नहीं है। अब तू अपना खंजर कलेजे के पार कर!

कादिर, ''लेकिन इससे क्या होगा! अगर तुम मर जाओगे, तो मेरे कलेजे की आग किसे झुलसायेगी; इससे बेहतर है कि मुझसे जैसी चीज़ छीन ली गयी है, उसी तरह की कोई चीज़ तुम्हारी भी ली जाए। हाँ, इन्हीं आँखों से मेरी खूबसूरती देखकर तुमने मुझे दुनिया के किसी काम का न रखा। लो, मैं तुम्हारी आँखें निकालता हूँ, जिससे मेरा कलेजा कुछ ठण्डा होगा।''

इतना कह कर कादिर ने कटार से शाहआलम की दोनों आँखें निकाल लीं। रोशनी की जगह उन गड्ढों से रक्त के फुहारे निकलने लगे। निकली हुई आँखों को कादिर की आँखें प्रसन्नता से देखने लगीं।

वैरागी

पहाड़ की तलहटी में एक छोटा-सा समतल भूमि खंड था। मौलसिरी, अशोक, कदम और आम के वृक्षों का एक हरा-भरा कुटुम्ब उसे आबाद किये हुए था। दो-चार छोटे-छोटे फूलों के पौधे कोमल मृत्तिका के थालों में लगे थे। सब आर्द्र और सरस थे। तपी हुई लू और प्रभात का मलय-पवन, एक क्षण के लिए इस निभृत कुंज में विश्राम कर लेते। भूमि लिपि हुई स्वच्छ, एक तिनके का कहीं नाम नहीं, और सुन्दर वेदियों और लता-कुंजों से अलंकृत थी।

यह एक वैरागी की कुटी थी, और तृण-कुटीर—उस पर लता-वितान, कुशासन और कम्बल, कमंडल और वल्कल उतने ही अभिराम थे, जितने किसी राजमन्दिर में कला-कुशल शिल्पी के उत्तम शिल्प।

एक शिलाखंड पर वैरागी पश्चिम की ओर मुँह किये ध्यान में निमग्न था। अस्त होनेवाले सूर्य की अन्तिम किरणें उसकी बरौनियों में घुसना चाहती थीं, परन्तु वैरागी अटल, अचल था। बदन पर मुस्कराहट और अंग पर ब्रह्मचर्य की रुक्षता थी। यौवन की अग्नि निर्वेद की राख से ढँकी थी। शिलाखंड के नीचे ही पगडंडी थी। पशुओं का झुंड उसी मार्ग से पहाड़ी गोचर-भूमि से लौट रहा था। गोधूलि मुक्त गगन के अंक में आश्रय खोज रही थी। किसी ने पुकारा, ''आश्रय मिलेगा?''

वैरागी का ध्यान टूटा। उसने देखा, सचमुच मलिन-वसना गोधूलि उसके आश्रम में आश्रय माँग रही है। अँचल छिन्न, बालों की लटें, फटे हुए कम्बल के समान माँसल वक्ष और स्कन्ध को ढँकना चाहती थीं। गैरिक वसन जीर्ण और मलिन। सौन्दर्य-विकृत आँखें कह रही थीं कि उन्होंने उमंग की रातें जगते हुए बिताई हैं। वैरागी अकस्मात् आँधी के झोंके में पड़े हुए वृक्ष के समान तिलमिला गया। उसने धीरे से कहा, ''स्वागत अतिथि। आओ।''

रजनी के घने अन्धकार में तृण-कुटीर, वृक्षावली, जगमगाते हुए नक्षत्र, धुँधले चित्रपट के सदृश प्रतिभासित हो रहे थे। स्त्री अशोक के नीचे वेदी पर बैठी थी, वैरागी अपने कुटीर के द्वार पर।

स्त्री ने पूछा, ''जब तुमने अपना सोने का संसार पैरों से ठुकरा दिया, पुत्र-मुख-दर्शन का सुख, माता का अंक, यश-विभव, सब छोड़ दिया, तब इस तुच्छ भूमिखंड पर इतनी ममता क्यों ? इतना परिश्रम, इतना यत्न किसलिए ?''

''केवल तुम्हारे जैसे अतिथियों की सेवा के लिए। जब कोई आश्रयहीन महलों से ठुकरा दिया जाता है, तब उसे ऐसे ही आश्रय-स्थान अपने अंक में विश्राम देते हैं। मेरा परिश्रम सफल हो जाता है—जब कोई कोमल शय्या पर सोने वाला प्राणी इस मुलायम मिट्टी पर थोड़ी देर विश्राम करके सुखी हो जाता है।''

''कब तक तुम ऐसा किया करोगी ?''

''अनन्त काल तक प्राणियों की सेवा का सौभाग्य मुझे मिले।''

''तुम्हारा आश्रय कितने दिनों के लिए है ?''

''जब तक उसे दूसरा आश्रय न मिले।''

''मुझे इस जीवन में कहीं आश्रय नहीं, और न मिलने की सम्भावना है।''

''जीवन-भर ?'' आश्चर्य से वैरागी ने पूछा।

''हाँ।'' युवती के स्वर में विकृति थी।

''क्या तुम्हें ठंड लग रही है ?'' वैरागी ने पूछा।

''हाँ।'' उसी प्रकार उत्तर मिला।

वैरागी ने कुछ सूखी लकड़ियाँ सुलगा दीं। अन्धकार-प्रदेश में दो-तीन चमकीली लपटें उठने लगीं। एक धुँधला प्रकाश फैल गया। वैरागी ने एक कम्बल लाकर स्त्री को दिया। उसे ओढ़कर वह बैठ गई। निर्जन प्रान्त में दो व्यक्ति। अग्नि-प्रज्ज्वलित पवन ने एक थपेड़ा दिया। वैरागी ने पूछा, ''कब तक बाहर बैठोगी ?''

''रात बिता कर चली जाऊँगी, कोई आश्रय खोजूँगी; क्योंकि यहाँ रह कर बहुतों के सुख में बाधा डालना ठीक नहीं। इतने समय के लिए कुटी में क्यों आऊँ ?''

वैरागी को जैसे बिजली का धक्का लगा। वह प्राणपण से बल संकलित करके बोला, ''नहीं-नहीं, तुम स्वतन्त्रता से यहाँ रह सकती हो।''

''इस कुटी का मोह तुमसे नहीं छूटा। मैं उसमें समभागी होने का भय तुम्हारे लिए उत्पन्न करूँगी,'' कहकर स्त्री ने सिर नीचा कर लिया। वैरागी के हृदय में सनसनी हो रही थी। वह न जाने क्या करने जा रहा था, सहसा बोल उठा—

''मुझे कोई पुकारता है, तुम इस कुटी को देखना!'' यह कहकर वैरागी अन्धकार में विलीन हो गया। स्त्री अकेली रह गई।

पथिक लोग बहुत दिन तक देखते रहे कि एक पीला मुख उस तृण-कुटीर से झाँककर प्रतीक्षा के पथ में पलक-पाँवड़े बिछाता रहा।

रूप की छाया

कशी के घाटों की सौध-श्रेणी जाह्नवी के पश्चिमी तट पर धवल शैलमाला सी खड़ी है। उनके पीछे दिवाकर छिप चुके। सीढ़ियों पर विभिन्न वेश-भूषा वाले भारत के प्रत्येक प्रान्त के लोग टहल रहे हैं। कीर्तन, कथा और कोलाहल से जाह्नवी तट पर चहल-पहल है।

एक युवती भीड़ से अलग एकान्त में ऊँची सीढ़ी पर बैठी हुई भिखारी का गीत सुन रही है, युवती कानों से गीत सुन रही है, आँखों के सामने का दृश्य देख रही है। हृदय शून्य था, तारा-मंडल के विराट गगन के समान शून्य और उदास। सामने गंगा के उस पार चमकीली रेत बिछी थी। उसके बाद वृक्षों की हरियाली और ऊपर नीला आकाश, जिसमें पूर्णिमा का चन्द्र, फीके बादल के गोल टुकड़े के सदृश, अभी दिन रहते ही गंगा के ऊपर दिखाई दे रहा है। जैसे मन्दाकिनी में जल-विहार करने वाले किसी देव-द्वन्द्व की नौका का गोल पाल। दृश्य के स्वच्छ पट में काले-काले बिन्दु दौड़ते हुए निकल गये। युवती ने देखा, वह किसी उच्च मन्दिर में से उड़े हुए कपोतों का एक झुंड था। दृष्टि फिर कर वहाँ गई जहाँ टूटी काठ की चौकी पर, विवर्ण मुख, लम्बे असंयत बाल और फटा कोट पहने एक युवक कोई पुस्तक पढ़ने में निमग्न था।

युवती का हृदय फड़कने लगा। वह उतर कर एक बार युवक के पास तक आई, फिर लौट गई। सीढ़ियों के ऊपर चढ़ते-चढ़ते उसकी एक प्रौढ़ा संगिनी मिल गई। उससे बड़ी घबराहट में युवती ने कुछ कहा और स्वयं वहाँ से चली गई।

प्रौढ़ा ने आकर युवक के एकान्त अध्ययन में बाधा दी और पूछा, ''तुम विद्यार्थी हो?''

''हाँ, मैं हिन्दू-स्कूल में पढ़ता हूँ।''

''क्या तुम्हारे घर के लोग यहीं हैं?''

''नहीं, मैं एक विदेशी, निस्सहाय विद्यार्थी हूँ।''

''तब तुम्हें सहायता की आवश्यकता है।''

''यदि मिल जाए, मुझे रहने के स्थान का बड़ा कष्ट है।''

''हम लोग दो-तीन स्त्रियाँ हैं। कोई अड़चन न हो तो हम लोगों के साथ रह सकते हो।''

''बड़ी प्रसन्नता से, आप लोगों का कोई छोटा-मोटा काम भी कर दिया करूँगा।''

''अभी चल सकते हो।''

''कुछ पुस्तकें और सामान है, उन्हें लेता आऊँ।''

''ले आओ मैं बैठी हूँ।''

युवक चला गया।

~

गंगा-तट पर एक कमरे में उज्ज्वल प्रकाश फैल रहा था। युवक विद्यार्थी, बैठा हुआ ब्यालू कर रहा था। अब वह कॉलेज के छात्रों में है। उसका रहन-सहन बदल गया है। वह एक सुरुचि-सम्पन्न युवक हो गया है। अभाव उससे दूर हो गए थे।

प्रौढ़ा परसती हुई बोली, ''क्यों शैलनाथ! तुम्हें अपनी चाची का स्मरण होता है?''

''नहीं तो, मेरे कोई चाची नहीं है।''

दूर बैठी हुई युवती ने कहा, ''जो अपनी स्मृति के साथ विश्वासघात करता है उसे कौन स्मरण दिला सकता है।''

युवक ने हँसकर इस व्यंग्य को उड़ा दिया। चुपचाप घड़ी का टिक-टिक शब्द सुनता और मुँह चलता जा रहा था। मन में मनोविज्ञान का पाठ सोचता जाता था, 'मन क्यों एक बार एक ही विषय का विचार कर सकता है?'

प्रौढ़ा चली गई। युवक हाथ-मुँह धो चुका था। सरला ने पान बनाकर दिया और कहा, ''क्या एक बात मैं भी पूछ सकती हूँ?''

''उत्तर देने ही में तो छात्रों का समय बीतता है, पूछिए।''

''कभी तुम्हें रामगाँव का स्मरण होता है? यमुना की लोल-लहरियों में से निकलता हुआ अरुण और उसके श्यामल तट का प्रभात स्मरण होता है? स्मरण होता है एक दिन हम लोग कार्तिक पूर्णिमा स्नान को गये थे, मैं बालिका थी, तुमने मुझे फिसलते देखकर हाथ पकड़ लिया था, इस पर साथ की और स्त्रियाँ हँस पड़ी थीं, तुम लज्जित हो गए थे।''

25 वर्ष के युवा छात्र ने अपने जीवन-भर में जैसे आज ही एक आश्चर्य की बात सुनी हो, वह बोल उठा, ''नहीं तो।''

~

कई दिन बीत गए।

गंगा के स्थिर जल में पैर डाले हुए, नीचे की सीढ़ियों पर सरला बैठी हुई थी। कारुकार्य-खचित कंचुकी के ऊपर कन्धे के पास सिकुड़ी हुई साड़ी; आधा खुला हुआ सिर, बंकिमग्रीवा और मस्तक में कुंकुम-बिन्दु—महीन चार में—सब अलग-अलग दिखाई दे रहे थे। मोटी पलकों वाली बड़ी-बड़ी आँखें गंगा के हृदय में से मछलियों को ढूँढ निकालना चाहती थीं। कभी-कभी वह बीच धारा में बहती हुई डोंगी को देखने लगती। खेनेवाला जिधर जा रहा है उधर देखता ही नहीं। उलटे बैठकर डाँड़ा चला रहा है। कहाँ जाना है, इसकी उसे चिन्ता नहीं।

सहसा शैलनाथ ने आकर पूछा—

''मुझे क्यों बुलाया है ?''

''बैठ जाओ।''

शैलनाथ पास ही बैठ गया। सरला ने कहा, ''अब तुम नहीं छिप सकते। तुम्हीं मेरे पति हो, तुम्हीं से मेरा बाल-विवाह हुआ था, एक दिन चाची के बिगड़ने पर सहसा घर से निकल कर कहीं चले गए, फिर न लौटे। हम लोग आजकल अनेक तीर्थों में तुम्हें खोजती हुई भटक रही हैं। तुम्हीं मेरे देवता हो; तुम्हीं मेरे सर्वस्व हो। कह दो—हाँ।''

सरला जैसे उन्मादिनी हो गई है। यौवन की उत्कंठा उसके बदन पर बिखर रही थी। प्रत्येक अंग में अंगड़ाई, स्वर में मरोर, शब्दों में वेदना का संचार था। शैलनाथ ने देखा कुमुदों से प्रफुल्लित शरत्-काल के ताल-सा भरा हुआ यौवन! सर्वस्व लुटाकर चरणों में लोट जाने के योग्य सौन्दर्य-प्रतिमा। मन को मचला देनेवाला विभ्रम, धैर्य को हिलाने वाली लावण्य-लीला। वक्षस्थल में हृदय जैसे फैलने लगा। वह 'हाँ' कहने को ही था परन्तु सहसा उसके मुँह से निकल पड़ा—

''यह सब तुम्हारा भ्रम है। भद्रे! मुझे हृदय के साथ ही मस्तिष्क भी है।''

''गंगाजल छूकर बोल रहे हो! फिर से सच कहो!''

युवक ने देखा गोधूलि-मलिना-जाह्नवी के जल में सरला के उज्ज्वल रूप की छाया चन्द्रिका के समान पड़ रही है। गंगा का उतना अंश मुकुर सदृश धवल था। उसी में अपना मुख देखते हुए शैलनाथ ने कहा—

''भ्रम है सुन्दरी! तुम्हें पाप होगा।''

‘‘हाँ, परन्तु वह पाप, पुण्य बनने के लिए उत्सुक है।’’

‘‘मैं जाता हूँ। सरला, तुम्हें रूप की छाया ने भ्रान्त कर दिया है। अभागों को सुख भी दुख ही देता है। मुझे और कहीं आश्रय खोजना पड़ेगा।’’

शैलनाथ उठा और चला गया।

विमूढ़ सरला कुछ न बोल सकी। वह क्षोभ और लज्जा से गड़ी जाने लगी। क्रमशः घनीभूत रात में सरला के रूप की छाया भी विलीन हो गई।

□□□